10|18

12, avenue d'Italie — Paris XIIIe

Sur l'auteur

Elizabeth Eyre est le pseudonyme de Jill Staynes et Margaret Storey. Amies d'enfance, elles ont écrit ensemble leur premier roman (jamais édité) à quinze ans avant de publier séparément des livres pour enfants. Elles ont ensuite créé « à quatre mains » le personnage d'un détective moderne, Robert Bone, puis celui de Sigismondo, cet homme de nulle part, tranquille, énigmatique, fin, à l'époque mouvementée de la Renaissance italienne.

UN TUEUR POUR LA MARIÉE

PAR

ELIZABETH EYRE

Traduit de l'anglais
par Gilles Berton

1018

INÉDIT

« Grands Détectives »
dirigé par Jean-Claude Zylberstein

Du même auteur
aux Éditions 10/18

MORT D'UNE DUCHESSE, n° 3115
RIDEAU POUR LE CARDINAL, n° 3180
DU POISON POUR LE PRINCE, n° 3301
► UN TUEUR POUR LA MARIÉE, n° 3325

Titre original :
Bravo for the Bride

ISBN 2-264-02837-8

À Ella Watson,
en souvenir du bon vieux temps.

Les personnages du récit

À Borgo
Galeotto, prince de Borgo
Ariana d'Altamura, jeune épouse du prince Galeotto
Le prince-évêque Gioffré, abbé de Borgo
Dame Leonora } maîtresses du prince Galeotto
Dame Zima } maîtresses du prince Galeotto

À Venosta
Le duc Vincenzo
La duchesse Dorotea, son épouse
Ristoni, un riche marchand
Madonna Ristoni, sa mère
Mario Marietti, un ingénieur
Rodrigo Salazzo, un brigand

À Altamura
Le duc Ippolyto
La duchesse Violante, son épouse
Le seigneur Andrea et dame Camilla, leurs enfants
La gouvernante des enfants
Le seigneur Tebaldo, cousin de la duchesse
Bonifaccio Valori, premier conseiller du duc
Tristano Valori, fils de Bonifaccio
Polidoro Tedesco, un philosophe

Atzo Orcagna
Cola Borsieri } ses élèves
Onorio Scudo
Poggio, nain de la duchesse
Nuto Baccardi
Stefano Cipolla } propriétaires de logements

De passage
Pietro Brunelli, un architecte
Maître Valentino, un médecin
Pyrrho, un tueur professionnel
Sigismondo, un soldat de fortune
Benno, son serviteur
Biondello, un chien

CHAPITRE PREMIER

Un Quintilien complet

— Et un homme est mort pour cela ?

— Vous n'ignorez pas, mon fils, que des hommes périssent parfois pour beaucoup moins.

Les longs doigts de l'abbé restèrent en suspens au-dessus de la page, effleurant à peine le parchemin, comme s'ils bénissaient l'élégante écriture, les médaillons colorés illustrant le texte dans les marges. Les doigts se posèrent sur la table à côté du livre et la tapotèrent.

— Savez-vous combien cela coûte, mon fils ?

— En plus de la vie d'un homme ?

La voix grave était teintée d'amusement. Son propriétaire haussa ses larges épaules avant d'ajouter :

— Je n'en ai pas la moindre idée, Monseigneur. Tout ce que je comprends, c'est qu'à vos yeux ce manuscrit en valait la peine.

L'abbé soupira et se redressa. Dehors, un oiseau perché dans un arbre devant la fenêtre se lança soudain dans la célébration de cette chaude matinée, et l'abbé releva la tête pour l'écouter.

— Qui peut dire la valeur des choses ? Je fais ce que je peux avec les ressources à ma disposition. Le prince ne s'intéresse pas à la bibliothèque de l'abbaye. Le duc Vincenzo de Venosta, lui, n'a que faire des livres, mais il en achète, et plus ils sont rares, plus il est heureux.

— Pour montrer qu'il en a les moyens?

— Je le suppose.

Le sourire de l'abbé transfigura son visage austère. Il tambourina à nouveau des doigts sur la table.

— Il possède un manuscrit pour lequel je n'irais pas jusqu'à tuer, mais pour lequel, Dieu me pardonne, je serais presque prêt à mourir. Un de ses agents l'a déniché dans un monastère du nord de l'Allemagne. Un Quintilien. *Complet!* Le seul dont j'aie jamais entendu parler, Sigismondo.

Un long fredonnement songeur accueillit la nouvelle.

— Un Quintilien complet, Monseigneur, doit valoir bien des vies. Combien sont morts pour lui?

— Vous pensez trop à la mort, mon fils. Cela est sans doute naturel chez vous, mais ne laissez pas les tueries occuper vos pensées, ni le sang souiller votre esprit.

Le ton de l'abbé était sévère, mais il se radoucit lorsqu'il vit son interlocuteur accepter le reproche en inclinant son crâne rasé.

— J'ai pu constater durant votre séjour parmi nous que vous êtes un homme pieux. Je sais que, contrairement à d'autres, vous ne prenez pas plaisir à tuer. Mais nous ne devons pas oublier que ceux qui vivent par l'épée mourront par l'épée.

Il referma avec soin l'épais ouvrage, en rabattit les fermoirs d'argent et s'autorisa à en caresser la couverture de velours cramoisi.

— Non, autant que je le sache, le Quintilien n'a coûté que de l'argent. Le duc Vincenzo est un homme secret. Le frère Ursino s'est rendu à Venosta il y a quelques jours, pour y voir le bibliothécaire du duc. On lui a permis de jeter un coup d'œil au Quintilien — mais pas de le toucher!

Pour illustrer ses propos, l'abbé retira ses doigts du livre recouvert de velours.

— Il n'a pu le regarder qu'une dizaine de minutes...

Il soupira une nouvelle fois avant de se tourner vers la fenêtre.

— Comme il est difficile en ce monde de ne pas désirer d'autres choses que Dieu !

Dans la cour, deux moines à la robe relevée à hauteur des genoux binaient un carré de terre planté d'herbes. D'autres marchaient en silence dans l'ombre de la galerie à colonnes, les yeux baissés, les mains sous leur scapulaire ou glissées dans leurs manches. Assis au soleil sur un banc de pierre, un individu barbu et malpropre apprenait à un petit chien au poil laineux et doté d'une seule oreille à marcher sur ses pattes de derrière en tenant un morceau de bois entre les crocs. L'un des moines s'intéressait plus à ce spectacle qu'à son travail de jardinage, ce qui fit froncer les sourcils à l'abbé. Sigismondo, lui, en sourit.

— Votre serviteur — Benno, n'est-ce pas ? — a-t-il tiré profit de son séjour ici ?

Le petit chien fit quelques pas sur ses pattes arrière avant de retomber et de déposer le bâton à terre, ce qui n'empêcha pas Benno de l'applaudir.

— Je pense, Monseigneur, qu'il a accompli quelques progrès.

L'abbé considéra le visage souriant de Sigismondo et, d'un ton plus indulgent, déclara :

— Saint Paul nous enseigne à tolérer avec bienveillance les idiots. Je ne pense pas que votre Benno soit aussi sot qu'il en a l'air, mais cela, comme votre subtilité, mon fils, ne concerne que Dieu et lui.

Le lent tintement sonore d'une cloche leur parvint depuis le clocher carré de la grande église, dont une partie du mur formait un côté de la cour. En bas, les moines s'immobilisèrent pour se signer et réciter une prière ; presque à l'unisson, l'abbé et Sigismondo les imitèrent.

— Il se fait tard. Je dois aller me préparer.

L'abbé jeta un regard nostalgique aux hauts rayonnages garnis d'épais volumes, au Tite-Live à la couverture de velours cramoisi qui reposait sur le lutrin en bois de cyprès sculpté.

— Lorsque dame Ariana sera arrivée et aura été reçue par le prince, le mariage sera célébré dans l'église de l'abbaye.

— La duchesse Violante y assistera-t-elle ?

— Vous la connaissez donc ? Oui, elle accompagne sa belle-fille et restera ici pendant toute la semaine que dureront les festivités. Le duc Ippolyto nous fait le grand honneur de nous envoyer son épouse en même temps que sa fille...

Un bruit en provenance de la cour attira l'attention de l'abbé. Les deux moines jardiniers avaient abandonné leurs outils et applaudissaient le petit chien qui avançait d'un air triomphal sur les pavés en agitant ses pattes avant, le bâton entre les babines.

Le barbu fut le premier à lever la tête et les deux moines se hâtèrent de récupérer leurs binettes. L'abbé se détourna de la fenêtre et tendit sa main à l'homme de haute taille debout devant lui, qui s'empressa de mettre genou à terre pour baiser son anneau.

— Nous devons vous dire adieu, Sigismondo. Ce fut un plaisir de vous revoir. Quand j'étais votre professeur à Paris, il y a bien des années, je ne pensais pas vous retrouver ici dans de telles circonstances.

— Je crois même que vous pensiez ne plus jamais me revoir, ni en ce monde ni dans l'autre, rétorqua Sigismondo avec un large sourire.

L'abbé inclina la tête d'un air grave.

— Je ne vous demanderai pas comment vous avez échappé à la pendaison à cette époque-là. J'espère seulement que vous avez demandé et reçu l'absolution pour le sang que vous avez versé... Allez en paix, à présent. Il est inutile que je vous adjure de ne pas en verser à l'avenir, car je ne suis pas assez naïf pour penser que vous m'obéiriez. Le seul vœu que je formerai, c'est que vous n'ayez pas l'occasion de faire couler le sang au cours de votre séjour dans notre belle ville.

Sigismondo s'inclina et l'abbé partit après avoir prononcé ce souhait dont il était le premier à douter qu'il fût respecté.

CHAPITRE II

Le présage

— J'adore les grands mariages, décréta Benno.

La barbe poisseuse maculée de miettes de beignet de porc, il jeta un regard satisfait autour de lui. Des groupes de badauds occupaient déjà les meilleures places le long du trajet prévu pour la procession. Les mariages princiers ne manquaient jamais d'attirer les foules parce qu'ils étaient autant d'occasions de festoyer et de faire ribote, mais celui-ci, qui verrait leur prince Galeotto épouser Ariana, la fille du duc Ippolyto, réjouissait particulièrement les habitants de Borgo : c'était une excellente chose pour le commerce que de s'unir à un État voisin par les liens d'un mariage.

Le fait qu'Ippolyto d'Altamura n'ait pas été le seul à souhaiter une alliance était un motif de satisfaction supplémentaire : comme chacun le savait, le duc Vincenzo de Venosta avait en effet proposé à Galeotto la main de sa fille de huit ans. Mais tous s'accordaient pour estimer que leur prince avait eu raison de lui préférer Ariana, âgée de quinze ans. Avec les fillettes de huit ans, il fallait attendre trop longtemps des héritiers, et cela n'était guère prudent. Le précédent mariage du prince n'avait pas été concluant. Trois filles seulement avaient survécu, et comme chacune devait être dotée, les pertes auraient fini par excéder les profits. Les principautés privées d'héritiers présentaient une vulnérabilité qu'aucun prince ne pouvait se permettre.

— Tu aimes donc tant les mariages ? On croirait entendre une vieille grand-mère, Benno. N'en as-tu pas vu assez ?

— Seulement deux, rétorqua Benno d'un air chagrin. Je ne parle que des mariages princiers.

Il se pencha pour saisir son petit chien laineux et l'éleva à hauteur de son menton, dont la barbe fut aussitôt nettoyée à coups de langue enthousiastes.

— Biondello aussi adore les mariages, pas vrai ? Ce prince Galeotto s'est bien débrouillé, n'est-ce pas ? Il va épouser la fille du duc Ippolyto. À quoi ressemble-t-elle ? La connaissez-vous ?

La barbe propre mais l'air soucieux, Benno se tut. N'avait-il pas dépassé les bornes ? Son maître n'aimait guère les questions et Benno, qui n'était pourtant pas très doué pour les mathématiques, réalisa qu'il venait d'en poser trois d'affilée.

— Hum. Tout le monde ici se demande à quoi elle ressemble. La seule chose dont on est sûr, semble-t-il, c'est qu'elle est rousse.

Sigismondo indiqua du doigt une arche surplombant la rue qu'ils longeaient. De construction ingénieuse, sa structure était tissée de lierre, de buis, de myrte et de laurier afin de donner l'impression que la végétation enjambait la rue de sa propre initiative. Son principal intérêt, toutefois, était constitué par les deux personnages en bois fixés à ses deux jambages et se faisant face. Les effigies étaient de grandeur nature, mais guère ressemblantes. De toute évidence, leur créateur avait eu quelque difficulté à représenter le prince et sa promise, coiffés chacun d'une couronne de fil d'or entrelacé de fleurs et de baies sauvages. La statue de la promise portait une robe de fine mousseline brodée de boutons de roses dont Benno était certain qu'elle avait été taillée sur mesure pour voiler un corps de chair et non plus de bois une fois les cérémonies terminées. La couronne était soigneusement fixée à une perruque de soie rouge vif dont les boucles flottaient comme un nuage sur les épaules du personnage. Même s'ils n'en avaient pas rendu la nuance exacte, les gens de Borgo tenaient à ce que leur nouvelle princesse sache qu'ils avaient entendu vanter sa splendide chevelure rousse.

Pendant que Sigismondo et Benno le contemplaient, le mannequin de bois se mit à trembler, comme s'il était vivant : un homme qui venait de grimper à mi-hauteur de l'arche vérifia la solidité des liens qui maintenaient la statue en place, puis accrocha à une de ses mains une guirlande de fleurs avant de redescendre avec précaution. Le visage de l'effigie, avec ses grands yeux peints en noir et sa petite bouche rouge, fixait du regard le prince de bois qui lui faisait face de l'autre côté de la rue.

Pour celui-ci, les habitants de Borgo n'avaient eu aucune difficulté. Faits de soie rousse, les cheveux du prince n'étaient qu'un pâle équivalent de ceux de sa future épouse et atteignaient à peine le bas de ses oreilles. Le visage arrondi, avec son nez fort, ses petits yeux, sa lèvre inférieure gonflée comme une grosse goutte, présentait une vague ressemblance avec un navet. Benno, abasourdi, se tourna vers Sigismondo.

— Il est *affreux*, fit-il dans un souffle. Il n'est tout de même pas aussi laid, dites ?

— Attends un peu de le voir, répliqua Sigismondo après avoir émis un long fredonnement dépréciateur.

Benno se dit que si l'effigie du prince l'avantageait au regard de son allure réelle, cela prouvait en tout cas que ses sujets ne le craignaient pas au point de se sentir obligés de le flatter. Ce qui signifiait soit que le prince était de nature bienveillante, soit qu'il était faible.

En réalité, la population comptait sur la myopie bien connue de son seigneur, et sur la prudence de ses courtisans, dont aucun n'aurait couru le risque de lui décrire la façon dont on le représentait.

Pendant que Sigismondo et Benno contemplaient sa réplique de bois, le prince Galeotto s'habillait. Ce que dame Nature prend d'une main, elle le rend de l'autre. C'était le hasard de la naissance qui avait conféré au prince son visage et son physique, et ceux-ci certes ne lui auraient sans doute pas valu une grande admiration si d'autres atouts ne les avaient accompagnés : la principauté de Borgo et ses coffres débordant de trésors. Il est vrai qu'il n'était pas aussi riche que le duc Ippolyto dont il allait épouser la fille, mais il était suffisamment fortuné pour s'offrir la débauche de rubis, diamants et autres saphirs qui ornaient les broderies de son pourpoint. Sur son front dégarni, dont les cheveux roux semblaient battre en retraite devant la vision désespérante des traits qu'ils couronnaient, était posé un grand chapeau de velours écarlate bordé d'une frange de cannetille qui scintillait à chaque fois qu'il tournait la tête afin de juger de son effet dans le miroir que lui tendait un page.

Y voyant non son allure mais sa richesse, le prince fut satisfait. Placée en de bonnes mains, sa fortune pourrait durer une vie entière, ce qui n'était jamais le cas de la beauté physique. L'idée que sa promise pût être déçue ne lui traversa même pas l'esprit. Elle avait reçu son portrait, tout comme il avait découvert le sien, au cours des négociations qui avaient précédé le mariage. Si les taches de rousseur avaient été omises sur celui d'Ariana, le prince s'était fait représenter tel qu'il était à la fin de l'adolescence, avec une bonne douzaine de kilos et deux mentons en moins, et des cheveux roux encore fournis — image qui correspondait beaucoup plus à un idéal platonique de lui-même qu'à la réalité. Mais il est vrai qu'une fille de duc ne pouvait se montrer plus regardante qu'un mendiant ; dame Ariana épousait de l'argent et elle devrait s'en satisfaire.

Après quelques instants de réflexion, Galeotto désigna une grosse broche ornée d'une perle de la taille d'un œuf de caille en pendentif qui reposait dans le coffret qu'un page tenait ouvert devant lui. Un autre page l'épingla au chapeau du prince, et, sous son poids, le velours forma une poche en harmonie avec celles qu'il avait sous les yeux. Galeotto bomba le torse et promena un regard conquérant autour de lui. Il était prêt à accueillir sa promise.

Cette dernière aussi était prête. Dame Ariana était déjà entrée dans la ville, où, avec la duchesse Violante que son père avait épousée en secondes noces, elle avait été accueillie à la porte du Prince par une cinquantaine de notables de Borgo à l'allure solennelle, tous vêtus à l'identique d'une robe pourpre et écarlate dont leur avait fait cadeau le prince. Ils ôtèrent simultanément leurs bonnets en un geste qui avait nécessité de longues répétitions. Un vieillard rata le mouvement et dut ramasser son couvre-chef à terre sous le sourire figé de la future princesse. Ensuite retentirent les habituelles fanfares de trompettes, puis l'on prononça des discours en latin que les personnes de haut rang étaient censées comprendre, et dont les gens du peuple profitèrent pour dévisager à loisir dame Ariana. Ils ne s'étaient pas trompés au sujet de sa chevelure; elle était d'un roux flamboyant, naturellement abondante et coiffée de façon à la rendre encore plus volumineuse — la mode était alors aux bouclettes. On fut heureux de constater qu'en dépit des taches de rousseur que l'on percevait sous la poudre de riz, elle était jolie. La duchesse Violante était belle, mais cela, tout le monde le savait. Les deux dames scintillaient dans leurs habits d'argent et de brocart d'or, et ce spectacle réjouit la foule.

Dame Ariana prononça quelques brefs remerciements en latin, dont la duchesse montra ensuite qu'elle le parlait couramment. Nouvelles sonneries de trompettes, puis ces dames et leur équipage, paré d'habits de satin vert assortis, se mirent en marche parmi les vivats au pas lent et digne de leurs palefrois blancs, en direction de l'arche ornée des effigies des futurs conjoints. Avec une lenteur calculée, et accompagné d'une petite foule de courtisans en velours brun et chaînes d'or, venait à leur rencontre le prince Galeotto, qui plissait ses petits yeux pour tenter d'apercevoir sa future épouse. S'il y avait peu de chances que lui-même y réussît, la promise répondrait-elle aux promesses de son portrait ?

Sigismondo et Benno avaient trouvé une excellente place sur le trajet, d'abord parce qu'ils étaient arrivés tôt, mais aussi en raison de l'allure et du physique imposants de Sigismondo. Ils se tenaient en effet devant l'arche aux effigies, sous laquelle devait se rejoindre le couple princier. Une nouvelle fanfare annoncerait ce moment, et un groupe de trompettistes se hâtaient de se mettre en place de part et d'autre de l'arche. Chacun tenait sur la hanche son instrument orné d'une bannière aux armes de Borgo brodées en or sur fond écarlate.

Le prince prononcerait son propre discours en latin, qui serait bref car son secrétaire, un humaniste, avait constaté qu'il était impossible de lui faire mémoriser un texte de plus de quelques lignes ; il était prévu que les musiciens entonnent une fanfare juste avant que le prince saisisse la main de sa promise et commence son discours, puis une autre lorsqu'il l'aurait terminé et qu'il ferait faire demi-tour à son cheval pour gagner le palais au côté d'Ariana. Du fait que le prince Galeotto avait souvent tendance à marmonner de façon inaudible, les trompettistes redoutaient de l'interrompre avant la fin, sans se douter à quel point il leur en serait au contraire reconnaissant.

Au milieu des cris et des applaudissements, les deux processions se rapprochèrent lentement de l'endroit où elles devaient se rencontrer. Douze demoiselles parées de soie blanche, choisies au terme d'une compétition sans merci parmi les filles non mariées des hommes les plus riches de la ville, s'étaient portées tout à l'heure à la rencontre de dame Ariana pour chanter ses louanges et lui promettre, en une allusion habilement voilée à l'amour et à la fertilité, les bénédictions de Vénus et de Cérès. Elles marchaient à présent devant les palefrois blancs en semant des pétales de roses qu'elles puisaient dans des paniers dorés. Lorsqu'elles atteignirent l'arche de verdure, elles se scindèrent en deux groupes de six qui s'écartèrent pour permettre aux futurs époux de se rejoindre sous leurs effigies de bois. Benno, ravi de voir une jolie vestale placée devant lui le bousculer et lui marcher sur les pieds en reculant, empêcha Biondello de lui lécher le cou et se fit la réflexion que si les jeunes filles ne s'étaient pas prestement écartées, elles auraient pu se faire piétiner, ce qui n'était manifestement pas de bon augure pour un mariage.

Or un présage bien pire n'allait pas tarder à survenir.

Le cheval du prince Galeotto, un magnifique gris qu'on avait choisi pour son allure davantage que pour ses manières, se montrait de plus en plus rétif à être conduit à un pas cérémoniel, et sa fureur augmentait chaque fois qu'il secouait la tête en raison des pompons d'or et des clochettes qu'on y avait fixés. Craignant d'être mordu, le palefrenier qui le menait par la bride s'écarta brusquement ; Galeotto concentra donc son attention non sur sa promise qui approchait, mais sur son cheval qu'il tâchait de maîtriser, de sorte que par bonheur il ne remarqua pas la vive déception qui se peignit sur le visage d'Ariana lorsqu'elle le vit de près. Quelques instants plus tard, ce fut l'attention de tous qui se trouva détournée.

La future princesse était arrivée un peu en avance sous l'arche et, comme il était prévu, elle avait fait halte sous son effigie de bois. La foule constata avec satisfaction que l'on ne s'était guère trompé sur la couleur de ses cheveux, puisqu'il était difficile de trouver une différence de teinte entre la perruque de soie coiffant l'effigie et les boucles rousses de la jeune femme. Et à présent que le réflexe diplomatique avait repris le dessus chez Ariana, son expression en regardant approcher son futur époux parut tout aussi figée que celle de la statue. Les musiciens embouchèrent leurs trompettes et attendirent.

C'est Sigismondo, debout sous l'arche, qui fut le premier à percevoir le bruit parmi les cris de la foule : tout d'abord un choc sourd, suivi d'un craquement qui alla s'amplifiant. Il saisit les épaules de la jeune fille en soie blanche qui pressait son dos contre lui et l'écarta pour bondir en avant, mais il était trop tard.

Dans un fracas déchirant, l'effigie de dame Ariana se détacha de l'arche et, en s'abattant, parut vouloir étreindre son original monté sur le palefroi. Par un heureux hasard, Ariana venait de lever les bras pour redresser la guirlande de fleurs que sa coiffure exubérante avait dérangée. Sa monture avait docilement suivi son mouvement et fait un pas de côté. La statue effleura l'arrière-train de l'animal puis s'écrasa au sol, brisant et écrabouillant des membres. La perruque rouge se répandit comme une flaque de sang.

CHAPITRE III

Après la chute

Les cris et les vivats virèrent au tumulte. D'abord muets de surprise, les spectateurs des premiers rangs se mirent à hurler d'horreur tandis que ceux qui étaient derrière et n'avaient rien vu s'époumonaient pour savoir ce qui s'était passé. Les gens qui se tenaient sous l'arche refluèrent en jetant des regards craintifs au-dessus d'eux. Le cheval de Galeotto s'était cabré et frappait à coups de sabot quiconque se trouvait à sa portée. Tout occupé à le maîtriser, le prince n'avait vraiment pas le temps de s'occuper de sa promise.

Dame Ariana, par bonheur, montait à cheval depuis l'âge de trois ans. Après une ruade, son palefroi fit volte-face et serait reparti au galop dans la direction d'où il était venu si sa cavalière ne l'avait retenu avec l'aide d'un homme qui émergea de la foule et, d'une main ferme, s'empara de la bride de l'animal.

Comme celui-ci, en sueur, frissonnait en piétinant le sol, Ariana lui tapota le cou pour le rassurer puis abaissa son regard vers l'homme qui s'était porté à son secours. Nez romain, crâne rasé et habit noir : elle décela l'ange sous l'allure farouche et, dans un souffle, le remercia.

— Sigismondo !

La duchesse Violante, qui avait repris le contrôle de sa propre monture — laquelle avait un moment pensé que la fin du monde était arrivée —, s'approcha. Le charivari ne la troublait pas. Le danger était sa liqueur préférée. Ses saisissants yeux bleus étincelaient, ses tresses blondes entrelacées de perles étaient défaites ; on aurait pu croire que son sourire euphorique était dû au soulagement qu'elle éprouvait à voir sa belle-fille indemne, mais Sigismondo ne s'y laissa pas tromper. La duchesse Violante appréciait la vie et ne dédaignait pas de sentir l'aile de la mort l'effleurer. Elle n'était pas femme à succomber à l'hystérie au premier événement inattendu. À son visage épanoui, on aurait même pu la soupçonner d'avoir tout arrangé pour offrir aux citoyens de Borgo le meilleur divertissement qu'ils connaîtraient jamais.

— Votre Grandeur. Excusez-moi...

Il n'est guère conseillé, à un homme qui dépend des grands de ce monde pour vivre, de fausser compagnie à une duchesse qui vient de vous faire l'honneur de vous reconnaître. Pourtant, Sigismondo se faufila prestement entre les chevaux nerveux et les femmes qui poussaient des cris perçants autour de dame Ariana, et retourna sous l'arche, où il aperçut Benno qui remettait à regret une jeune fille évanouie aux soins d'une matrone voisine. Son serviteur avait rattrapé in extremis l'infortunée dans sa chute, et l'odeur de Benno, agissant comme le plus puissant des sels, lui avait fait reprendre ses esprits en quelques secondes. La mâchoire pendante, Benno regarda son maître escalader l'arche, où ne subsistait qu'une effigie solitaire, et disparaître presque entièrement dans la verdure. Voyant la structure de bois trembler sous son poids, la foule poussa de nouveaux hurlements et reflua dans le plus grand désordre.

Un peu plus loin, le prince Galeotto avait enfin repris le contrôle de sa monture et de la situation en général. Il savait que l'on devait contrer les mauvais présages par une démonstration d'assurance. S'avançant donc, il fit signe aux trompettistes, qui, hormis celui qui avait perdu son instrument au moment où la statue s'était abattue, sonnèrent tant bien que mal une fanfare approximative. Galeotto s'empara alors de la main de sa promise et l'embrassa d'un geste cérémonieux. Et tant pis pour le discours en latin !

Sa présence d'esprit paya. La foule hurla sa joie et applaudit à tout rompre pour chasser son angoisse. Tout compte fait, on allait célébrer le mariage, festoyer et boire jusqu'à plus soif ; si la promise s'était fait briser le crâne, pour ainsi dire par sa propre chute, les bons citoyens de Borgo auraient été privés de réjouissances.

Les seuls dans la foule que la peur n'avait pas quittés étaient les responsables de la décoration de l'arche. La chute de l'effigie pouvait être interprétée comme un acte de Dieu — et à n'en pas douter on n'avait pas fini de commenter ce signe — mais le châtiment de ceux qui l'avaient installée serait à coup sûr l'acte du prince. On risquait d'estimer que la pendaison serait trop douce pour les incompétents qui avaient failli tuer leur future princesse, et les professionnels de la mise à mort recourraient certainement à de meilleurs moyens que le gibet — meilleurs ou pires : cela dépendait du côté de la corde où vous vous trouviez.

Après tout, si le prince avait été un peu plus rapide, il aurait pu se faire écraser lui aussi. Et les habitants de Borgo se disaient avec inquiétude qu'une fois privés de leur prince ils auraient vite pu se retrouver sous la coupe du duc de Venosta.

Mais en attendant, le spectacle devait se poursuivre. Tandis que le tumulte s'apaisait et que l'on évacuait en hâte les débris de la dame de bois, les cinquante notables vêtus de pourpre et d'écarlate arrangèrent leurs robes et chapeaux, remercièrent en eux-mêmes Dieu de leur avoir conservé leur prince, firent sous le couvert de leurs manches le signe contre le mauvais sort et reprirent leur lent cheminement au sein de la procession. Les dames qui assistaient la future mariée se ressaisirent et retrouvèrent leurs sourires éclatants. La jeune promise elle-même, arborant un teint blanc-vert fort seyant, poussa sa monture au côté de son peu appétissant fiancé ; pas plus superstitieuse qu'une autre, c'était une femme de décision et de caractère. L'idée lui vint que son effigie s'était effondrée au moment même où elle découvrait le prince pour la première fois et elle dut réprimer une forte envie de pouffer. Les pages qui l'accompagnaient à pied avaient examiné avec soin son palefroi et constaté qu'il n'avait pratiquement pas souffert grâce à la lourde soie et au cuir doré de son caparaçon ; le cheval reprit donc son pas habituel, persuadé que le ciel ne lui tomberait pas une nouvelle fois sur la tête ce jour-là.

L'homme qui avait aidé dame Ariana à maîtriser sa monture allait à pied à la hauteur de la duchesse Violante. À part son col de chemise, blanc brodé de noir, qui dépassait, ses pourpoint, chausses et bottes étaient noirs ; il avait une allure vaguement sinistre qui intriguait la foule. Le crâne rasé ne faisait pas vraiment songer à un prêtre car il ne présentait aucune trace de tonsure ; il donnait à vrai dire l'impression désagréable d'être nu comme une lame. Soit la duchesse craignait pour sa vie, ce qui n'était guère amical de sa part dans un État voisin sur le point d'être lié à son époux par ce mariage ; soit elle avait amené avec elle son tueur personnel dans le but de supprimer quelqu'un — ce qui était encore moins amical. La duchesse chevauchait à la droite du prince, dont toute l'attention était naturellement accaparée par sa promise allant à sa gauche, de sorte qu'il ne remarqua pas le page singulier de son invitée.

Lorsqu'on arriva au palais — qui tenait plus en réalité de la forteresse, mais qu'égayaient ce jour-là les bannières de soie cousues d'or de Borgo et d'Altamura —, le prince Galeotto entraîna dame Ariana jusqu'au sommet du long escalier courbe. Là, il lui souhaita officiellement la bienvenue, ainsi qu'à la duchesse (il fut soulagé de ne pas avoir à parler latin en cette occasion), puis, sous les applaudissements discrets des courtisans et dignitaires, baisa les lèvres de la promise avant de la rendre aux soins de ses dames d'honneur. Celles-ci l'aideraient à changer de robe et répareraient les différents désastres qu'elle avait subis dans la matinée, et dont le moindre, à ses yeux, n'était pas le baiser du prince Galeotto. Elle aurait souhaité que la soirée vînt le plus tard possible. La prochaine cérémonie publique à laquelle elle devait assister serait la messe nuptiale que devait prononcer, dans l'église de l'abbaye, son abbé, le prince-évêque Gioffré de Borgo, messe qu'il serait utile de dédier à la miséricorde de Dieu qui lui avait sauvé la vie lors de ce tragique accident.

— Un accident? fit Sigismondo.

Il répondait à une question que la duchesse Violante venait de lui poser à l'entrée de l'église de l'abbaye.

— Non, Votre Grandeur, ce n'était pas un accident, lui confia-t-il tandis qu'ils pénétraient dans l'édifice.

CHAPITRE IV

Provoqué pour tuer

— Ce n'est certainement pas le moment, Madame, de parler de malheur.

La lèvre inférieure encore plus proéminente que dans sa position naturelle, le prince Galeotto considérait sa belle-mère avec une antipathie croissante. La duchesse Violante était belle, et Dieu seul savait à quel point il appréciait la beauté chez les femmes ; elle avait l'esprit vif, et il ne désapprouvait pas une dose raisonnable d'esprit chez les personnes du sexe ; mais il aimait aussi que les femmes restent à leur place et ne se mêlent pas de ses affaires. Il importait au premier chef de ne pas laisser se propager des rumeurs.

— Il ne s'agissait pas d'un incident malheureux, Monsieur. Demandez-lui.

Le prince Galeotto jeta un regard oblique à l'inconnu de haute taille vêtu de noir qui se penchait sur son épaule. Il n'était pas disposé à perdre du temps en écoutant des étrangers venus de nulle part lui dire des choses qu'il n'avait pas envie d'entendre. Il désirait avant tout s'amuser — d'abord en festoyant, plus tard avec sa jeune épouse. Il leva sa coupe d'or et but avec une lenteur délibérée.

— Eh bien ? fit-il du ton le plus maussade qu'il put.

— Altesse, on avait presque entièrement tranché les liens de l'effigie qui est tombée.

— Dans ce cas, pourquoi n'est-elle pas tombée avant ? rétorqua le prince Galeotto d'un ton dédaigneux en postillonnant du vin.

— Il fallait lui porter un coup afin de faire céder les derniers liens pour qu'elle bascule, répondit l'étranger d'une voix grave.

Il fournit ces informations avec assurance, mais sans chercher à convaincre de leur vérité. Ce qu'il disait était pourtant absurde.

— Un coup ? Et qui lui aurait porté ce coup ? demanda le prince.

À cet instant, son attention était surtout accaparée par les alouettes dans leur nid de hachis que son page, debout de l'autre côté de la table, était en train de lui servir. Il voulait s'assurer que le garçon lui en donne suffisamment.

— Avez-vous vu quelqu'un le faire ?

— Non, Altesse. Mais j'ai entendu le coup.

Le prince pivota sur son siège et fixa son interlocuteur.

— Vous l'avez *entendu* ? C'est donc un homme invisible qui en serait l'auteur ?

L'étranger avait un regard déconcertant : ses yeux sombres étaient absolument fixes.

— On a sans doute utilisé une fronde, Votre Altesse. J'ai entendu un choc sourd avant que l'effigie s'effondre.

Galeotto enfourna une alouette dans sa bouche et la broya. Délicieuse. Il tendit la main pour se resservir tout en adressant de l'autre un geste dédaigneux à l'étranger.

— Vous avez pu entendre n'importe quoi. N'importe quoi. Avec tout ce bruit. Les hommes qui ont installé l'effigie seront fouettés, puis pendus. J'en ai déjà donné l'ordre. Fichue négligence. Un accident.

Sur quoi il se tourna vers celle qui était désormais son épouse, qui hésitait entre les alouettes et la terrine de poulet aux raisins secs et amandes. Il fit signe au page de lui servir des deux puis, de sa paume graisseuse, caressa la main de dame Ariana.

— Rien, très chère, ne ternira cette heureuse journée !

Responsable du déroulement du festin et comme toujours prompt à satisfaire le moindre désir de son maître, le majordome du prince abaissa son bâton doré entre Sigismondo et le fauteuil de Galeotto. Le message était clair. Les yeux de la duchesse Violante étincelèrent mais elle adressa un hochement de tête à Sigismondo comme pour lui dire d'attendre, avant de se retourner vers la table et de faire face aux regards interrogateurs des convives. Les grenades d'or et de pierres précieuses qui ornaient sa robe scintillèrent, et l'ombre noire debout derrière elle se retira. Cet homme, tueur ou garde personnel de la duchesse, qu'avait-il donc dit au prince ? Avait-il reçu des instructions ? Ou bien, vu l'air contrarié de Galeotto, avait-il fait part à celui-ci de l'échec d'un assassinat qui lui aurait été confié ? À vrai dire, l'homme était loin d'avoir l'air incompétent ; au contraire, une grande assurance imprégnait sa personne. En évoquant cette dernière hypothèse, les convives, toutefois, ne se doutaient pas à quel point ils étaient proches de la vérité.

Mais de toute façon ils n'étaient pas disposés ce soir-là à se laisser distraire par d'aussi sinistres préoccupations. Les cuisiniers du prince s'étaient surpassés. On n'avait épargné ni l'argent ni les efforts. Devant chaque couvert de la table d'honneur avait été disposée une statuette de près d'un pied de haut, dont les mains tendues présentaient des fleurs parfumées autour desquelles s'enroulaient des feuilles de lierre — un symbole de fidélité qui convenait parfaitement à un mariage. D'un ton moqueur, une dame exprima à mi-voix l'espoir qu'on ne verrait pas tomber une nouvelle statue ; ses voisins pouffèrent et la firent taire.

Les statuettes constituaient à la vérité une certaine

gêne chaque fois que l'on retirait et remplaçait les nappes de damas entre deux plats ; ce raffinement n'était d'ailleurs nulle part plus nécessaire qu'à la table d'honneur où le prince Galeotto montrait son appréciation des mets en en répandant généreusement autour de son assiette, en particulier lorsqu'il en offrait des morceaux à sa jeune épouse. Dame Ariana lui plaisait de plus en plus. Non seulement elle était aussi appétissante que la nourriture, avec sa peau crémeuse parsemée de taches de son et le roux flamboyant de ses cheveux, mais elle faisait également preuve d'un solide appétit. Il ignorait en vérité que dame Ariana avait résolu de profiter du festin pour boire et manger à l'excès dans l'espoir de passer au moins une partie de la nuit dans un état de stupeur qui pourrait lui faire oublier ce qui se passerait par ailleurs. En outre, il était plus facile de manger les bouchées que lui tendait le prince au bout des deux dents de sa fourchette en or que de supporter la proximité de sa bouche baveuse. De toute évidence, on n'attendait pas d'elle qu'elle fasse la conversation. Une épouse se devait d'être modeste, de sourire avec parcimonie, de parler encore moins ; aussi, lorsqu'elle ne se laissait pas gaver par le prince, elle maintenait la tête baissée sur son assiette ou regardait le spectacle qui se déroulait devant elle.

Comme le repas, celui-ci sortait bien entendu de l'ordinaire. C'était un Florentin, chaudement recommandé par le duc de Nemora, qui s'en était chargé, et il était bien décidé à se montrer à la hauteur de sa réputation. Il devait organiser quatre soirées de représentations, sans parler des divertissements qu'on lui demanderait d'improviser durant la journée en raison du temps estival.

Ce soir-là, c'était le morceau de bravoure : il faut toujours commencer par éblouir. En hommage délicat à la mariée, Vénus fit son entrée sur un chariot doré, recouvert lui aussi de lierre et tiré par une licorne que son appendice doré et quelque peu instable faisait loucher d'un air ahuri ; Vénus lança des fleurs à dame Ariana — de vraies fleurs, coûteuses, pas de vulgaires herbes et feuilles. Elle aurait dû, pour appuyer l'hommage, être coiffée d'une perruque rousse, mais après le sort qu'avait connu le matin même l'effigie de bois, on avait décidé en toute précipitation qu'une chevelure de soie dorée ferait aussi bien l'affaire.

Les sept Vertus accompagnaient Vénus en un heureux mélange des traditions biblique et classique. Elles portaient de fins voiles de soie que les mouvements de leur danse faisaient virevolter de manière si audacieuse que l'on se demanda ce que les sept Vices auraient pu porter de plus révélateur. Pendant quelques instants, le prince en oublia de manger.

Le Florentin avait dû affronter un véritable dilemme au sujet des cornes d'abondance dorées qu'apporteraient des jeunes gens vêtus de soie blanche cousue de feuilles de myrte. Au départ, ils devaient répandre un assortiment de fruits, abondants en cette saison, devant la table d'honneur. Mais lors des répétitions, les danseurs qui venaient après eux se plaignirent avec véhémence de rouler sur les pommes et les poires éparpillées sous leurs pieds, de trébucher sur les melons et de glisser sur des grappes de raisins écrasés. Le Florentin dut trouver une solution. Faire débarrasser les fruits répandus aurait produit mauvaise impression. Dans la version finale, les jeunes gens avançaient donc au son des harpes et des sistres, les cornes d'abondance levées à bout de bras vers le plafond voûté, puis, arrivés devant la table d'honneur, ils abaissaient les cornes qui déversaient dragées, fruits confits, noix et noisettes au pied des statuettes d'or.

Dans un mariage, on s'attend bien sûr à divers spectacles allégoriques, mais il ne faut pas négliger la comédie. Le Florentin savait qu'il aurait de la chance si les divertissements complexes qu'il avait mis au point ne se terminaient pas par quelque note comique imprévue devant une assemblée rendue hilare par un effet majestueux qui échouerait lamentablement. Une fois, dans une cité-État où il n'avait pas remis les pieds depuis, il avait fait paraître des jeunes gens porteurs de cornes d'abondance d'où, par souci perfectionniste, il avait prévu que jailliraient des flammes — le genre d'effet qui suscite ces « Ooh ! » admiratifs que tout homme de spectacle recherche. Or il se trouve qu'un de ces jeunes idiots s'approcha trop près de celui qui le précédait, de sorte qu'une vilaine odeur de soie brûlée était bientôt parvenue aux narines des convives, aussitôt suivie par une affreuse puanteur de chair carbonisée. Un vrai désastre ! Le Florentin préférait désormais envoyer un trio de jongleurs — professionnels, eux — qui faisaient d'abord mine de rater toutes leurs passes, ce qui leur attirait une pluie d'os de poulet et de fruits secs qu'ils incorporaient au fur et à mesure à leur numéro, et avec lesquels ils jonglaient à une telle vitesse et avec une telle dextérité que le public leur lançait parfois quelques pièces d'or. De prime abord, avec leurs visages fardés et leurs perruques ébouriffées, aucun convive ne les prenait au sérieux. Et afin de donner encore plus le change, leurs costumes étaient cousus de clochettes, et l'un d'eux était un nain.

Un autre nain, arrivé avec l'équipage de la duchesse Violante, observait leur numéro d'un œil critique. Il n'avait rien contre les fausses chutes et autres pirouettes, encore fallait-il, pour que cela fût drôle, qu'elles soient exécutées avec dignité. S'il avait eu leur entraînement, il aurait pu déclencher deux fois plus de rires que ces lourdauds. Adossé entre deux serviteurs à la tapisserie, à côté d'une des tables annexes, il glissa, sous un coude, un regard à la duchesse Violante et fut satisfait de constater qu'elle ne riait pas.

En réalité, elle affichait une expression qu'il lui connaissait bien : elle était furieuse. Du fait qu'il venait d'arriver — il y avait des restes à grappiller entre la salle et les cuisines —, le nain n'avait aucune idée des raisons qui motivaient la fureur de sa maîtresse. Ne se réjouissait-elle pas du mariage de dame Ariana ?

Si elle était furieuse, la duchesse était également inquiète. Galeotto était un imbécile. Elle s'en doutait depuis le début ; il était trop stupide pour écouter la mise en garde d'un homme qui savait de quoi il parlait. Si Sigismondo pensait que le basculement de l'effigie avait été provoqué pour tuer, qui était visé ? La statue avait failli écraser dame Ariana, mais elle-même, Violante, chevauchait à son côté et Galeotto n'était qu'à quelques pas. Il était certes difficile de prévoir avec exactitude son point de chute. Alors, l'assassin s'était-il trompé dans ses calculs ? Mais surtout, quand allait-il procéder à une nouvelle tentative ?

CHAPITRE V

Un cadavre dans les bras

— Quelle robe, Altesse ?

Ariana considéra d'un regard trouble les vêtements que lui présentaient avec déférence ses dames de compagnie. La seule chose qui lui faisait plaisir ce matin était le titre d'Altesse. Dieu sait si elle le méritait ! Elle avait versé cette nuit le premier acompte sur le prix à payer pour devenir princesse de Borgo, et l'ivresse de Galeotto n'avait pas atténué les choses autant qu'elle l'avait espéré ; ses propres excès de table ne l'avaient pas non plus plongée dans la stupeur qu'elle escomptait. Un nouveau banquet était prévu ce jour-là, et, à la différence des colombes du prestidigitateur de la veille, il y avait peu de chances pour que Galeotto disparaisse comme par enchantement.

Va pour la rose. La verte, qui lui allait pourtant mieux, lui rappelait par trop l'état dans lequel elle se trouvait. Et puis la rose lui permettrait de porter les manches en brocart d'argent, dont l'une était brodée de perles, ainsi que la ceinture de perles et de rubis que son époux lui avait offerte. La chute de son effigie n'avait peut-être pas constitué un bon augure pour le mariage, mais elle avait jusqu'ici reçu assez de cadeaux pour lui en faire apprécier les avantages matériels.

— Mettrez-vous les bracelets du prince, Altesse ?

Idiote, bien sûr qu'elle les porterait. D'ailleurs, ils

appartenaient désormais à la princesse. Galeotto les lui avait passés aux poignets le matin même tout en marmonnant des compliments et en la couvrant de baisers répugnants. Leur facture était splendide : de petites feuilles et vrilles d'or s'enroulant autour de fleurs de perles et de saphirs piquetées d'une rosée de diamants ; et ils étaient presque de l'épaisseur d'une main. Ariana tendit les bras d'un air impérieux et deux de ses dames se hâtèrent de lui enfiler les bracelets. Elle avait regretté tout à l'heure de devoir les ôter lorsque sa gouvernante avait voulu la laver. Ç'avait peut-être été une erreur d'insister pour que cette dernière l'accompagne, même si elle lui était parfois fort précieuse.

Ariana remua les bras en admirant les bracelets pendant que ses dames levaient la robe rose au-dessus de sa tête pour la lui passer.

— Cela m'étonnerait qu'il existe d'autres bracelets comme ceux-ci au monde.

— Je n'en suis pas si sûre, Altesse. Il me semble avoir vu les mêmes tout récemment, mais je ne me souviens plus où.

La femme qui fouillait dans ses souvenirs n'était pas une des dames de compagnie de la princesse, choisies par son époux parmi les plus grandes familles de l'État pour la servir. On avait déjà fait sentir à ses propres dames d'honneur, qui l'avaient suivie à Borgo, qu'elles n'étaient pas à leur place ; d'ailleurs, presque toutes retourneraient à Altamura avec la duchesse Violante dès la fin des festivités. Non, cette dame, vêtue avec plus d'élégance que la plupart des autres, était venue d'elle-même présenter ses compliments à la jeune épouse et lui faire cadeau de dix mètres de splendide brocart bleu. Ariana la regarda fixement.

— Les mêmes que ceux-ci ?

Elle baissa les yeux sur le scintillement des diamants, des rubis et des vrilles d'or serpentant autour des saphirs.

— Vous devez faire erreur, ajouta-t-elle. Ils sont certainement uniques.

— Ah ! Je me souviens !

La femme avait un visage plutôt séduisant pour quelqu'un qui, de l'avis d'Ariana, devait déjà avoir vingt-sept ou vingt-huit ans, sinon la trentaine ; ses traits s'illuminèrent.

— Je sais où je les ai vus. Oui, c'était une paire de bracelets identiques à ceux-ci.

Ariana remarqua que les autres dames de Borgo échangeaient des regards et, l'air de rien, s'éloignaient de la femme qui venait de parler, comme si elle représentait un danger. On abordait là une affaire que la princesse n'était pas censée connaître, et qu'elle n'apprécierait pas d'apprendre. Ariana n'avait pas grandi à la cour pour rien.

— Et où était-ce ?

Quoi qu'on lui dise, elle leur montrerait qu'à présent elle était leur princesse.

— Eh bien, je crois que...

Un doigt sur les lèvres, la femme prenait son temps, faisant mine de chercher à se souvenir de ce qu'elle était de toute façon bien décidée à dire. Comme par un réflexe de défense, les dames s'étaient regroupées et la toisaient d'un air hautain pour marquer leurs distances. *Elles étaient toutes au courant.* Puis la femme sourit en les regardant tour à tour.

— Oui, d'ailleurs vous étiez là. À la villa Brunetta. Dame Zima portait la même paire. N'est-ce pas ?

Les femmes parurent saisies d'incertitude, et même victimes d'une perte soudaine et totale de mémoire. Ariana comprit que cette dame Zima possédait en effet les mêmes bracelets qu'elle. Ce qui révélait sans le moindre doute une relation entre la dame de la villa Brunetta et le prince Galeotto. Son époux.

Il était tout à fait naturel que Galeotto ait ressenti l'envie de s'amuser avec une femme — ou même plusieurs — après la mort de son épouse, et de continuer à le faire si cela devait le distraire, mais il s'agissait là de tout autre chose. Cette Zima avait reçu le même cadeau que le prince avait donné à sa nouvelle épouse pour son mariage. Or, de deux choses l'une : soit cette femme avait assez d'importance à ses yeux pour qu'il ait dû la consoler, par ce présent, de son projet de mariage, soit alors elle avait exigé et obtenu de se faire offrir le même bijou. Ariana résolut d'en avoir le cœur net. Et comme il était clair que cette créature qui souriait en lui faisant la révérence souhaitait également qu'elle le découvrît, c'est à elle qu'Ariana, d'une voix tout aussi mielleuse, ordonna :

— Dites à dame Zima de venir me voir !

Elle s'interrompit en sentant son estomac protester contre la surcharge qu'elle lui avait imposée pendant le banquet... Ce serait une erreur de rencontrer cette Zima avant qu'elle se sente mieux, qu'elle se ressaisisse, qu'elle soit *plus jolie.*

— Non, dites-lui de venir ce soir. Je trouverai le temps de la recevoir et la ferai mander.

Sur quoi elle adressa à son interlocutrice un sourire charmant en la congédiant d'un geste du bras ; elle constata que le scintillement des bracelets l'enchantait moins que tout à l'heure. Elle réprima une violente envie de les arracher. Elle ne donnerait pas aux dames qui l'entouraient la satisfaction de deviner ses sentiments. Pas plus qu'elle n'avait l'intention de s'en ouvrir à son mari — en tout cas pas pour l'instant.

Galeotto n'avait jamais grand mal à se trouver satisfait de lui-même, et il eut une nouvelle raison de se féliciter lorsqu'il se rendit ce matin-là chez son épouse afin de l'emmener assister aux nouveaux divertissements conçus par l'infatigable Florentin ; la princesse le reçut avec une douceur reconnaissante qui le fit se rengorger devant ses dames de compagnie, et il ne remarqua absolument pas la lueur de son regard lorsqu'il la complimenta sur ses bracelets, qui paraissaient encore plus beaux sur ses bras qu'au naturel. Qui avait prétendu que les rousses avaient un caractère difficile ? Cette fille était un véritable rêve.

Ledit rêve avait bien l'intention de virer au cauchemar avant la fin de la journée — où Ariana obtiendrait d'ailleurs satisfaction d'une façon qu'elle n'avait pas prévue —, mais pour l'heure elle suivit docilement son époux qui, le mariage à présent consommé, souhaitait l'exhiber devant la cour. Des rangées de courtisans parés de brocart et de soie étincelante applaudirent à leur passage et, telles des fleurs sous la brise, s'inclinèrent pour leur tirer la révérence. Le prince arborait un visage épanoui, la princesse souriait avec modestie. Les réjouissances pouvaient reprendre.

Une partie de chasse avait été prévue dans l'après-midi. Mais le bruit circula bientôt que la princesse était fatiguée, un fait que les plus éminents courtisans se rapportèrent en gardant une expression impassible, mais que les serviteurs commentèrent avec force ricanements dans les couloirs. Le prince accepta d'ailleurs de bonne grâce l'annulation de la chasse. Il faisait décidément trop chaud. Certes, comme certains l'avaient appris à leurs dépens, un tel détail ne l'avait jamais empêché de chasser jusqu'à ce jour, mais à présent il devait montrer quelque sollicitude à l'égard de sa jeune épouse. La déception de la chasseuse émérite qu'était la duchesse Violante ne dura qu'un moment, car elle se souvint bientôt de toutes les possibilités d'accident qu'offre une partie de chasse. Elle accueillit donc avec gratitude le petit ensemble de sistres, luth et harpe que le prince lui envoya pour la consoler lorsque tout le monde se retira après la plantureuse collation froide qu'on servit à midi. Elle voulait interroger Sigismondo, mais celui-ci avait disparu.

Il était curieux que personne n'ait vu un homme qui passait si peu inaperçu, mais Violante songea que c'était un spécialiste, et que celui qu'il pourchassait l'était sans doute aussi. Les hommes qui avaient érigé l'effigie avaient déjà été fouettés et pendus, et Galeotto était disposé à oublier toute l'affaire. Pas elle.

Pour l'heure, Sigismondo ne pourchassait personne. Il

dégustait un excellent repas dans une gargote de la ville en compagnie de Benno. Les hommes de nulle part n'ont pas leur place dans les festins, et tous deux étaient affamés. Un ragoût de lapin à la cannelle et aux oignons n'était peut-être pas le plat le plus recommandé par cette canicule, mais mangé à l'ombre d'un auvent de jonc et arrosé d'un fort vin rouge, ils s'en délectèrent. Biondello, assis à leurs pieds, se régalait de morceaux de pain trempé dans le jus. Les bancs de l'établissement étaient tous occupés par des hommes qui discutaient, pour l'essentiel, du mariage et des bénéfices qu'en tirerait le commerce local. Personne ne manifestait de crainte au sujet du présage de la veille. Après tout, on n'avait déploré aucune mort, n'est-ce pas ? La pendaison des incompétents avait eu lieu à midi sur la grand-place. On murmurait que la guilde des charpentiers n'en avait pas été ravie. Ce soir, il devait y avoir une *fête champêtre*[1], des danses et des feux d'artifice dans les jardins du prince au bord du lac, auxquels n'était conviée que la cour ; pour les simples citadins, l'eau de la grande fontaine de la cour de l'abbaye, un monument allégorique de marbre tarabiscoté, serait remplacée par du vin, et tout le monde, y compris les voleurs à la tire, s'en réjouissait d'avance. Benno fut navré d'apprendre que Sigismondo et lui n'en seraient pas, mais se consola aussitôt quand son maître l'informa qu'ils étaient invités au palais.

— C'est donc que la duchesse veut vous voir ?

Benno savait que sa question resterait peut-être sans réponse, mais son maître haussa les épaules.

— C'est possible qu'elle me convoque avant la fin de la nuit.

Les jardins du palais s'étendaient sur deux niveaux. Le premier, formé d'une terrasse ornée de parterres et ombragée de chênes verts, se terminait par une prome-

1. En français dans le texte. *(N.d.T.)*

nade bordée d'une balustrade avec, sur un côté — que l'on atteignait depuis le palais soit par la terrasse, soit par un tunnel de verdure —, un petit pavillon décoratif dominant la rivière qui coulait au-dessous et, plus loin, le lac. Des marches conduisaient de cette terrasse et du palais lui-même au jardin inférieur, composé de trois larges terrasses successives descendant jusque sur la rive du lac. Au vu de ce décor, le Florentin avait conçu la mise en scène d'un épisode de la légende d'Arthur, mais il craignit que celui qu'on enverrait nager au large pour qu'il brandisse Excalibur au moment approprié — au son des fanfares de trompettes dissimulées dans les bois et à la lumière des torches brûlant sur la berge — ne parvienne pas à la tenir d'une main assez ferme. Tout comme une effigie qui s'effondre, une épée vacillante n'inspire pas confiance.

Le Florentin avait donc opté pour une danse de Maures aux flambeaux. Plus tard, Diane, drapée d'une tunique de soie blanche délicieusement courte qui luirait à la clarté de la lune, les cheveux coiffés d'un croissant d'argent et tenant un arc argenté à la main, viserait d'une flèche invisible un chevreuil qui, jusque-là enfermé dans une cage, serait lâché au signal convenu. Le Florentin était bien conscient que l'animal ne ferait rien d'autre que semer la panique parmi les dames et piétiner un ou deux parterres avant de s'enfuir dans les bois. L'idéal eût été qu'on parvienne à le faire sauter dans le lac, mais il avait peu d'espoir. Ensuite un faon — domestique, Dieu merci — orné de guirlandes de fleurs serait conduit jusqu'à la princesse pendant qu'un chanteur, prudemment caché parmi les cyprès du fait que sa voix était l'unique avantage qu'il eût, annoncerait que la créature venait se rendre à la Beauté personnifiée.

Il ne faisait aucun doute que le scénario prévu se serait déroulé sans anicroche. Or voilà que la princesse avait annoncé qu'elle devait d'abord prendre un peu de repos. Elle regarderait danser les dames depuis le pavillon. Un banc en bordait deux des côtés, du chèvrefeuille et du jasmin grimpaient au treillis. Quel endroit plus charmant aurait pu trouver une princesse pour se reposer ?

Dame Leonora, qui avait déjà obligeamment fourni certaine information à Ariana ce jour-là, avait aussi mentionné en passant que ce pavillon avait été spécialement édifié à la requête du prince, non pour y amener sa nouvelle épouse, mais à l'intention de la dame aux bracelets.

C'est dans ce pavillon qu'Ariana, allongée parmi les coussins de soie qui en garnissaient le banc, avait l'intention de faire venir dame Zima.

Voyant, une heure plus tard, que la princesse n'avait toujours pas honoré les festivités de sa présence, où elle aurait dû danser avec son époux et recevoir le faon, hommage de Diane, la duchesse Violante annonça à ses dames de compagnie qu'il lui revenait de rappeler ses obligations à sa belle-fille. L'annulation de la chasse suffisait. On avait vu Galeotto entrer dans le pavillon à un moment de la soirée, sans doute pour adresser des remontrances à son épouse trop farouche, car on avait entendu des éclats de voix malgré la musique qui venait du jardin.

— Ce comportement est inconvenant. Il donne une image déplorable d'Altamura.

— Et de l'éducation qu'elle a reçue, fit une voix.

Sa propriétaire, une femme plus âgée à l'esprit caustique, était devenue au fil des ans l'amie de Violante.

— Nous avons toutes connu les rudesses d'une nuit de noces, ajouta-t-elle.

Violante réprima un sourire en croisant son regard.

— Je vais envoyer un message à notre princesse, fit-elle.

Dame Leonora se tenait le plus près des marches menant au pavillon. Elle était d'un rang suffisant pour pouvoir porter le message d'une duchesse à une princesse. Violante lui fit signe d'approcher.

Lorsque Leonora redescendit du pavillon, elle était

seule. Elle traversa d'un pas rapide la pelouse entre les danseurs et vint faire sa révérence devant Violante, le visage empreint d'anxiété.

— Votre Grandeur, la princesse dort.

— Eh bien, réveillez-la !

— J'ai essayé, Madame, répondit-elle d'une voix où pointait la panique. Je n'y arrive pas.

Violante se leva dans un bruissement de soie et indiqua d'un geste à son amie d'Altamura de la suivre. Les danseurs s'écartèrent devant les deux femmes qui se dirigeaient vers le pavillon.

— Cette fille est capable de simuler n'importe quoi pour échapper à ce qu'elle n'a pas envie de faire, murmura Violante à sa compagne tandis qu'elles gravissaient les marches.

Il ne semblait pas, pourtant, qu'il s'agît d'un simulacre. La jeune fille était si profondément endormie qu'elle ne s'éveilla pas quand Violante la toucha, lui parla à l'oreille, la secoua; elle resta allongée, la tête tournée de côté, appuyée aux coussins contre le treillage bas qui courait derrière le banc.

— Cette stupide enfant aurait-elle pris une potion pour dormir ?

— Peut-être a-t-elle encore abusé du vin, fit dame Clea en indiquant les verres posés sur la table basse.

Violante passa les bras autour d'Ariana pour la tourner vers elle. Les deux femmes découvrirent alors son visage.

— Allons, ce n'est vraiment pas le moment de défier Son Altesse...

Comme elle l'avait fait si souvent, la jeune fille tirait la langue à sa belle-mère. Mais cette fois-ci, ses yeux étaient exorbités et, lorsque la clarté de la lune illumina sa face, les deux femmes virent qu'elle était marbrée de mouchetures sombres qui n'avaient rien à voir avec ses taches de rousseur. Il ne faisait aucun doute que la duchesse tenait dans ses bras un cadavre.

CHAPITRE VI

Feux d'artifice

Des hurlements fusèrent du pavillon. La musique perdit pied, émit quelques couacs et se tut. Serrés sur leur petite galerie, les membres de l'orchestre se penchèrent en étirant le cou pour essayer de voir. Après s'être figés un instant, les danseurs s'égaillèrent, les femmes à pas précipités en remontant leurs jupes, les hommes en courant.

Arrivés au pavillon, ils découvrirent dame Clea en train de hurler, et la duchesse Violante qui, les mains au front, aussi rigide que si elle venait d'apercevoir la Gorgone, plongeait un regard absent dans l'obscurité pâlie par le clair de lune. Aucun signe, en revanche, de la princesse.

D'autres se penchèrent pour découvrir ce que la duchesse fixait des yeux. À mi-hauteur de la pente descendant vers la rivière, la princesse gisait, bras en croix, dans ses robes de satin, les cheveux défaits, telle une poupée abandonnée. Certains restèrent à la regarder en réprimant des hoquets de surprise, d'autres dévalèrent les marches et enjambèrent un petit muret pour l'atteindre. Quelqu'un secoua dame Clea et les hurlements cessèrent.

— Horrible ! C'était horrible ! Madame la duchesse a jeté... lâché... Elle est tombée ! Son visage !

Tout d'abord personne ne suspecta que la princesse

ait pu être victime d'autre chose que d'une chute. Beaucoup de ceux qui l'avaient observée au cours du banquet de la veille et durant le déjeuner du jour même supposèrent qu'elle était ivre.

La princesse était tombée face contre terre. On tenta, dans une grande confusion de conseils et d'avis contradictoires, de la relever sans la blesser. On réclama un matelas, une litière, on mit en garde contre d'éventuelles blessures à la tête. Et lorsqu'ils finirent par soulever le corps, les courtisans s'aperçurent que l'homme en noir au crâne luisant sous la lune les aidait, et même dirigeait leurs efforts.

Le groupe se mit à remonter la pente et, quand ceux qui étaient restés en haut tendirent leurs torches, le visage de la princesse émergea de l'ombre et un des courtisans poussa un cri étranglé. On recouvrit le visage d'un mouchoir. Certains révisèrent leur jugement dédaigneux concernant les hurlements de dame Clea. Ils durent reconnaître qu'ils étaient justifiés.

On entendit alors, venant de la terrasse, la voix sonore du prince Galeotto qui demandait ce qui se passait. La procession à présent silencieuse des courtisans approchait du muret mais, du fait que les pieds dérapaient sur l'herbe sèche, le corps qu'ils maintenaient paraissait se débattre. Lorsque l'un des porteurs glissa et lâcha prise, l'homme en noir s'empara seul du fardeau et, en quelques enjambées, atteignit le muret, le franchit et se retrouva au bas du petit escalier montant au pavillon. C'est là que le prince le rejoignit.

À la lueur des torches, il avait l'air d'un bébé en colère. Des mèches de cheveux dépassaient de son chapeau, il arborait une moue boudeuse et ses mentons tremblaient. C'était un bébé furieux d'apprendre que son jouet favori était endommagé. Quelques personnes seulement savaient que le joli jouet était en réalité cassé.

— Est-elle blessée ? Comment est-elle tombée ?

Galeotto examina le visage qui se trouva soudain illuminé par la clarté d'une torche. Le mouchoir était tombé. Le prince recula si brusquement qu'il marcha sur le pied de quelqu'un.

— Par les ossements des saints ! Elle est morte !

D'un ballottement de tête, son épouse parut acquiescer tandis que plusieurs personnages de haut rang tentaient de soulager l'étranger de son fardeau. Ce dernier écarta d'une main le collier de perles d'Ariana et découvrit un lacet si serré qu'il s'était incrusté dans la chair boursouflée et noirâtre qu'éclairait la torche.

— Étranglée, Altesse. La princesse a été étranglée.

Dans le silence qui avait suivi l'exclamation de Galeotto, la voix grave et calme ne fit qu'énoncer un fait. On se chuchota le mot d'une oreille à l'autre. Quelqu'un laissa échapper un cri. Une femme présenta les premiers signes de l'hystérie.

— *Étranglée ?* Mais qui donc aurait pu l'étrangler ?

Stupéfait et désemparé, Galeotto glougloutait comme un dindon. Il leva les mains pour rajuster son chapeau, que sa traversée précipitée du jardin avait déséquilibré, mais on eut l'impression que c'était son esprit qu'il cherchait à remettre d'aplomb. Se souvenant tout à coup qu'en présence d'un mort, il convenait de se découvrir, il ôta promptement son chapeau. Mais il revint à son idée.

— Qui oserait tuer *mon épouse* ? fit-il d'un ton égaré.

Benno, qui s'était, bien entendu, joint au groupe de serviteurs attirés en même temps que les grands personnages vers cette scène d'horreur, entendit la question. « Il ne s'attend tout de même pas à ce que le coupable en revendique l'honneur ! songea-t-il. Pauvre jeune dame, elle n'a vraiment pas eu de chance, d'abord le prince et maintenant ça. La chute de la statue était peut-être bien un mauvais présage, en fin de compte. D'ailleurs, Sigismondo n'avait-il pas prévenu qu'il ne s'agissait pas d'un accident ? »

À cet instant, Galeotto reconnut l'homme au crâne rasé et se souvint de ce qu'il lui avait dit.

— Vous m'aviez mis en garde ! Savez-vous qui a fait cela ?

— Altesse, je pourrais peut-être le découvrir.

L'assurance qu'exprimait la voix n'échappa pas à Galeotto.

— Vous serez récompensé. De l'or. Des bijoux. Ce que vous voudrez.

Sur quoi, il fit mine de repousser, d'éloigner de lui le corps de son épouse d'une nuit, à l'aspect maintenant répugnant.

— Que les femmes s'occupent de... elles feront ce que... Venez avec moi. Il faut que nous parlions.

Il avait la peau qui brillait de sueur dans la clarté vacillante et mouvante des torches. Peut-être venait-il de réaliser qu'en même temps que la princesse, c'était son alliance avec Altamura qui venait de mourir ; et qu'il pourrait bien être — qu'il serait à coup sûr — tenu pour responsable de sa mort par son puissant père. Lorsque Sigismondo eut remis le corps d'Ariana aux femmes pour qu'elles le portent jusqu'au palais, Galeotto posa une grosse main livide et couverte de bagues sur son bras.

— Venez. Nous devons nous entretenir en tête à tête.

— Votre Altesse est chasseur. Vous n'ignorez pas que l'on doit suivre une piste tant qu'elle est encore chaude. Son Altesse m'autorise-t-elle à la voir plus tard ?

Les doigts se refermèrent sur le bras de Sigismondo.

— Traquez-les. *Traquez-les*, fit le prince en approchant de son interlocuteur un visage luisant.

Son haleine était chargée de vin. Sigismondo s'inclina et parut se fondre dans la foule.

Benno, dans les ombres confuses jetées par la lune et les torches, se trouva poussé de-ci de-là par la foule qui se dispersait dans les jardins. Les gardes du prince tentaient en vain d'empêcher les courtisans de piétiner les délicats carrés de lavande et les haies d'origan qui délimitaient les parterres. Affolé par les cris et le remue-ménage, le chevreuil — qui attendait toujours d'être libéré de sa cage d'osier afin que Diane lui décoche une flèche — brisa ses barreaux et contribua lui aussi à la destruction du jardin inférieur dans sa fuite vers la berge, où, faisant ce que le Florentin n'avait osé rêver qu'il fît, il se jeta à l'eau et, sans que personne ne le remarque, nagea de façon pittoresque jusqu'à la rive opposée.

La cohue qui avait envahi les terrasses s'était à présent déplacée vers le palais, où la princesse avait été emmenée et où chacun cherchait à glaner quelques commérages. En se faufilant, en se déplaçant d'un coin sombre à un autre, et finalement en empruntant le tunnel de verdure reliant le pavillon au palais, Benno retourna à l'endroit où, avait-il deviné, se trouvait son maître.

Une lumière brillait encore dans le pavillon, produite par la lampe d'une lanterne en fer forgé suspendue dans l'un des ajourements du petit bâtiment, et qui répandait dans l'air son odeur d'huile d'olive chaude. L'ombre immense de Sigismondo tremblotait sur le feuillage et sur les arabesques peintes du plafond. Un jasmin écrasé par la princesse dans sa chute exhalait son parfum odorant.

Benno balaya la scène d'un regard alerte et curieux. Il était sur le point de ramasser un coussin de brocart doré gisant sur le carrelage lorsque la voix de Sigismondo résonna.

— Ne touche à rien. Tout ce qu'il y a ici sera déplacé bien assez tôt et nous n'avons que peu de temps.

Un genou à terre, il se tenait auprès d'une petite table proche du banc sur lequel, à en juger par la couverture de velours froissé et les coussins de brocart en désordre qui s'y trouvaient, la princesse s'était étendue. Deux délicates coupes en verre au pied formé d'une double torsade rose et violette étaient posées sur la marqueterie de la table. L'une d'elles était pleine. Sigismondo trempa son doigt dans le liquide — qui n'était pas du vin, mais quelque chose d'opaque à odeur d'herbe — et le porta à sa bouche. Il se releva brusquement, gagna le treillage et cracha par-dessus.

— C'est du poison ? fit Benno d'un ton inquiet.

On disait que la seule odeur de certains poisons pouvait être fatale.

— Hum. Quiconque boirait cette mixture vomirait tant qu'il se purgerait de n'importe quel poison.

Sigismondo renifla à nouveau la coupe et en fit tourner le contenu.

— Et pourtant on y a mis des herbes facilitant la digestion. C'est contradictoire.

Benno se gratta la poitrine et observa le liquide dont les impuretés commençaient à se redéposer au fond du verre.

— Si on voulait le lui faire boire, ne l'aurait-elle pas recraché ?

Sigismondo avait saisi l'autre coupe et en reniflait le fond, qui paraissait du vin.

— Si elle avait demandé une potion digestive, elle aurait fait la grimace mais l'aurait avalée. Les gens s'attendent à ce qu'un médicament ait mauvais goût, tu le sais bien.

Benno le savait. On lui avait fait ingurgiter de force de nombreux médicaments au cours de son existence, dont des souris frites. Même les princesses devaient souffrir pour se soigner. D'ailleurs, si les remèdes vous guérissaient, c'était peut-être parce que vous décidiez de ne plus jamais en avoir besoin.

— Et elle l'aurait avalé d'un coup pour ne pas en sentir le goût. Ou alors c'est qu'elle avait envie de vomir ? Après tout ce qu'elle a mangé hier, peut-être bien ?

Sigismondo ne répondit pas. Il goûtait à présent le dépôt du vin, et Benno, prudent, s'écarta du treillage pour lui laisser le champ libre. Mais cette fois, Sigismondo se contenta de secouer la tête.

— Hé, ce vin contenait un somnifère. Et on dirait bien qu'elle l'a bu.

Benno écarquilla les yeux.

— Pour dormir, et rater la fête ? Est-ce qu'il n'y avait pas des tas de divertissements prévus, des feux d'artifice et des pantomimes ? Est-ce qu'elle ne se doutait pas que le prince serait contrarié si elle ne se montrait pas ?

Sigismondo, debout, contemplait les eaux du lac dont la lune transformait les vaguelettes en filet d'argent. D'un air songeur, il caressa sa lèvre de l'index.

Soudain, à la stupéfaction de Benno, il sauta par-dessus le treillage et disparut dans les fourrés. Biondello, qui jusque-là avait reniflé tout ce qui se trouvait à sa portée avec la même concentration que Sigismondo lorsqu'il avait humé le contenu des deux verres, émit un de ses rares aboiements et franchit d'un bond le muret pour le suivre. Benno se pencha par-dessus le treillage et se mit à scruter l'obscurité.

Courbé en deux, Sigismondo descendait la pente en examinant avec attention le sol. Benno se dit que certains bijoux de la princesse devaient avoir disparu et que le prince tenait à les retrouver. Ce n'est pas parce qu'on perd sa femme qu'on a envie de voir s'envoler les diamants de la famille. Rassuré de constater que Biondello ne s'était pas blessé, Benno suivait d'un œil fasciné la progression de Sigismondo lorsqu'une lourde main s'abattit sur son épaule. Il sursauta de surprise tandis qu'on le tirait en arrière.

— Hé, pas si vite, coquin ! Qu'est-ce que tu viens faire là ?

Le ton sur lequel elle était prononcée rendait la question inutile. Celui qui la posait était convaincu d'avoir surpris un voleur. Les deux verres, de facture vénitienne et valant un joli paquet de ducats, étaient exactement le genre d'objets qu'un voleur aurait pu glisser sous sa chemise. Mais l'homme ne se demanda même pas pourquoi ils se trouvaient encore sur la table. Tiré en arrière par le col, à demi suffoqué, Benno fut remis entre les mains d'un serviteur.

— Sale voleur ! Tu seras pendu pour ça !

Le *maestro di casa* écarta Benno d'un air dégoûté tandis qu'un deuxième serviteur lui maintenait les bras dans le dos.

— Fais-le sortir.

Le *maestro di casa* était venu chercher le couvre-lit en soie, les coussins de brocart, la table en marqueterie et les coupes vénitiennes. Retardé par l'agitation qui avait saisi le palais, il était à présent envahi de la colère d'un homme qui avait failli perdre les objets de valeur dont il avait la responsabilité.

Benno ne tenta même pas de s'excuser ni de s'expliquer. L'expérience lui avait appris que son allure seule l'empêchait d'être cru. Il ne mentionna pas non plus Sigismondo, au cas où celui-ci préférerait ne pas révéler sa présence. Il ne craignait pas d'être pendu car sa confiance en son maître était absolue.

D'ailleurs, il était clair que l'avoir arrêté embarrassait le *maestro di casa*, qui avait besoin des deux serviteurs pour remporter table et coussins au palais pendant que lui-même se chargeait avec précaution des verres, qu'il avait saisis mais qu'il dut reposer. Benno le gênait considérablement. Comment allait-il faire ? S'il demandait à un serviteur de le tenir, il serait obligé d'aider le second... C'était indigne ! Et qui porterait les verres ? Cela prendrait du temps d'envoyer chercher un garde, et le *maestro di casa* était débordé en raison de ces événements imprévus et des invités qui se répandaient partout alors qu'ils auraient dû se cantonner dans les jardins... Il jeta un regard alentour et, dans l'idée d'identifier le voleur au cas où il s'échapperait, s'empara de la lampe et la leva haut pour éclairer le visage de Benno.

À cet instant précis, la petite île dont la silhouette boisée se découpait dans l'obscurité près de la rive opposée du lac explosa dans un mélange de bruit et de lumière.

Des fusées partirent, d'éblouissants éclairs colorés jaillirent, accompagnés de petites détonations semblables à celles d'un canon miniature.

Les hommes dissimulés sur l'île avaient été emmenés en barque plusieurs heures auparavant avec leur équipement et des instructions. Chargés du brillant final marquant le terme des divertissements qui devaient charmer et ébahir leur nouvelle princesse, ils venaient enfin de recevoir le signal du déclenchement des feux d'artifice.

CHAPITRE VII

Sa propre victime ?

Saisi de stupéfaction comme tous les autres présents, Benno se retourna d'un bloc quand les feux d'artifice illuminèrent le ciel et teintèrent d'or, de rouge et de vert le pavillon et ses occupants ; mais il n'était pas homme à laisser échapper une si belle occasion. Sentant se desserrer l'étreinte de la main qui le tenait au collet, il se baissa et bouscula le *maestro*, qui tomba en avant et lâcha la lampe par-dessus le treillage, où elle enflamma brièvement l'herbe avant de plonger dans la rivière et de s'éteindre dans un ultime grésillement. Benno dévala l'escalier et se glissa dans l'ombre des arbustes, guère étonné d'y être rejoint par une ombre plus haute et plus noire encore, qui lui plaqua contre la poitrine un petit chien laineux tout frissonnant.

Sigismondo s'engagea dans le tunnel de verdure, sans doute le seul endroit qui ne fût pas éclairé par les éclairs de lumière. Benno fourra Biondello sous sa chemise et, après avoir jeté un bref regard de regret derrière lui — car il adorait les feux d'artifice —, se hâta de suivre son maître.

Pendant ce temps, les deux serviteurs à présent privés de lampe rassemblaient et emportaient table, coussins et couvre-lit en soie dans les éclats irréguliers des explosions en provenance de l'île. L'un d'eux, que le spectacle avait plongé dans une sorte de transe, marchait en zigzag et trébuchait dans toutes les haies, tandis que l'autre se disait qu'un assassin capable d'étrangler une princesse n'hésiterait pas un instant devant son cou de plébéien. Le *maestro* fut soulagé de rejoindre le palais avec les précieuses coupes, car il lui était venu à l'esprit que ce n'était peut-être qu'un vulgaire voleur qui avait tué la princesse ; et si l'individu peu ragoûtant qui venait de leur échapper s'était introduit dans les jardins avec l'intention d'accomplir quelque larcin, avait réveillé par mégarde la princesse avant de l'étrangler pour la réduire au silence, et que l'envie lui prenne, maintenant que le tumulte s'était apaisé et que tout le monde s'était égaillé, de revenir discrètement pour voler ce qu'il convoitait ? Il y avait beaucoup trop d'ombres dans les jardins. À tout moment, ce drôle pouvait surgir de derrière un cyprès et s'emparer des fragiles trésors, sans même songer que son geste pouvait les endommager, voire les fracasser. Le bref aperçu qu'il avait eu du visage de Benno n'avait guère convaincu le *maestro* que la réflexion était une occupation coutumière chez lui.

Ignorant de cette calomnie, Benno galopait à la suite de Sigismondo le long du tunnel de verdure qu'éclairait la lueur des feux d'artifice filtrant à travers l'épaisse couche de feuilles qui en formait le toit. Lorsque les deux hommes arrivèrent au palais, il se trouvait juste derrière Sigismondo, et bien loin devant le *maestro di casa*, les deux serviteurs et leurs fardeaux. Les gardes du palais les laissèrent entrer, car tout le monde avait vu le prince poser sa main sur le bras de l'étranger vêtu de noir en le conjurant de retrouver l'assassin de la princesse. Ils eurent le bref espoir, à la vue de Benno, qu'il y était déjà parvenu, mais se ravisèrent en se disant qu'il était rare que les meurtriers suivent de leur plein gré celui qui vient de les arrêter. On laissa donc entrer Benno à la suite de son maître, mais l'un des gardes lui enfonça un doigt dans la poitrine pour son air idiot. Lequel doigt fut mystérieusement mordu : Biondello ne s'était pas encore remis du feu d'artifice.

On interdit toutefois à Benno l'entrée de la chambre de la princesse. Il n'en fut pas étonné et regarda Sigismondo y pénétrer. Le prince était venu rendre visite à feu son épouse à présent qu'on avait commencé sa toilette mortuaire. Quand tout serait prêt, sa dépouille devait être transférée dans la chapelle privée où l'on dirait la messe des morts.

Sigismondo s'immobilisa dans une pose respectueuse, la tête légèrement inclinée, pendant que Galeotto, agenouillé près du vaste lit de la princesse, marmonnait d'une voix entrecoupée de sanglots. Deux médecins, que l'on reconnaissait à leurs robes et chapeaux, se tenaient au pied du lit, l'air important, quoique totalement inutiles. Personne n'avait encore trouvé de remède à la strangulation.

Agenouillé en face du prince, les mains jointes dans une prière silencieuse, l'évêque paraissait beaucoup plus adapté à la situation. La duchesse Violante se tenait à genoux un peu plus loin, dans un coin d'ombre, les mains devant le visage ; au-delà étaient également agenouillées dame Leonora, élégante dans la douleur, et une femme en pleurs qui portait le tablier brodé et les robes volumineuses d'une servante de rang supérieur.

Il avait été impossible de beaucoup améliorer l'apparence de la princesse. Ses cheveux roux, laissés libres comme il convient à une jeune mariée, avaient été disposés sur l'oreiller de satin ; le collier de perles dissimulait la plaie qu'elle avait au cou et l'on avait changé sa robe ornée de perles d'or et souillée de taches macabres pour une tenue de velours bleu marine à galons d'argent. Mais rien n'avait pu masquer les marbrures violacées qui constellaient sa peau blanche. Des pièces de monnaie étaient posées sur les paupières afin de maintenir fermés les yeux exorbités, et la langue s'était suffisamment détendue pour être repoussée dans la bouche. Pourtant, en dépit de la bande de tissu qui lui enserrait la mâchoire, la pointe émergeait entre les lèvres comme si la défunte attendait qu'on y place une dragée. Ainsi, sur son matelas en laine de Chypre, sur son lit en bois de cyprès dont les panneaux de noyer étaient tendus de taffetas écarlate portant les armes dorées de Borgo, gisait la jeune fille qui avait fait du prince Galeotto, pour la seconde fois et en si peu de temps, un veuf.

Personne ne s'était préoccupé de soigner l'allure du prince. Son chapeau était posé par terre à côté de ses gants en soie; ses cheveux étaient hérissés sur son crâne, dont on apercevait la peau rose sous les mèches rousses; et la fourrure de son col formait des touffes disgracieuses comme si l'hermine qui l'avait fournie souffrait de quelque maladie. Même ses manches de velours à soufflets d'or et cousues de boutons d'onyx paraissaient, au regard observateur de Sigismondo, avachies et déchirées.

— Altesse.

Prononcé d'une voix grave et calme, le mot s'entendit malgré les gémissements de la servante, les prières de l'abbé et les sanglots étouffés du prince. Galeotto tourna la tête. Il se leva péniblement en prenant appui sur le lit.

— Vous avez du nouveau? On l'a arrêté? Je le ferai écarteler, écorcher vif, brûler à petit feu...

Le programme l'excita; il tituba et se retint aux tentures. Il était clair qu'il avait déjà commencé à noyer son chagrin.

— Ma bien-aimée!

Il voulut se précipiter pour embrasser la princesse mais son pied heurta la marche de l'estrade et il s'effondra sur son épouse dont le corps tressauta sous le choc. Il en profita pour saisir ses mains, qu'elle avait croisées sur la poitrine, et les baisa avec ferveur. Les manches de velours de la princesse remontèrent, révélant les bracelets qu'il lui avait donnés et que personne n'avait jugé bon de lui retirer. Leur vue raviva sa peine et ses plaintes redoublées lui valurent une remontrance de l'abbé, qui déclara qu'il ferait mieux de consacrer son énergie à prier. Quiconque mourait de mort violente avait grand besoin de prières.

Les femmes montrèrent plus de compréhension. La duchesse et dame Leonora essayèrent de remettre le prince sur ses pieds, sinon, comme l'aurait souhaité l'abbé, à genoux. Tandis qu'elles le tiraient en arrière et qu'il se débattait sur le lit, faisant tressauter les pieds chaussés de mules du cadavre, dame Leonora s'écria :

— Oh, attention, Votre Altesse ! Votre manche est déchirée !

Elle s'empara du bras du prince et lui montra l'endroit où velours et tissu doré pendouillaient.

Oubliant sa démonstration de chagrin, car il prêtait grande attention à ses vêtements, le prince refoula ses larmes et examina sa manche en reniflant.

— Elle n'est pas déchirée. Les boutons sont tombés, voilà tout.

Dame Leonora, qui était en train de remettre en place les mains de la princesse sur sa poitrine et de réajuster les bracelets sur les poignets, s'interrompit et souleva un des bras inertes.

— Comme c'est étrange ! s'exclama-t-elle. Voici vos boutons, Altesse, pris dans le bracelet.

En effet, deux boutons luisants de la manche du prince se trouvaient si bien coincés dans les vrilles d'or que le prince et la dame eurent beaucoup de mal à les en dégager. Et ce qui était certain, même aux yeux de l'observateur le plus distrait, c'est qu'aucune des démonstrations auxquelles venait de se livrer le prince n'aurait pu arracher les boutons et les fixer si solidement aux arabesques du bracelet.

Ainsi, de manière involontaire, vint à l'esprit de tous ceux qui assistaient à la scène l'image d'une autre lutte, une lutte dans laquelle la jeune fille cherchait à se défendre de l'étreinte d'un étrangleur. Cela signifiait-il que le prince se lamentait sur sa propre victime ?

CHAPITRE VIII

Objet perdu

À l'extérieur de la chambre, Benno passait le temps en observant, la mâchoire pendante et l'air ahuri, les gardes en faction devant la porte. L'un d'eux éprouvait une envie grandissante d'enfoncer dans sa bouche béante quelque objet de bonne taille, rond et douloureux, comme une masse d'armes. On distinguait encore les craquements lointains du feu d'artifice. Quel dommage ! songeait Benno. Il espérait que quelques courtisans s'étaient débrouillés pour y assister quand même. Certes, avec une princesse étranglée dans les parages, il n'aurait guère été convenable qu'ils se fussent tous précipités sur la berge du lac pour applaudir, mais il devait bien exister dans le bâtiment quelques endroits d'où l'on pouvait regarder discrètement le spectacle.

Sans pour sa part concevoir aucune théorie sur l'identité de l'assassin, Benno se demandait toutefois comment aurait pu faire la princesse, au cours des deux jours et une nuit qu'elle avait passés à Borgo, pour déplaire au point que l'on ait souhaité sa mort. Il n'était guère probable que ce fût simplement un fanatique de chasse contrarié par l'annulation de la partie prévue le jour même. Non, Sigismondo saurait à coup sûr éclaircir la chose : mieux valait lui laisser le soin de réfléchir. Le prince Galeotto avait agi avec sagesse en lui confiant toute l'affaire.

Lorsque les portes de la chambre de la princesse s'ouvrirent à la volée pour laisser passage à ce dernier, Benno se fondit aussitôt dans le décor en s'étonnant que le prince n'ait pas l'air du tout convaincu d'avoir fait le meilleur choix. Le souffle court, le visage écarlate mouillé de larmes, serrant à l'écraser son chapeau contre sa poitrine et le regard fixé droit devant lui, Galeotto ne pouvait paraître plus bouleversé par la mort de son épouse. Benno était loin de se douter qu'il venait d'attirer sur lui le soupçon d'en être la cause.

Le prince fut suivi par ses pages, qui devaient presque courir pour rester à sa hauteur, et par d'autres personnes qui sortirent d'un pas plus posé en conversant à voix basse, tandis que derrière eux, encore dans la chambre, l'abbé continuait à prier. Un groupe de femmes restées jusqu'ici hors de vue se dirigèrent vers le lit. Benno supposa qu'elles allaient finir la toilette de la princesse avant que sa dépouille soit exposée dans la chapelle.

L'homme qu'attendait Benno fut le dernier à sortir, juste derrière la duchesse Violante. La tête penchée vers elle, son maître l'écoutait tandis qu'elle parlait avec animation. Originaire de Rocca, Benno admira sa beauté avec une fierté légitime : n'était-elle pas la fille de son duc ? Ses cheveux blonds, ramenés en deux tresses sur la nuque par de fines chaînettes ouvragées, émergeaient telle une crête d'un petit cornet d'or fixé à l'arrière de son crâne. Sa robe mauve foncé paraissait d'abord parsemée de simples fleurs brodées, mais celles-ci scintillant à chacun de ses gestes, on s'apercevait vite qu'il s'agissait de pierres précieuses. Sa beauté n'était en rien diminuée par le chagrin. Il paraissait au contraire la rehausser. Dans les contes anciens, après tout, les belles-mères déployaient des efforts considérables pour se débarrasser de leurs belles-filles, les abandonnant au plus profond des bois, les jetant dans les griffes de monstres, leur faisant arracher le cœur par des chasseurs, manger des pommes empoisonnées... Benno n'avait jamais entendu mentionner de cas d'étranglement, mais il ne lui paraissait pas que la duchesse Violante fût femme à hésiter devant l'innovation.

Sigismondo s'inclina pour baiser la main que la duchesse lui tendait, après quoi elle s'éloigna dans le couloir, saluée par les gardes et suivie d'un essaim de dames de compagnie. C'est alors qu'une autre dame, qui ne faisait pas partie de celles qui apprêtaient la princesse, ni de celles qui accompagnaient la duchesse, mais qui était trop richement vêtue pour être une personne de rang inférieur, s'approcha de Sigismondo pour lui parler. Benno la regarda détailler son maître de la tête aux pieds d'une façon qui semblait indiquer que les hommes de haute taille dotés de traits robustes et d'un crâne rasé étaient exactement ce que son médecin lui conseillait. L'attitude de Sigismondo était d'ailleurs nettement différente de celle qu'il avait eue avec la duchesse. S'il faisait encore preuve de courtoisie, toute déférence était à présent envolée, remplacée par quelque chose qui fit penser à Benno que son maître aimerait poursuivre son entretien avec cette dame de façon plus approfondie.

Un page portant les couleurs du prince les interrompit, et la dame prit aussitôt congé de Sigismondo pour emboîter le pas au serviteur. Benno s'imagina Galeotto en mal de consolation, ce que la dame avait l'air tout à fait apte à procurer. Mais Sigismondo n'avait guère eu le temps d'obtenir des réponses de sa part. Benno sentit une main se poser sur sa nuque et l'entraîner à vive allure entre les panneaux et pilastres de marbre coloré qui bordaient le couloir.

— Sait-elle quelque chose ? A-t-elle remarqué quelque chose de bizarre ? fit Benno.

Affolé par la précipitation, Biondello pointa la tête entre les pans de la chemise de Benno et parut appuyer la question en levant le museau vers Sigismondo.

— Hum. Elle me dit qu'elle a trouvé la princesse assoupie et n'a pu la réveiller. La duchesse l'avait envoyée lui dire qu'il était temps qu'elle se montre. Le fait de ne pouvoir réveiller la princesse a effrayé la dame, même si au début, m'a-t-elle confié à demi-mot, elle a pensé que son état n'était dû qu'à un excès de boisson. Tout le monde l'a observée hier soir au banquet.

— Tout le monde a beaucoup bu. Pourquoi n'en tenir grief qu'à elle seule ?

Benno reçut une petite claque sur le côté de la tête.

— Hé, parce que les jeunes mariées ne doivent pas boire autant. Les épouses ne doivent ni trop boire ni trop parler. Les jeunes mariées doivent se comporter comme de sages petites souris tant que le mariage n'est pas effectivement consommé ; ensuite elles peuvent prendre certaines aises. À la cour, on estime que la princesse Ariana les a prises un peu trop tôt.

— Comment aurait-elle pu faire ? Elle n'en a pas eu le temps, pas vrai ? Cela ne faisait que deux jours qu'elle était là.

Ils étaient parvenus dans le hall d'entrée, un immense espace pavé de dalles irrégulières, cerné de murs de pierre et coiffé d'un haut toit. C'était autrefois la cour de l'ancien château, mais ni les buissons de lauriers et de myrte ni les bannières écarlates de Borgo qui l'ornaient ne parvenaient à en dissiper l'ambiance déprimante, et la nette impression que sous ses dalles étaient ménagés des culs-de-basse-fosse tout aussi sinistres. Même en cette chaude journée d'été, il y faisait froid. Sigismondo s'immobilisa et se passa le doigt sur la lèvre sous le regard méfiant du garde posté devant les hautes portes.

— Deux jours en effet, mais elle s'était disputée plusieurs fois.

— Vraiment ? Avec qui ?

— Avec le prince, d'après dame Leonora. Mais selon la duchesse, elle en voulait à une certaine dame de Borgo nommée Zima. C'est elle que nous allons voir.

La maison de dame Zima Montelucci était une magnifique villa située à proximité, à l'intérieur des murs de la ville mais nichée dans un parc si verdoyant que l'on se serait cru à la campagne. La clarté lunaire était encore vive lorsqu'ils atteignirent sa grille de fer forgé, dont les battants ouverts les invitèrent à monter jusqu'à la porte de la maison, surmontée d'un beau fronton classique, blanc comme un glaçage sous la lune. Tout dans cette bâtisse était de petite taille, comme si l'endroit était plus destiné à l'amusement des enfants qu'à l'habitation. Ce qui, d'une certaine façon, leur fut confirmé lorsque, ayant frappé à la porte et déclaré que le prince les envoyait, un serviteur ensommeillé fit entrer les deux hommes et les conduisit en présence de la maîtresse des lieux.

— Son Altesse m'envoie chercher?

La question fut accompagnée d'une sorte de ronronnement à la fois suffisant et provocateur, en dépit de l'heure tardive et du fait qu'elle s'adressât à un étranger. La femme était allongée sur son lit, dans une chambre ressemblant en miniature à la chambre de la princesse, avec des fresques — à peine visibles à la lueur des bougies — qui agrandissaient l'espace restreint en un vert paysage boisé dont les arbres arachnéens disparaissaient à l'horizon bleuté. La chemise de nuit de brocart blanc, qui ne dissimulait pas grand-chose des opulentes rondeurs de sa propriétaire, s'était même entrouverte et révélait une jambe sculpturale. Benno s'efforça de ne pas la dévorer des yeux.

Dame Zima, elle, ne se privait pas de regarder. Comme dame Leonora, elle trouvait que Sigismondo était plaisant à détailler, et qu'en dépit de sa révérence en arrivant il ne ressemblait en rien aux courtisans qu'elle avait coutume de fréquenter. Elle-même était un plaisir pour les yeux. Quoique parfaitement ignorant des canons classiques de la beauté, Benno trouvait que son visage ressemblait à celui des statues ornant les jardins du palais, la seule différence étant qu'elle était de chair blanche et non de marbre, et dépourvue de la moindre plaque de lichen. Elle était dotée comme elles d'un nez droit, de grands yeux et d'une bouche pleine, mais était dépourvue de ce regard vide et de cette pose réservée propres aux figures de pierre. Benno songea à une statue particulière qu'il avait observée, dont une main était pudiquement posée sur la poitrine, et l'autre à un endroit qu'un bout de tissu aurait utilement voilé. Les mains de dame Zima étaient dans cette même position, mais l'effet produit, allez savoir pourquoi, n'avait rien de pudique.

— Son Altesse ne vous envoie pas chercher, Madame. Il m'envoie auprès de vous.

La belle dame Zima parut à peine déconcertée et ses mains esquissèrent de petits gestes de nage. Si elle semblait parfaitement heureuse d'accueillir un remplaçant aussi séduisant du prince, elle avait quelque mal à en comprendre la raison. En général, les amants n'agissent pas par procuration.

— Pourquoi n'est-il pas venu en personne ?

« Eh bien, se dit Benno, voilà qui en apprend encore plus long au sujet de dame Zima que son coûteux joujou de maison. » Elle aurait trouvé naturel que pour venir la voir le prince laisse le cadavre de la femme qu'il avait épousée la veille. Ce qui signifiait soit qu'elle était très stupide, soit qu'il était complètement à sa merci.

Sigismondo arbora une expression de surprise feinte puis se frappa le front de la paume.

— Serait-ce que vous ignorez la nouvelle ? Vous n'étiez pas au palais ce soir ?

— La nouvelle ? Quelle nouvelle ? fit dame Zima en se remettant à agiter les mains.

Benno, qui était pourtant né dans une nation de gesticulateurs, se dit qu'il n'avait jamais vu quelqu'un faire autant de gestes inutiles. Peut-être se prenait-elle pour un papillon.

— Le prince est-il malade ?

— Ainsi vous n'étiez pas à la cour ce soir ?

Elle le considéra d'un œil vague, comme si elle comprenait enfin le sens de la question.

— C'est moi qui étais malade. La chaleur. Je ne supporte pas la chaleur.

Elle porta une main à son front comme si la chaleur l'importunait de ses attentions pressantes ; elle remarqua alors sa jambe dénudée et arrangea le brocart de manière plus convenable. Sigismondo s'était approché et se tenait debout contre le lit, la tête baissée vers elle.

— Vous n'êtes pas allée au palais ce soir ?

La troisième énonciation de la question fut prononcée d'une voix aussi calme et aussi dépourvue d'intonation que les précédentes, mais elle traduisait une volonté implacable. C'était une question qui exigeait réponse.

— Oh...

La dame haussa les épaules et tourna même la tête vers Benno comme si celui-ci pouvait lui être d'une quelconque utilité pour régler ce détail anodin.

— Je n'ai fait qu'y passer. Tout le monde y était. Je devais bien m'y montrer. Mais j'ai dû partir avant la fin. J'ai raté le feu d'artifice.

Elle inclina la tête de côté et leva les yeux vers Sigismondo en formant des lèvres une moue suggestive.

— Je ne me sentais pas bien du tout...

— Pourquoi y êtes-vous allée si vous vous sentiez aussi mal ?

Elle émit un petit rire dédaigneux, comme si Sigismondo se montrait délibérément obtus.

— Parce que c'était une *occasion*. J'avais fait tailler une robe exprès... Est-ce le prince qui vous a demandé de me poser toutes ces questions ? Il sait bien que j'étais là.

— Avez-vous été présentée à la princesse ?

Les manches de brocart battirent comme des ailes.

— Bien sûr que l'on m'a présentée à la princesse. Toutes les dames de la cour lui ont été présentées.

— Vous êtes-vous trouvée seule avec elle dans le pavillon ?

Le papillon commença à s'agacer.

— Je ne comprends pas la raison de cet interrogatoire. Il est tard et je ne me sens pas bien du tout.

Elle s'agita un peu parmi les coussins et le regard qu'elle lança à Sigismondo indiquait qu'elle avait révisé du tout au tout son opinion de l'homme avec qui elle avait d'abord estimé qu'il serait bien agréable d'interrompre son repos.

— Le prince n'apprécierait certainement pas que vous me harceliez de la sorte. Je crois que vous feriez mieux de partir.

— Quand vous m'aurez parlé de ceci.

Sigismondo tendit la main et l'ouvrit. Dans sa paume reposait un bijou ouvragé fait de vrilles et de feuilles d'or, avec des fleurs de rubis et de saphir, tout maculé de boue, et présentant plusieurs trous béants aux endroits où des pierres manquaient. Dame Zima recula comme s'il s'était agi d'un serpent.

— Ce bijou se trouvait sur la rive du lac où est tombée la princesse après qu'on l'eut étranglée. Je crois qu'il vous appartient.

CHAPITRE IX

Un spadassin pour la mariée

— *Étranglée!* fit dame Zima avec un couinement de chauve-souris.

Elle se redressa brusquement et, paraissant redouter le même sort, porta les mains à son cou.

— La princesse?

Le visage aussi pâle que le marbre le plus blanc, elle regarda le bracelet sur la paume de Sigismondo comme si elle craignait de le voir bondir et planter ses crocs dans sa gorge.

Benno ne pouvait deviner l'opinion de Sigismondo, mais lui-même était d'avis que la dame n'était pas assez futée pour avoir eu l'air aussi surprise dans l'hypothèse où elle ait déjà su que la princesse était morte. En supposant qu'elle se soit rendue au palais au cours de la soirée, elle avait dû en repartir avant que l'on découvre le corps d'Ariana. Dame Zima se mit à produire d'affreux petits bruits, comme si elle avait du mal à respirer.

— Que vous a dit la princesse?

Sigismondo avait fait disparaître le bracelet et, saisissant l'un des poignets de la dame, l'éloigna de la gorge vers laquelle il paraissait irrésistiblement attiré.

— Quand elle vous a fait venir au pavillon, ajouta-t-il.

— Je ne sais pas. Je ne l'ai pas vue... fit-elle d'une voix haletante.

Soudain ses yeux se révulsèrent puis se fermèrent, et dame Zima tomba inerte parmi les coussins.

Sigismondo lâcha son poignet, s'empara d'un geste rapide d'une carafe en cristal gravé posée sur l'estrade du lit et la vida sur la tête de la dame.

L'effet fut miraculeux. Aussitôt elle se redressa en toussant et postillonnant. La cruche était pleine de vin, qui dégoulinait à présent sur son visage et, tel du sang, gouttait sur le brocart blanc. Sigismondo se tenait debout, immobile, penché au-dessus de dame Zima.

— Que vous a-t-elle dit, dans le pavillon ?

— Dans *mon* pavillon ! Elle m'a *frappée* ! Elle me les a arrachés et les a jetés, hoqueta dame Zima avec de bruyants sanglots.

— Les bracelets que le prince vous avait donnés ?

— Il m'aime ! Elle, ce n'est qu'une *épouse* ! fit-elle avec force larmes et reniflements. Il *tenait* à me les donner...

— Qui était présent lorsqu'elle vous a pris les bracelets ?

Elle secoua la tête en faisant voltiger autour d'elle une pluie de gouttelettes de vin. L'odeur s'en répandit dans la pièce.

— Personne. Absolument personne.

Le son de sa voix indiquait qu'à ses yeux cela accentuait le pathétique de la situation. Il était clair qu'elle déplorait l'absence de témoins au moindre de ses actes. Une femme, se demanda Benno, tuerait-elle pour un bracelet ? Deux bracelets ? Deux bracelets et un pavillon ? Certes, dame Zima avait l'air bien inoffensive, assise sur son lit avec du vin et des larmes qui lui coulaient sur le menton, mais les bracelets et le pavillon étaient les marques de son statut. Et pour celui-ci, qu'était-elle prête à faire ?

— Elle a dit... elle a dit qu'elle refusait de partager ses bracelets — *ses* bracelets — avec quiconque.

Pour Benno, qui ignorait l'existence d'une seconde

paire identique aux poignets de la princesse, cela n'avait aucun sens, mais il ne fut pas étonné de voir Sigismondo hocher la tête.

— Elle les a lancés du haut du pavillon ?

— Elle les a jetés par-dessus son épaule, comme si c'était des saletés sans valeur.

« Quel regrettable gaspillage ! » se dit Benno avec horreur. Il ne s'était donc pas trompé en subodorant que Sigismondo cherchait des bijoux sur la pente descendant vers le lac. Il était même prêt à croire que son maître s'attendait à découvrir les bracelets.

Tout en fredonnant, Sigismondo prit une serviette de lin brodé sur l'estrade du lit et la tendit à la dame qui s'essuya le cou et le visage.

— Avez-vous vu quelqu'un se rendre au pavillon après vous ?

Dame Zima secoua la tête puis s'immobilisa, tenant à deux mains la serviette avec laquelle elle s'apprêtait à s'essuyer les cheveux, et considéra fixement Sigismondo, comme si, oubliant un instant son indignation au sujet des bracelets, elle commençait juste à comprendre ce qu'il était venu lui annoncer.

— On l'a étranglée ? Qui a fait cela ? Le prince ?

Benno fut assez satisfait du scénario qui lui vint à l'esprit : constatant que sa nouvelle épouse a insulté sa maîtresse bien-aimée et lui a arraché ses bracelets, le prince lui passe au cou un collier qui la calme définitivement. Benno se souvenait de contes où des grands seigneurs accusaient leurs femmes de les tromper et les faisaient empoisonner. Un prince convaincu d'adultère étranglerait-il son épouse ? Quant à tous ces pleurnichements auxquels s'était livré Galeotto ce soir, ils pouvaient tout simplement s'expliquer par le fait qu'il regrettait d'avoir perdu son sang-froid et, du même coup, sa jeune épouse et son alliance avec le duc Ippolyto.

— Avez-vous vu le prince à ce moment-là ?

Si dame Zima avait monté Galeotto contre Ariana,

l'éventualité que le prince ait déboulé dans le pavillon pour l'étrangler ne paraissait pas si farfelue. Peut-être était-il assez amoureux de cette dame Zima pour le faire. Celle-ci nia pourtant avec véhémence.

— Je n'ai vu personne. Je suis partie aussitôt. Après tout, ce n'était qu'une gamine de quinze ans ! Je suis sortie du palais et suis venue directement ici. J'étais dans tous mes états.

— Par où êtes-vous passée pour sortir des jardins ?

— Je ne sais pas, je ne sais plus ! Ah, si ! Par le tunnel de verdure. Je ne voulais pas qu'on me voie.

Elle semblait s'être rendue auprès de la princesse sans songer un seul instant que celle-ci était furieuse au sujet des deux paires de bracelets identiques. Or, l'ayant fait mander, la princesse, elle, devait forcément connaître l'existence de la seconde paire. Peut-être dame Zima les avait-elle mis en pensant qu'elle tiendrait facilement tête à une « gamine de quinze ans », ou parce qu'elle était tellement sûre de l'amour du prince qu'elle savait qu'à ses yeux les sentiments de sa jeune épouse, toute fille de duc qu'elle était, ne comptaient pas.

Tout cela, bien entendu, si dame Zima disait la vérité.

Sigismondo parut prendre sa décision. Souriant, il se pencha pour porter à ses lèvres une des mains de la dame tandis qu'elle plaquait de l'autre la serviette sur ses cheveux.

— Nous allons vous laisser vous reposer, Madame. Je suis certain que le prince vous enverra chercher demain.

Tandis qu'il s'éloignait, elle lança d'une voix aiguë :

— Le prince saura de quelle façon vous m'avez traitée !

Sigismondo se retourna et s'inclina d'un air grave. Puis ils la laissèrent, dans son brocart maculé de vin et avec ses cheveux qui commençaient à friser en séchant. Après avoir réveillé le serviteur pour qu'il leur ouvre la porte, ils se retrouvèrent à l'extérieur de la villa, sous le joli petit fronton qu'éclairait une lune basse sur l'horizon. Benno allait parler lorsque Sigismondo plaqua un index sur ses lèvres et pencha la tête, l'oreille aux aguets. Alarmé, Benno scruta autour d'eux les poches d'ombre d'où risquaient de surgir des agresseurs, mais ne vit rien. Il leva les yeux vers Sigismondo et remarqua que son maître souriait.

— Un rossignol, Benno. Je te jure qu'il ne te veut aucun mal.

On avait l'impression que c'était la clarté de la lune elle-même qui égrenait les notes, et Sigismondo se remit en marche sans aucune hâte. Si son maître était prêt à interrompre ainsi le sommeil de toutes les dames de la cour, se dit Benno, quand allaient-ils pouvoir prendre quelque repos ? Mais il savait, comme l'avait expliqué Sigismondo au prince Galeotto, qu'il était important de suivre une piste tant qu'elle était chaude.

— Croyez-vous qu'elle va se plaindre auprès du prince ? Quand vous l'avez inondée de vin, j'ai cru qu'elle allait se mettre à hurler.

— Elle aurait hurlé de toute façon si je n'avais rien fait. C'était un risque à courir. Il est possible qu'elle se plaigne au prince, mais il n'est pas certain qu'il l'écoute. Il a déjà assez d'ennuis comme ça.

Toujours accompagnés du chant du rossignol, ils traversèrent le parc en longeant un sentier de terre. Ils percevaient aussi la course précipitée des petits animaux courant dans les buissons et les sous-bois que la lune revêtait d'un manteau d'argent semblable à du givre. Benno, qui dans la villa avait gardé Biondello sous sa chemise, l'avait posé à terre et le petit chien courait joyeusement de droite et de gauche en rêvant de lapins. Un molosse aboya dans l'une des maisons voisines.

— Que va-t-il raconter au duc Ippolyto ? Désolé pour votre fille, envoyez-m'en une autre ? Le duc a-t-il plusieurs filles ?

Sigismondo émit un fredonnement approbateur.

— D'après la duchesse Violante, il en a une autre, mais elle n'a qu'un an. Si le prince Galeotto a refusé la fille de huit ans du duc de Venosta parce qu'il veut avoir très vite des héritiers, il est peu probable qu'il demande la main de celle-là. Pour l'instant, son souci est de convaincre le duc Ippolyto qu'il n'est pour rien dans la mort d'Ariana.

Effrayé d'être tombé sur quelque chose de plus gros que lui sous un buisson, Biondello revint en toute hâte vers les deux hommes et Benno le prit dans ses bras.

— Vous ne pensez donc pas que le prince soit coupable ?

— Hum. Je n'ai pas dit ça. Mais depuis que dame Leonora a découvert ces boutons dans le bracelet de la princesse, la cour a quelque raison de le croire coupable.

— C'est la dame qu'il a envoyé chercher pendant que vous lui parliez ? Est-elle aussi sa maîtresse, comme dame Zima ?

— L'Église enseigne que nous ne devons avoir qu'une épouse, mais je n'ai jamais entendu dire qu'un homme devait se limiter à une seule maîtresse.

Benno était d'avis que s'il n'avait pas été prince, Galeotto aurait eu les plus grandes difficultés à séduire ne serait-ce qu'une maîtresse, mais avoir des bracelets et des villas à distribuer paraissait faciliter grandement les choses quand on ressemblait à un cochon.

Ils étaient à présent sortis du parc et traversaient des jardins potagers ménagés au milieu des maisons clairsemées qui marquaient la limite de la cité. Benno déterra un radis et mordit dedans tout en réfléchissant.

— Et ses maîtresses, alors ? Oseraient-elles tuer une princesse ?

— Peut-être seraient-elles incapables de le préméditer, mais qui sait jusqu'où peut vous entraîner la colère ?

Décelant le ton sombre de la voix de Sigismondo, Benno leva la tête vers lui. La colère avait-elle un jour conduit son maître à commettre quelque chose de terrible ? C'était là une question impossible à poser. Il changea donc de sujet.

— Nous allons voir cette dame Leonora ?

— Un autre jour, Benno. Je ne dérange jamais les princes à moins d'y être obligé.

Ils étaient à présent dans la ville, où la clarté de la lune ne parvenait pas à éclairer l'étroite ruelle en escaliers que Sigismondo gravissait à grands pas, et dans laquelle peinaient les jambes plus courtes de Benno. Celui-ci sentait la peur revenir en lui dans l'obscurité. L'assassin de la princesse pouvait se trouver n'importe où, et s'il apprenait que son maître était lancé à sa recherche, qu'est-ce qui l'empêcherait de le traquer à son tour ? Il avait certes quelque mal à imaginer dame Zima surgissant des ténèbres en brandissant un garrot. C'était absurde. Et pourtant il avait la sensation qu'il se tramait quelque chose de plus sinistre encore.

Il s'avéra que Sigismondo éprouvait la même appréhension.

— Tu ne m'as pas demandé ce que j'avais trouvé d'autre qu'un bracelet sur la berge au-dessous du pavillon, dit-il lorsqu'ils furent arrivés à la grand-place et aux marches du palais.

Il s'immobilisa et tourna la tête vers Benno.

— L'herbe et la terre avaient été piétinées, bien sûr. La princesse y était tombée, et ensuite une demi-douzaine de personnes étaient accourues pour aider à la remonter. Je suis descendu plus bas, tout près de l'eau. Quelqu'un avait tiré une barque sur la rive, à hauteur du pavillon. La boue était marquée d'un sillon et plusieurs pierres étaient retournées. Avec la musique qui jouait pour les danseurs, avec les rires et le brouhaha des conversations, il n'a sans doute pas été difficile pour quelqu'un de gravir la berge sans que la princesse, même éveillée, l'entende. Or nous savons qu'en plus elle avait pris une potion somnifère.

Benno avait cessé de mâchonner son radis mais l'avait gardé dans sa bouche ouverte.

— Vous voulez dire...

— Un professionnel, Benno. N'importe qui peut engager un spadassin.

CHAPITRE X

Une potion somnifère

— Peut-on parler à Madame la duchesse ?

Sigismondo venait de pénétrer dans les appartements du palais alloués à la duchesse Violante. Personne ne l'avait arrêté car il avait couru suffisamment de rumeurs depuis qu'on avait remarqué qu'il marchait au côté du cheval de la duchesse après la chute de l'effigie, puis qu'il se tenait debout derrière elle pendant le banquet, pour que chacun soit convaincu qu'il était à son service, et que désormais, après ce qu'on avait entendu — et largement commenté — la veille au soir, il travaillait également pour le compte du prince. On avait aussi laissé entrer l'idiot qui l'accompagnait, et dont on ne s'expliquait pas qu'il pût l'employer comme serviteur. Celui-ci s'immobilisa au côté de son maître à la porte de la chambre, avec Biondello qui s'agitait sous sa chemise. En traversant le palais, ils avaient croisé quelques-uns des chiens de chasse du prince, d'énormes bêtes aux mâchoires capables d'affronter les sangliers, allongées en travers du chemin ou errant dans les couloirs. Biondello en avait presque cessé de respirer, mais à présent il se sentait à nouveau en sécurité.

— Madame la duchesse dort encore, messire, mais je vous préviendrai quand elle se lèvera.

Les chiens perçoivent très vite une ambiance, et il est possible que l'air avenant de la femme qui parlait ainsi ait contribué à apaiser Biondello. Elle cousait assise près d'une fenêtre, à la lumière matinale qui gagnait en clarté de minute en minute. C'était une femme d'une quarantaine d'années, au visage agréable, sobrement vêtue de noir, ceinte d'un grand tablier blanc et coiffée d'un bonnet dont les longs rabats lui pendaient sur les épaules comme les oreilles d'un épagneul. Le lin brodé de son habit indiquait une servante de rang supérieur.

Malgré la tragédie de la veille, qui avait assombri les visages de tous ceux qui vivaient au palais, et bien que, étant originaire d'Altamura, elle eût pu ressentir la mort de la princesse Ariana plus durement que la plupart, elle décocha à Sigismondo un sourire qui fit naître sur ses joues deux fossettes fort séduisantes. Les yeux qui se détournèrent un instant de leur ouvrage pour détailler l'étranger étaient sombres et expressifs. Benno eut l'impression que la mort de la fille du duc ne l'écrasait pas particulièrement de chagrin.

— Avez-vous vu la princesse hier soir ?

Les fossettes disparurent. La femme se pencha sur son travail comme si sa vie en dépendait, défaisant un panneau cousu de pierres précieuses pour le remplacer par un simple ruban de brocart.

— Une vision affreuse. Horrible ! Que Dieu et la Sainte Vierge nous protègent du mal.

— Amen, fit Sigismondo.

Il s'était approché de la fenêtre et, appuyé contre l'embrasure, regardait dehors.

— Je ne voulais pas dire après sa mort, mais avant, dans le pavillon.

La femme se piqua avec son aiguille et poussa un petit cri. Elle porta le doigt à sa bouche et observa Sigismondo par-dessus sa main, le regard soudain empreint de méfiance.

— Le pavillon, messire ? Au bout du jardin ?

« Elle sait très bien qu'il n'y en a qu'un, se dit Benno. Elle essaie de gagner du temps. » Avec un sourire,

Sigismondo saisit un pli de la robe en lourd satin sombre sur laquelle elle travaillait et murmura :

— Joli. Très joli.

— N'est-ce pas ? Je dois terminer sa tenue de deuil avant que Madame la duchesse se lève. Si vous voulez bien m'excuser...

Elle se pencha à nouveau sur son ouvrage et l'aiguille se remit à virevolter.

— Ainsi la princesse vous a envoyé chercher et vous êtes allée au pavillon. Est-ce vous qui lui avez apporté la potion qu'on y a retrouvée ? Vous étiez sa gouvernante, n'est-ce pas ?

« Il pose trop de questions », songea Benno, qui savait ce qu'il en coûtait ; mais Sigismondo lui montra qu'une réponse peut en susciter beaucoup d'autres.

— Je n'étais pas la gouvernante de la princesse Ariana !

Les yeux noirs brillèrent d'indignation lorsqu'elle leva brièvement la tête de son travail.

— Je suis la gouvernante des enfants de Madame la duchesse ! ajouta-t-elle d'un air hautain en rejetant les rabats de son bonnet. Je fais partie de son équipage.

— Et ses enfants ? On ne les a pas amenés ? fit Sigismondo en jetant un regard circulaire comme s'il cherchait un berceau.

— Bien sûr que non. Ils sont tous les deux bien trop jeunes pour voyager.

L'aiguille allait et venait avec la même énergie que la couturière mettait à exprimer ses sentiments.

— On a dû les laisser à Altamura, ajouta-t-elle.

Sigismondo hocha la tête et le ton de sa voix indiqua qu'il y voyait à présent plus clair.

— Et donc ici, vous vous occupez d'autres choses que de bébés, fit-il en se penchant pour tâter à nouveau un pli de satin. On a besoin de vous pour les travaux de couture.

Elle lui retira le tissu des doigts.

— Madame la duchesse a des femmes pour cela. Je connais des choses qu'aucune couturière ne sait faire.

— Comme par exemple mélanger du fenouil, de l'acanthe et de la sauge de Bethléem. À moins que vous n'ayez utilisé de l'herbe de Saint-Laurent ?

L'aiguille s'immobilisa. La femme le regarda.

— Jamais d'herbe de Saint-Laurent, fit-elle tandis que ses fossettes faisaient leur réapparition. Beaucoup trop risqué. Vous imaginez si elle avait vomi sur le prince...

Elle leva la main qui tenait l'aiguille, puis écarquilla les yeux ; elle venait de se souvenir qu'il était arrivé bien pire à la princesse. Une main toujours posée sur le rebord de la fenêtre, Sigismondo se pencha et approcha son visage tout près du sien.

— Et si ç'avait été de la rue ? Cela l'aurait-il fait vomir ?

— De la rue ! s'exclama-t-elle en reculant son visage. Je n'en ai pas mis. Jamais de la vie ! Qui prétend qu'il y en avait ?

Sigismondo se redressa et s'appuya contre le mur avec un sourire amusé.

— Moi, pour y avoir goûté. Le breuvage contenait de la rue, ou alors c'est que je ne fais pas la différence entre un aigle et un lièvre.

Les doigts de la servante se refermèrent sur le satin.

— Elle ne l'a donc pas bu ? Comme elle était assoupie, je lui ai laissé la coupe sur la table. La douleur dont elle se plaignait ne devait pas être bien forte, si elle avait pu s'endormir. Et après ses excès de table de la veille, il n'est pas étonnant qu'elle ait eu des douleurs.

— La potion que vous lui avez préparée n'était que digestive ?

— Je sais ce que je fais. Et je n'y ai mis ni rue ni herbe de Saint-Laurent. Dame Ariana appréciait beaucoup mes décoctions. Elle m'envoyait chercher quand elle n'arrivait pas à dormir. Elle me faisait venir quand elle avait trop mangé. Si elle avait mal à la tête, c'est moi qui m'occupais de la soulager.

La gouvernante haussa les épaules, et Benno sentit qu'elle était plus exaspérée que flattée de cette dépendance.

— Vous devez faire erreur, messire. Peu de gens connaissent les herbes. Et puis quelle importance, puisqu'elle n'a pas touché à ma décoction ?

— Quelle importance, en effet ! Ce qu'elle a bu, en revanche, contenait un mélange somnifère.

— *Une potion somnifère ?* Qui la lui a donnée ? Et juste au moment où la soirée commençait, et qu'elle devait y paraître !

— Y avait-il quelqu'un d'autre quand vous êtes arrivée au pavillon ?

Elle réfléchit en lissant le tissu de satin. Les princesses étaient rarement seules ; les puissants n'avaient pas plus d'intimité que les paysans dans leurs cabanes exiguës.

— Non. Je me souviens qu'elle avait congédié ses femmes ; on m'a dit qu'elle voulait admirer le clair de lune sans être gênée par leurs bavardages. C'était une raison stupide ; elles se seraient tues si elle le leur avait ordonné.

La vraie raison, songea Benno, était qu'elle voulait arracher les bracelets de dame Zima sans que toute la cour sache qu'elle était contrariée. Biondello avait cessé de remuer et, pointant la tête entre les pans de la chemise de son maître, observait la gouvernante avec la même attention que Sigismondo.

— Vous dites qu'elle était assoupie. Avez-vous essayé de la réveiller ?

La femme eut un rire bref.

— Vous ne connaissiez pas dame Ariana ! Elle ne m'en aurait certainement pas remerciée. Je me suis dit qu'un bon somme calmerait ses maux d'estomac ; et j'ai laissé le verre que je lui avais apporté afin qu'elle sache que j'avais obéi à ses instructions.

— Y avait-il déjà un verre sur la table ?

Elle releva la tête de son ouvrage et fronça les sourcils.

— Je crois que oui. Ça devait être du vin. Il y avait aussi des bonbons. Elle en avait toujours auprès d'elle. Une vraie enfant avec les bonbons.

— Et vous n'avez vu personne en partant ?

— Non, à part ses femmes qui dansaient. Je me suis d'ailleurs demandé comment elle arrivait à dormir avec cette musique.

La porte derrière Benno s'ouvrit brusquement en lui heurtant le dos, de sorte qu'il fut projeté en avant tandis que Biondello sautait à terre.

— Benêt ! Que fais-tu ici ?

Une servante portant sur un bras une pile de serviettes en lin brodé et tenant de l'autre main une aiguière en argent doré entra dans la pièce. Un peu d'eau parfumée que contenait l'aiguière s'était répandue par terre. Apercevant la gouvernante et Sigismondo, la nouvelle venue s'immobilisa, l'air confus.

— Porte ça à Madame la duchesse tout de suite, lui ordonna la gouvernante d'une voix sèche. Je ferai nettoyer le sol.

La servante contourna la flaque fumante répandue sur le marbre, se dirigea vers la porte de communication, frappa et entra. On entendit un bâillement sonore en provenance de la chambre. La duchesse Violante était réveillée et elle allait avoir besoin de sa robe de deuil.

La gouvernante coupa un fil entre ses dents, piqua son aiguille dans sa robe au-dessus de sa poitrine et se leva en secouant les plis du lourd satin sombre. Les panneaux scintillants de pierres précieuses reposaient, abandonnés, sur l'accoudoir du fauteuil. La femme se dirigea vers la porte de la chambre. Tout en récupérant Biondello qui, après quelques hésitations, s'était mis à laper la flaque d'eau parfumée, Benno se dit qu'un aspect intéressant de la princesse Ariana était apparu ; mais cela avait-il aidé Sigismondo à éclaircir le mystère? C'était donc la gouvernante qui avait préparé le breuvage retrouvé ensuite intact sur la table; mais elle avait précisé qu'elle n'y avait mis aucun émétique. Benno la croyait. Vous ne seriez pas allé bien loin en tant que serviteur des puissants si vous les aviez fait vomir à tort et à travers. Pourtant, quelqu'un avait bien ajouté le vomitif à la boisson.

La gouvernante avait-elle raison? Après tout, la princesse n'avait pas touché au breuvage, et si quelqu'un y avait versé un émétique après son départ, ce n'était certainement pas la personne qui l'avait empêchée de manière définitive de le boire. Dans ces conditions, ne feraient-ils pas mieux de rechercher *l'étrangleur*?

CHAPITRE XI

Brunelli quitte le palais

— Et vous dites qu'elle a été *étranglée* ?

Le duc Vincenzo se tut quelques instants et secoua la tête.

— Quelle horrible chose ! Vous transmettrez au prince Galeotto ma plus profonde sympathie, ainsi que mon espoir de voir le coupable promptement arrêté et châtié. Comme le monde est mauvais ! Une enfant au seuil de l'existence, qui aurait pu donner un héritier à Borgo...

Sa voix mourut.

L'envoyé du prince comprit qu'on entendait lui remettre en mémoire l'existence d'Agusta, la fille du duc âgée de huit ans, dont on avait exclu, avec toute la courtoisie diplomatique requise, que Galeotto la prît pour épouse car cela l'aurait contraint à attendre plusieurs années avant d'espérer en avoir un héritier. Or les fillettes de huit ans offrent de plus riches promesses de postérité que les cadavres. Obligé qu'il était de transmettre la nouvelle du deuil de son prince au duc, l'envoyé savait que celle-ci serait accueillie avec une sympathie sincère, mais qu'il serait difficile de déceler les véritables sentiments du duc à partir du ton de sa voix ou de son comportement, car l'un comme l'autre pouvaient donner une impression extrêmement trompeuse. Pour l'instant, la tête penchée sur le côté, le duc considérait l'envoyé avec une expression de feinte compassion. La duchesse Dorotea, dont le teint neigeux offrait un contraste saisissant avec le noir de ses yeux et de ses cheveux, se tenait assise près de son époux, le dos très droit, dans une robe de velours bordeaux, se refusant à modifier en quoi que ce soit l'expression de ses traits parfaits.

— J'informerai mon prince de la sympathie que Monsieur le duc lui témoigne. Ce sera un réconfort pour lui.

D'un geste gracieux, le duc Vincenzo inclina la tête et l'envoyé se retira après lui avoir fait sa révérence.

— Étranglée. Une fin horrible. Croyez-vous que ce soit le fait du prince ?

La duchesse examina ses bagues. Tous considéraient que le duc n'aurait pu faire un meilleur mariage.

— C'est possible. On dit qu'il a le tempérament vif.

Elle jeta un bref regard à Vincenzo, dont personne n'avait jamais affirmé la même chose. Le duc n'agissait jamais de façon impulsive. Quelqu'un avait même prétendu un jour qu'il tramait avec soin le moment de se mettre au lit ou de se lever.

— À présent, il doit trouver une nouvelle épouse, ajouta la duchesse.

— Les négociations lui prendront presque aussi longtemps que s'il avait accepté Agusta.

— Pensez-vous qu'il demande sa main, à présent ?

Les minces sourcils du duc se haussèrent imperceptiblement.

— Pas s'il arrive à trouver une fille plus âgée. Mais entreprendre de nouvelles négociations va demander beaucoup de temps, fit-il avec un affreux petit sourire qui creusa les sillons de son visage olivâtre. Pauvre Galeotto...

— Pauvre Ippolyto, rétorqua la duchesse. Il a perdu une fille et son alliance avec Borgo.

— Pauvre Ippolyto, acquiesça le duc avec une pointe

de satisfaction dans la voix. D'ailleurs, cela me rappelle que j'ai quelque chose à faire.

Il se leva et descendit de l'estrade, traînant derrière lui le velours pourpre de son manteau. Les ducs s'habillent non en fonction du temps mais pour faire impression, et maintenant que l'envoyé était parti, Vincenzo esquissa un geste en direction de l'agrafe en or — deux serpents amoureusement enlacés — qu'il portait à l'épaule. Aussitôt deux pages se précipitèrent, l'un pour ouvrir l'agrafe, l'autre pour se charger du lourd velours doublé de fourrure qui sentait le bois de camphre. Débarrassé de son manteau, le duc se dirigea vers son cabinet de travail tandis que la duchesse, comprenant que sa présence n'était plus requise, s'en allait vaquer à ses occupations, lesquelles consistaient pour l'instant à broder avec méticulosité une tapisserie représentant l'écorchement de Marsyas par Apollon.

Une tâche tout aussi intéressante attendait le duc dans son cabinet, même si, à la différence du supplice de Marsyas, elle n'illustrait pas directement les dangers de l'ambition. Ignorant pour une fois sa collection de joyaux gravés, Vincenzo alla jusqu'à la grande table au plateau incrusté de marbres de différents coloris et, plaçant ses mains sur le bord comme deux petites tentes, laissa errer son regard sur ce qui y était posé.

C'était la maquette d'un fort en bois, réalisée avec une élégante minutie de détails. Le soleil qui pénétrait dans la pièce par la haute fenêtre rendait translucides les fins panneaux de pin et projetait les ombres crénelées de la construction sur les reliefs peints en vert et brun reproduisant le paysage dans lequel le duc était en train de la faire édifier. Le méandre d'une rivière sinueuse, d'un bleu vif guère réaliste, enveloppait le fort et bordait la maquette d'un côté.

Vincenzo l'observa comme s'il s'attendait à voir de petites silhouettes surgir sur les fortifications et déployer l'étendard de Venosta orné de ses deux serpents enlacés.

Au bout d'un long moment il claqua dans ses mains. Un page franchit en se baissant le rideau de la porte et vint s'incliner devant lui.

— Brunelli. Trouve-le.

Vincenzo s'assit, orienta son visage vers le soleil et, en attendant Brunelli, imagina qu'il entendait sonner une trompette sur les remparts du fort.

— Votre Grandeur m'a fait mander.

La phrase, prononcée d'une voix plaintive, tenait plus du grognement contrarié que de la simple constatation. Brunelli était un homme de petite taille, doté d'un physique vigoureux et d'une mâchoire qui rappelait celle d'un vautre. Il considéra le duc du regard farouche de ses yeux sombres. Sa tunique de ratine grossière était saupoudrée de plâtre, comme si son propriétaire sortait d'un bâtiment écroulé. La courbette à laquelle il se livra devant le duc fut caricaturale au point d'en être insultante, mais Vincenzo se leva de son fauteuil avec un sourire aussi faussement bienveillant que celui dont il avait gratifié l'envoyé de Borgo.

— Le fort, Brunelli. Je veux que vous réfléchissiez au fort. Cette maquette est désormais terminée et...

— Terminée ? renifla Brunelli.

On eût dit que des flammes lui jaillissaient des narines.

— Ce qui n'est pas terminé, et qui ne le sera jamais si je suis constamment dérangé, c'est la fonte de votre statue. Je dois y retourner dans la demi-heure, sinon tout sera à refaire.

— Dites à votre assistant de s'en occuper.

Le reniflement de Brunelli fut encore plus appuyé que le premier.

— Vous voudriez que mes assistants construisent mes maquettes ? Qu'ils peignent mes fresques ? C'est parce que vous vouliez le meilleur que vous m'avez engagé.

Brunelli préféra oublier que ce n'était pas Vincenzo

qui avait cherché à l'engager. Il était arrivé à Venosta en quête de travail, après un séjour à Borgo où il avait, entre autres, conçu et réalisé le pavillon dans lequel la jeune épouse du prince Galeotto venait d'être assassinée. Le duc avait été ravi de s'assurer les services de Brunelli. Celui-ci était un génie reconnu en matière d'architecture militaire, de peinture et de sculpture, ainsi qu'un expert dans le coulage du bronze. Mais ce que personne n'avait expliqué à Vincenzo, c'est que le tempérament d'un génie comporte toujours certains travers. Brunelli était un perfectionniste à qui son travail importait plus que tout.

— Vous êtes sans aucun doute le meilleur, fit Vincenzo en découvrant brièvement ses dents dans ce qui pouvait passer pour un sourire. Et c'est parce que vous êtes le meilleur que je vous dépêche à la frontière afin d'y superviser la construction de mon fort. Aujourd'hui même.

— Et la statue ?

Le duc écarta l'objection d'un revers de manche.

— La statue attendra votre retour.

Brunelli prit une profonde inspiration, leva les yeux au ciel et parla sur le ton du maître essayant de faire entrer une leçon dans le crâne d'un enfant à la fois stupide et entêté.

— Le métal est en train de chauffer en ce moment même. S'il n'est pas coulé à la température *exacte* et au moment *précis* où il doit l'être, tout le travail sera réduit à néant.

— Il s'agit là, de toute évidence, d'une simple tâche d'artisan. Que vos assistants — qui sont, je n'en doute pas, des hommes expérimentés — s'en occupent. Le fort...

— *Cela*, c'est du travail d'artisan.

Brunelli, qui s'était approché de la table, désignait la maquette d'une main tremblante.

— Il n'y manque pas un détail. Vos ingénieurs ne

sont pas stupides, ils peuvent très bien le construire sans moi. Tandis que la statue...

— Oubliez donc cette statue. Je veux que vous consacriez toute votre attention à mon fort.

Brunelli devint écarlate. Son visage parut enfler. Il leva le bras et abattit de toutes ses forces son poing sur la maquette. Les points de colle cédèrent, les baguettes de pin éclatèrent, le fort fut réduit à un tas de petit bois. L'architecte s'empara du support en plâtre, le renversa et en éparpilla les débris à coups de pied.

— Voilà ce que j'en fais, de votre fort ! Je suis en train de réaliser pour vous une œuvre d'art qui perpétuera votre mémoire durant mille ans, et vous...

Le duc avait agité une petite cloche posée sur son bureau. D'une voix glaciale il donna un ordre bref au page qui se présenta. Brunelli tendit le poing dans la direction du duc, le pouce émergeant d'entre les doigts.

— Le voilà, votre fort ! Une escarmouche, une petite gloriole à la frontière, quand je vous donne une...

Le page écarta le rideau et deux gardes à la solide carrure entrèrent. Le duc tendit l'index et leur donna un ordre. Ils encadrèrent Brunelli et l'entraînèrent vers la porte tandis que l'architecte comparait la sensibilité artistique du duc à celle d'un porc, mais à l'avantage de ce dernier. Il écarta les jambes et cala ses pieds de chaque côté de la porte pour empêcher qu'on l'emmène, mais les gardes lui firent faire demi-tour et le traînèrent dehors. On l'entendit encore crier un moment dans le couloir, le son de sa voix atteignant son paroxysme en haut de l'escalier, puis un des gardes lui expédia son poing dans le ventre. Ensuite on n'entendit plus que le bruit de deux paires de bottes et de deux talons descendant l'escalier. Les gardes et leur prisonnier passèrent devant les fresques de Brunelli, traversèrent la mezzanine, descendirent un nouvel étage dont les murs portaient les esquisses de Brunelli en vue de l'exécution d'autres fresques, et s'arrêtèrent enfin sur le marbre noir de l'entrée. Les lourdes portes s'ouvrirent.

— Prends-lui les pieds, l'ami, fit une voix rude. On y est ? À la une, à la deux, à la trois !...

Brunelli roula sur les pavés de la rue. Les portes du palais se refermèrent.

Un chien errant, qui s'était enfui à l'arrivée brutale de Brunelli, s'immobilisa et revint sur ses pas en reniflant. Le palais fournissait parfois d'excellents détritus.

Mais cela n'en était pas un. Le chien récolta un coup de pied tandis que Brunelli se relevait tout en se frottant le dos d'une main et en brandissant son poing en direction d'une bande de mioches qui riaient à gorge déployée de son infortune. À présent la statue était fichue — et cela ne le consolait guère qu'elle représentât Vincenzo ! Plusieurs semaines de travail perdues. Écœuré par Venosta et son duc, il cracha dans la poussière. Pourquoi les grands de ce monde étaient-ils aussi stupides ? Le prince Galeotto n'avait guère été plus brillant quand il lui avait demandé de terminer les fresques d'une chambre en une seule nuit ! Pour faire une surprise à sa maîtresse, avait-il expliqué. Brunelli se flattait de les avoir en effet étonnés, même si cela l'avait obligé à quitter Borgo en hâte.

À présent, il lui faudrait peut-être partir non moins précipitamment de Venosta. Peu importe. Tous les chemins se ressemblaient aux yeux d'un génie et si tout le reste échouait, il se rendrait à Rome où, avait-il entendu dire, le pape avait une chapelle à décorer.

Dans son cabinet de travail, tandis qu'autour de lui on nettoyait en silence les débris de la maquette fracassée, le duc Vincenzo avait déroulé les plans du fort d'après lesquels elle avait été construite. Il aurait dû faire fouetter ce Brunelli pour son insolence, mais c'était après tout un artiste, qui ne voyait pas le monde comme les autres hommes. De plus, si le bruit courait que Vincenzo de Venosta avait fait flageller le célèbre Brunelli, il passerait pour un barbare et non pour le seigneur cultivé et tolérant qu'il était persuadé d'être.

À présent, il lui fallait trouver un homme qui savait ce qu'il faisait et qui serait capable d'organiser la construction du fort. La rapidité d'exécution était essentielle. Il aurait préféré s'en occuper lui-même, car personne n'aurait osé traînasser en sa présence, mais il était indispensable qu'il soit à Venosta lorsque arriverait la plainte officielle du duc Ippolyto. Vincenzo sourit. Il était de la première importance de savoir tirer profit des malheurs frappant ses voisins... Ippolyto pensait peut-être se trouver dans une situation périlleuse, mais ce n'était rien encore au regard de ce que lui réservait le Destin.

CHAPITRE XII

Elle serait prête à tuer pour eux

— Bien sûr que c'est utile de savoir qu'il est arrivé par la rivière, mais vous ne savez pas d'où il vient, ni de qui il s'agit, n'est-ce pas ?

Benno donnait distraitement des coups de pied dans la berge boueuse d'où il délogeait des cailloux qui tombaient à l'eau et roulaient sur le fond avant de s'immobiliser. Un oiseau tournoyait au-dessus d'eux, attendant que Benno fasse quelque chose de plus intéressant, comme de débusquer un poisson. Sigismondo était étendu dans l'herbe, ses longues jambes allongées devant lui, contemplant d'un air serein la petite île du lac d'où, la veille, étaient partis les feux d'artifice.

— Pas plus que nous savons par où il est reparti. Il pourrait se trouver à des lieues d'ici ou, ajouta-t-il avec un hochement de tête en direction de l'amont, juste derrière cette courbe.

Benno jeta un regard nerveux en direction du saule pleureur au-delà duquel la rivière disparaissait.

— Êtes-vous sûr que c'est lui qui l'a étranglée ? Et si c'était quelqu'un d'autre ? Pourquoi pas cette dame Zima ? Ça n'a pas dû lui plaire, que la princesse lui arrache ses bracelets et les balance dans les taillis. Est-ce qu'elle n'aurait pas pu lui sauter à la gorge dans un accès de fureur ?

— Hum. Comme le dit l'abbé, qui peut être sûr de

quoi que ce soit en ce monde? As-tu pensé aux autres dames qui sont allées au pavillon hier soir?

Benno se gratta la tête et glissa le bout éraflé de sa botte sous une grosse pierre.

— Les autres dames? Mais lesquelles? D'accord, c'est dame Leonora qui a trouvé le cadavre, fit-il en expédiant le caillou dans l'eau où il tomba avec un gros plouf, mais elle n'aurait pas eu le temps de la tuer, n'est-ce pas? Elle dit qu'elle est retournée avertir la duchesse aussitôt.

— Hé, combien de temps faut-il pour étrangler une jeune fille endormie? Sans doute pas beaucoup plus de temps que pour la réveiller... Et d'ailleurs, comment savoir à quel moment elle a été tuée?

Benno se pencha au-dessus de l'eau et, y plongeant la main, observa la forme mouvante de ses doigts sous la surface. Biondello cessa de trottiner d'un buisson à l'autre et accourut en hâte pour savoir ce que son maître observait.

— Vous voulez dire que quand la gouvernante s'est rendue auprès d'elle, la princesse était peut-être déjà morte?

— Tu as entendu ce qu'elle a dit : elle n'a même pas essayé de la réveiller. Dans l'obscurité, avec son collier de perles et ses cheveux devant le visage, qui aurait pu deviner qu'elle ne respirait plus?

Sigismondo, qui avait cueilli un brin de lavande en traversant les jardins, le porta à ses narines et, fermant les yeux dans le soleil, le huma.

— Tout ce que nous savons, c'est que quelqu'un a versé une potion somnifère dans le vin qu'elle a bu, et qu'ensuite on l'a étranglée avec un lacet alors qu'elle n'était plus en état de résister. La même personne a pu faire les deux choses.

Benno regarda la rivière scintillante qui coulait vers le lac.

— Et si ce n'était pas la même personne? Supposons

que son assassin soit arrivé par bateau et qu'il ait gagné le pavillon en escaladant la berge où nous sommes. Il devait savoir qu'elle avait bu une potion qui l'avait endormie, n'est-ce pas ? Il devait bien être de mèche avec celui qui la lui a donnée, non ?

Sigismondo émit un fredonnement approbateur.

— Tu y es presque, Benno ! Maintenant pose-toi la question : comment savait-il que la princesse se trouverait dans le pavillon ? Comment a-t-il su qu'elle avait bu le vin, qu'elle s'était assoupie et que c'était le moment d'intervenir ?

Benno regardait à son tour la petite île au loin, regrettant de ne pas avoir pu assister à l'apothéose du spectacle...

— Vous vous souvenez du moment où le feu d'artifice s'est déclenché ? C'est quand celui qui m'a pris pour un voleur a déplacé la lampe. Les artificiers, comme ils l'ont déclaré ce matin, ont cru que c'était le signal. N'aurait-on pas pu convenir d'un moyen identique avec le tueur ? Un signal différent de celui destiné aux artificiers, bien entendu ; mais la lampe est restée là toute la soirée.

Sigismondo rouvrit les yeux, gardant ses longs cils baissés pour se protéger du soleil.

— Tu fais des progrès, Benno, fit-il. Veille à continuer de te faire passer pour un idiot, sinon quelqu'un pourrait bien t'ouvrir le crâne pour te chiper ta cervelle.

Il écrasa la lavande et la jeta.

— Tu as raison, mais qui a envoyé le signal ? Qui a engagé l'assassin ?

Benno lâchait dans l'eau des brins d'herbe et les regardait s'éloigner au gré du courant ; certains étaient arrêtés par des pierres, d'autres s'aventuraient au milieu de la rivière et disparaissaient à la vue. Biondello lui apporta le rameau de lavande, que Benno lança dans le courant, où il tournoya deux ou trois fois avant de glisser par-dessus une grosse pierre et de se retrouver pris dans un remous où il tourna paresseusement sur lui-même pendant que d'autres débris végétaux le dépassaient à vive allure. « Comme nous, songea Benno. Le voilà coincé. »

— Voyons, dit-il d'une voix lente, il faudrait savoir qui voulait la supprimer. Au début, j'ai pensé qu'il était impossible que quelqu'un souhaite sa mort. À quinze ans elle n'avait certainement pas eu le temps de faire du tort. Et pourtant, la gouvernante ne semblait pas la porter dans son cœur, pas vrai ? Comme si elle la détournait de la duchesse, ou plutôt de ses enfants, et qu'elle la trouvait trop exigeante.

— Une personne peut parvenir à l'âge de quinze ans en ayant déjà pas mal d'ennemis, fit Sigismondo.

Sa voix paraissait à ce point chargée de réminiscences que Benno tourna la tête pour observer son maître. Il essaya de l'imaginer à quinze ans, n'y parvint pas et en conclut simplement qu'il devait déjà y avoir des gens malveillants à cette époque.

— Deux de ses ennemis souhaitaient sans doute sa mort, l'autre voulait seulement la rendre malade...

Biondello s'était éloigné de la rive et aboyait devant un fourré qui semblait l'exciter. Benno en fut surpris car en raison d'une prudence innée qui lui faisait considérer la plupart des hommes et des animaux comme impossibles à intimider, le petit chien faisait rarement du bruit susceptible d'attirer l'attention sur lui. Mais la surprise de Benno fut de courte durée.

— Poggio ! appela Sigismondo. Sors de là et viens dire bonjour à tes vieux amis.

Bientôt les buissons s'écartèrent, révélant le personnage qui s'y cachait. Benno le reconnut aussitôt. Lorsqu'ils l'avaient rencontré pour la première fois, dans son village natal du duché de Rocca, Poggio craignait pour sa vie et avait tout mis en œuvre pour faire bonne impression sur Sigismondo[1]. Et les choses

1. Voir *Mort d'une duchesse,* 10/18, n° 3115.

n'avaient pas l'air d'avoir beaucoup changé. Biondello s'était probablement cru autorisé à aboyer après lui en raison de sa petite taille, car Poggio était un nain ; un bouffon par nature et par profession. La méfiance ne seyait pas à son large visage intelligent, avec ses yeux pétillants et sa bouche rieuse. Pourtant, le sourire qu'il adressa aux deux hommes en s'inclinant devant eux comme un courtisan chevronné n'avait rien de joyeux.

— Je ne voulais pas vous déranger, messires. Je me doutais que vous étiez en train d'essayer de tirer cette affaire au clair.

Sigismondo tapota le sol à côté de lui.

— C'est ce que nous faisons en effet, Poggio. C'est gentil de venir nous aider. Et puisque tu sais ce que nous avons en tête, poursuivit-il d'un air candide tandis que Poggio descendait la pente de la berge pour venir s'asseoir près de lui, tu nous épargnes la peine de te l'expliquer. Tout ce que nous aimerions, c'est entendre ton opinion.

— À quel sujet ? fit Poggio, qui contempla la rivière en évitant le regard de Sigismondo. Mon opinion ne vous servirait à rien. Je ne me suis pas approché du pavillon.

— C'est ce que tout le monde commence par nous dire, rétorqua Sigismondo avec chaleur tout en donnant une vigoureuse claque dans le dos de Poggio.

Celui-ci faillit perdre l'équilibre et rouler au bas de la pente. En l'observant, Benno se dit que le nain aurait pu facilement venir jusque-là en barque et escalader la berge sans que personne ne le voie. Quant à étrangler quelqu'un, il est vrai qu'il avait des mains vigoureuses. Mais pour quelle raison l'aurait-il fait ? Sigismondo le découvrirait certainement.

— La princesse Ariana te trouvait-elle drôle ? s'enquit celui-ci.

Poggio, qui n'aimait pas ce genre de question, prit un air contrarié.

— *Drôle ?* Que voulez-vous dire ? Qu'elle riait à mes plaisanteries, ou qu'elle se moquait de moi ? Eh bien, c'est *elle* qui plaisantait de moi. Je n'étais à ses yeux qu'une gargouille ambulante. Une erreur de Dieu. Elle éclatait de rire sitôt qu'elle me voyait. Elle me demandait de sortir de la pièce et ensuite d'y rentrer, et cela plusieurs fois de suite. Elle m'obligeait à danser pour elle. Oh oui, c'était une fille qui avait un grand sens de l'humour, dit-il en faisant la grimace. Plaisanter devant elle ? Allons donc ! Faire des mots d'esprit, comme les aime Madame la duchesse ? Elle ne les entendait pas. Et si ç'avait été le cas, elle ne les aurait pas compris. Pour ça, oui, elle me trouvait drôle !

— Était-ce si pénible ? Tu es venu avec la duchesse. Tu n'aurais eu à supporter dame Ariana qu'une semaine de plus.

Poggio contempla le bout pointu de ses chaussures en cuir rouge. Il songeait peut-être à la brève période pendant laquelle il avait dû supporter Ariana. Finalement, il laissa échapper un soupir.

— C'était bien ça le problème. Elle voulait que Madame la duchesse me cède à elle. Elle disait qu'elle mourrait d'ennui ici à Borgo sans rien qui la fasse rire.

Soudain, Poggio coula un regard malicieux à Sigismondo.

— Quoiqu'on ait pu penser qu'avec son mari... ajouta-t-il avant de toussoter et de reprendre son air grave.

— Que pensait Madame la duchesse de cette demande ?

— Oh, vous connaissez la duchesse. Elle n'a pas apprécié. Elle considère que je suis son bien, fit-il avec suffisance, et elle n'avait aucune envie de me partager, même pas pour faire un cadeau de mariage de plus — car on pouvait supposer que la princesse n'en serait pas privée. Cela a provoqué une violente dispute entre elles.

— Elles n'étaient donc pas en bons termes ?

Poggio roula des yeux.

— Il vaudrait mieux se demander avec qui la princesse s'entendait ! Quand le duc Ippolyto l'a fait revenir, afin d'entamer les négociations en vue du mariage, du couvent où elle était éduquée, elle s'est mis à dos toute la cour. Les nonnes ont dû réciter un *Deo Gratias* quand elle est partie, je vous assure. Son père n'était pas le seul à être soulagé de la voir partir quand nous nous sommes mis en route pour venir ici.

Poggio agita les orteils, éveillant aussitôt l'attention de Biondello. On entendit le bruit lointain de cisailles, coupant, se taisant, coupant à nouveau ; que des princesses meurent dans des pavillons ou pas, il fallait bien entretenir les parterres de lavande, les haies de houx et les buissons de myrte.

— Tu aurais pu attirer des ennuis à la gouvernante, remarqua Sigismondo d'une voix neutre.

Comme un enfant, il avait coupé une herbe plate et la tendait entre ses pouces joints pour en faire un sifflet.

— La gouvernante ? fit Poggio d'un air surpris. Je n'ai rien à voir avec elle. Qui vous a mis cette idée en tête ? Voilà une femme qui a la main leste.

— Je parlais de la rue. De la rue que tu as ajoutée au breuvage que la gouvernante lui a apporté. On aurait pu l'accuser.

Poggio écarta brusquement les bras et aurait glissé au bas de la pente si Sigismondo ne l'avait rattrapé par la ceinture pendant qu'il reprenait son équilibre. Le nain jeta un regard alentour pour voir si on se moquait de sa maladresse, mais Benno avait les yeux dans le vague et Sigismondo arborait un visage impassible.

— Je n'y ai même pas pensé. Je n'ai fait que jeter un coup d'œil dans le pavillon. Tout était si silencieux que je me suis demandé si la princesse n'était pas partie. En règle générale, je préférais savoir où elle était afin de ne pas m'y trouver aussi. Mais en fait elle dormait...

Il agrippa une touffe d'herbe et se retourna pour regarder le treillage et le dôme du pavillon au-dessus d'eux.

— ... allongée sur le banc. Il y avait deux coupes sur la table, dont une pleine de vin. Je me suis glissé à l'intérieur...

Benno s'imagina Poggio avançant sur la pointe des pieds dans l'obscurité.

— ... j'ai reniflé le verre et me suis dit qu'elle ne remarquerait jamais qu'on avait ajouté un peu de rue dans tout ça. Et, poursuivit-il en embrassant le paysage d'un geste, la rue pousse en abondance par ici. Je connais ses effets. On se fait tout le temps des blagues à la cour, et il m'est arrivé de vomir après avoir bu un breuvage d'apparence inoffensive.

Le souvenir lui arracha une grimace.

— Ce fut donc facile. Je suis ressorti sans bruit pour aller cueillir quelques brins de rue, que j'ai réduits en morceaux avant de les ajouter à la potion odorante qu'on lui avait préparée. Si jamais elle trouvait que ça sentait deux fois plus mauvais que d'habitude, j'étais sûr qu'elle s'attendrait à ce que ce soit deux fois plus efficace. Elle avait confiance dans la précieuse gouvernante.

Sigismondo souffla sur l'herbe tendue entre ses pouces, qui produisit un son semblable à la plainte d'un gros moustique.

— Comment aurait fait la princesse une fois la gouvernante repartie avec la duchesse ?

— Qui vous a dit qu'elle serait repartie ? Si la princesse était arrivée à ses fins, il est probable que la gouvernante aurait constitué un autre cadeau de mariage. Ariana voulait voir satisfaire le moindre de ses caprices, elle était ainsi. Elle obtenait ce qu'elle voulait, et quand on lui refusait quelque chose elle se comportait comme une mégère.

Poggio chassa une abeille qui bourdonnait autour de son visage.

— La convoitise. Voilà une chose dont les nonnes n'auront pas réussi à la débarrasser. Et la gourmandise. Elle mangeait comme une gloutonne — la nourriture qu'on lui servait au couvent devait être infecte, à mon avis. Du coup, une fois revenue à la cour, elle s'est mise à s'empiffrer, d'autant qu'elle a vite découvert que la gouvernante savait lui dégonfler l'estomac. Et quand elle était surexcitée à force de danser, de jouer et de taquiner tout le monde, elle demandait à la gouvernante de lui préparer quelque chose.

Poggio se pencha en avant, les mains sur les genoux, et coula un regard de côté à Sigismondo.

— J'ai entendu dire qu'elle avait bu une potion somnifère hier soir. Est-ce la gouvernante qui la lui a donnée ?

— Elle dit que non.

— Si elle dormait quand la gouvernante est revenue lui apporter la décoction pour son estomac...

Poggio joignit les poings sous son menton, puis les écarta d'un geste vigoureux et grimaça.

— Si elle lui a laissé la boisson et que la princesse ne l'a pas bue, de quoi peut-on la soupçonner ? ajouta-t-il.

— Poggio, crois-tu qu'elle aurait pu faire ça pour éviter que la duchesse la laisse ici ? Une sorte de dernier recours ?

— Vous-même pourriez être tenté par les dernières extrémités si vous saviez que vous alliez rester pour toujours sous la férule de dame Ariana. Et qu'aurait-elle fait de ses bébés chéris, restés à Altamura ?

— Elle a donc des enfants ?

— Ce sont ceux de Madame la duchesse, mais elle les considère comme les siens. Elle les adore. Ce sont ses nourrissons, ses petits chéris, elle serait prête à tuer pour eux. Je le sais.

— Et tout ce que tu voulais faire, c'était rendre malade la princesse.

La bouche de Poggio était faite pour le rire. Les coins de ses lèvres se relevèrent de façon irrésistible.

— Imaginez qu'elle ait dégobillé sur le prince ! Ç'aurait été le clou de la soirée !

Il se tapa sur la cuisse et Biondello, surpris, aboya. Inquiet, Benno se dit qu'il ne faudrait pas que cela devienne une habitude. Il était impensable que sa chemise se mette à aboyer à tort et à travers. Il se ferait virer de certains endroits encore plus vite que d'habitude... Menacer des nains finirait par monter à la tête de ce chien.

— Ah, maître Sigismondo, vous voilà !

Hors d'haleine et l'air soucieux, un page portant la livrée du prince se penchait par-dessus le muret au sommet de la pente.

— Son Altesse désire vous voir sur-le-champ.

Inutile de chercher pourquoi. Tout en suivant Sigismondo pendant que Poggio disparaissait en toute hâte dans les fourrés, Benno se demanda ce qu'allait répondre son maître lorsque le prince lui demanderait s'il avait retrouvé l'assassin de sa jeune épouse. Il faut dire que les candidats paraissaient nombreux. Si la princesse n'était pas morte et qu'elle avait continué à se comporter de la façon que la gouvernante et Poggio avaient décrite, il est possible que le prince en soit venu à engager lui-même un assassin.

D'ailleurs, c'est peut-être précisément ce qu'il avait fait.

CHAPITRE XIII

« Me crois-tu capable de te mentir ? »

Le prince Galeotto était en bien mauvaise forme.

Perdre son épouse constitue un choc éprouvant pour tout homme, mais quand cet homme est prince et que la perte de sa moitié peut se traduire par la remise en cause d'une alliance, le choc est double.

Le prince avait donc fait ce qu'aurait fait tout homme au soir d'une telle tragédie : il avait noyé son chagrin ; et ce n'était que depuis peu qu'il se sentait en état de convoquer l'homme mystérieux appartenant à la duchesse. Il reçut Sigismondo assis sur son lit, avec toutes les apparences de quelqu'un qui aurait préféré y être étendu de tout son long, derrière les rideaux tirés le protégeant du reste du monde. Son visage présentait la palette complète des nuances entre la cire et la lavande.

— L'avez-vous retrouvé ?

La question fut posée d'une voix aussi forte et agressive que le permet une violente migraine. Le prince savait très bien que l'assassin n'avait toujours pas été identifié, car dans le cas contraire on l'aurait déjà amené enchaîné devant lui et jeté à ses pieds. Mais il était nécessaire qu'il montrât son impatience à voir arrêter le meurtrier de son épouse. Ce Sigismondo, qui jouissait de la confiance de la duchesse Violante, rapporterait sans nul doute à celle-ci tout ce qui se passait ici.

— Altesse, j'ai bon espoir de...

— Savez-vous... savez-vous qu'on raconte que c'est *moi* qui pourrais bien l'avoir tuée ? fit Galeotto avec une indignation qui fit virer au pourpre marbré le bleu lavande de son visage. Qu'on m'a entendu me quereller avec elle dans le pavillon ?

— Cela a-t-il été le cas, Votre Altesse ?

Galeotto produisit un son semblable à celui d'un bouchon sortant du goulot d'une bouteille.

— Poh ! Ce n'était rien. Une petite querelle d'amoureux. Vous savez comment sont les femmes.

Le prince jeta un coup d'œil à Sigismondo, décida qu'en effet il devait les connaître, et se demanda si le jour où il perdrait ses cheveux il aurait l'air aussi impressionnant que cet homme ; se raser le crâne avant que ses cheveux ne s'éclaircissent était probablement une décision avisée, mais pour l'instant il ne se faisait pas de souci pour les siens.

— Elle était jalouse, voyez-vous. J'avais donné des bracelets à dame Zima...

Son interlocuteur le savait sans doute déjà. Tout se savait à la cour.

— C'est donc à ce moment que les boutons de Votre Altesse se sont retrouvés pris dans le bracelet de la princesse.

Le ton était plein de déférence mais la question implicite était proprement enrageante. Pourtant, Galeotto s'attendait à ce qu'on la lui pose. Ippolyto entendrait parler des boutons, il fallait donc bien fournir une explication.

— Ah, ces boutons ! Je vous ai dit qu'il s'agissait d'une dispute d'amoureux. Nous nous sommes réconciliés. Étreints. C'est à ce moment-là qu'ils ont dû se coincer dans son bracelet.

Le prince parut réfléchir à ce qu'il venait de dire, et ajouta :

— Une étreinte *passionnée*, comprenez-vous. Hé, nous n'avions passé qu'une nuit ensemble, ma chère épouse et moi !

Pour souligner le pathétique de la chose, Galeotto se frappa la cuisse avec une telle force qu'il parvint, certes au prix d'une aggravation de sa migraine, à se faire monter les larmes aux yeux. Il les laissa couler sur ses joues. En réalité, il était en train de se demander si Ippolyto allait exiger qu'on lui restitue une partie de la dot.

— Votre Altesse a-t-elle par hasard remarqué si la princesse avait bu quelques gorgées du verre de vin posé sur la table ?

Galeotto ouvrit de grands yeux à l'idée qu'il puisse s'intéresser à quelque chose d'aussi trivial. Les princes n'ont pas pour habitude de gaspiller leur attention.

— *Du vin ?* Je n'en ai aucune idée. Qu'est-ce que cela a à voir avec l'assassinat de mon épouse ? Qu'avez-vous découvert ?

— Votre Altesse, il apparaît que l'assassin aurait pu arriver par la rivière qui coule au-dessous du pavillon. Il reste des traces montrant qu'un bateau a été tiré sur la berge, ainsi que des empreintes de pas...

— Des empreintes ? *Des empreintes !* Comment entendez-vous retrouver ce coquin ?

— D'après sa description, Votre Altesse. Quelqu'un a vu un homme qui manœuvrait à la perche un bateau venant de la direction du pavillon. À un moment, la lune a éclairé ses traits en plein.

Galeotto écarquilla une nouvelle fois les yeux. Il n'avait qu'une idée vague de ce qu'étaient les assassins professionnels et ignorait s'ils avaient pour habitude de dévoiler leurs traits à la clarté de la lune.

— À quoi ressemble-t-il ? Pourquoi n'avez-vous pas mis la main sur lui ?

— Quant à son visage, vous comprendrez, Altesse, que je m'abstienne de vous dire à quoi il ressemble, en un lieu où les murs ont des oreilles, fit Sigismondo en posant un doigt sur l'aile de son nez. De plus, j'ai bon espoir que Votre Altesse voie l'assassin dès demain. Je possède d'autres informations qui devraient permettre sa capture.

Galeotto en oublia presque son mal de tête. Cet homme était un sorcier, un magicien ! La duchesse Violante avait bien raison de le chérir. Rien toutefois n'était plus important pour l'instant que son alliance avec Ippolyto ; elle devait être préservée coûte que coûte. Il s'aperçut qu'il était en état de sourire ; il tendit une main, que Sigismondo baisa.

— Amenez-le-moi et je vous rendrai riche ! Partez sans plus tarder. Je sais que la duchesse veut vous parler.

Sigismondo avait raison, au sujet des murs qui ont des oreilles : lorsqu'il quitta les appartements de la duchesse, il retrouva un Benno ahuri par ce qu'il avait entendu dans la bouche des serviteurs du palais.

— Ils disent que vous savez exactement à quoi ressemble l'assassin et où il se trouve. Pourquoi ne pas me l'avoir dit ?

— Me crois-tu capable de te mentir, Benno ?

CHAPITRE XIV

La cible du désir

— Vous avez menti au prince ? fit Benno dans un souffle.

Il savait que son maître n'était jamais inutilement prodigue de vérité, mais induire un puissant en erreur ne pouvait-il pas s'avérer dangereux ? Souriant, Sigismondo rendit leur salut à quelques courtisans qui s'inclinèrent en passant devant lui ; à la cour, on était prompt à déceler le personnage en vogue ou celui qui jouissait de la faveur du prince.

— Pas du tout. Je lui ai décrit la façon dont les choses *auraient pu* se passer ; tout comme je viens de raconter à la duchesse ce qui, selon moi, s'est réellement passé.

Sigismondo écarta les mains.

— La vérité est un poisson difficile à attraper. Mieux vaut lancer un filet.

Benno, qui avait appris que la Vérité gît au fond d'un puits, eut la vision d'une femme noyée qu'on ramenait à la surface. Malheureusement, son esprit lui donna les traits de la princesse étranglée.

— Mais alors, qu'avez-vous dit à la duchesse ?

Sigismondo dévala les marches qui permettaient d'accéder dans la cour du palais. Benno serra Biondello contre sa poitrine et faillit tomber en suivant son maître.

Sans que Benno comprenne pourquoi, celui-ci paraissait d'excellente humeur.

— J'ai dit à la duchesse qu'une personne de la cour était de mèche avec l'assassin; et que cette personne avait donné à la princesse une potion somnifère afin d'en faire une victime docile.

Ils avaient atteint la fontaine centrale de la cour, et Sigismondo passa son visage sous le jet qui scintillait dans le soleil. Ensuite il sécha les gouttes qui avaient éclaboussé son crâne nu et caressa la tête du lion de marbre dont la gueule crachait l'eau.

— Je lui ai expliqué qu'un signal avait averti le meurtrier que la princesse était assoupie et qu'il pouvait agir.

Biondello pointa brusquement la tête entre les pans de la chemise de Benno et essaya de boire à la fontaine. Benno le posa sur le rebord avant de reporter son attention sur Sigismondo.

— Mais alors, est-ce que cette personne de la cour ne va pas finir par apprendre que vous êtes au courant ? Et si elle est de mèche avec l'assassin, est-ce qu'elle ne va pas le prévenir afin qu'il vous supprime ? bredouilla-t-il d'un air épouvanté.

Sigismondo s'assit sur une marche et s'essuya la bouche du revers de la main.

— Ai-je un autre moyen de l'identifier ? S'il est toujours ici, il saura vite que ses jours sont comptés. Il ne sortira pas du bois de sa propre initiative — pourquoi le ferait-il ? — mais celui ou celle qui a fourni le breuvage à la princesse et donné le signal fera tout pour m'éliminer avant que j'identifie les comploteurs.

Benno garda le silence. Biondello, qui avait plongé avec trop d'enthousiasme son museau dans la fontaine, éternua en aspergeant les deux hommes et faillit tomber à l'eau dans son excitation. Benno le reposa à terre puis s'assit lentement, l'air songeur. Le cou de Sigismondo était large et vigoureux, mais Benno avait entendu parler de certains étrangleurs capables de s'approcher discrètement de leur proie armés d'un cordon lesté, de le leur passer autour du cou en un clin d'œil et de serrer avant que la malheureuse victime ait le temps de dire ouf.

Mais si l'homme qui allait éventuellement tenter de tuer son maître était un professionnel, Sigismondo l'était tout autant.

Pourtant, c'était une sensation effrayante de savoir que son maître s'exposait volontairement comme cible. Pour l'instant, dans la cour du palais, ils étaient sans doute en sécurité. Les seules personnes qu'ils apercevaient étaient les serviteurs vaquant à leurs tâches, portant qui un plat fermé d'un couvercle, qui un message, tel autre encore une paire de tréteaux. Deux hommes peinaient à transporter un lourd coffre peint. Tous étaient trop occupés pour avoir le temps ne serait-ce que de jeter un regard aux deux hommes assis sur les marches de la fontaine.

Des éclats de voix et des rires fusèrent soudain d'un groupe de dames se rendant dans l'aile sud, momentanément délivrées du silence solennel qu'étaient censés respecter ceux qui pleuraient l'éphémère princesse. Elles étaient vêtues de noir, de violet et de gris, mais des filets d'or enserraient leurs cheveux et les soufflets de leurs manches étaient garnis d'argent.

— Maître Sigismondo !

Les dames n'étaient pas absorbées au point d'être aveugles à ce qui se passait autour d'elles, et l'homme au crâne rasé attira tous les regards lorsqu'il se leva et avança vers leur groupe. Celle qui l'avait interpellé se hâta à sa rencontre dans un bruissement de tissu. C'était dame Leonora, celle qui la nuit précédente s'était chargée de consoler le prince Galeotto. Benno observa la scène, impatient de savoir ce qui allait se dire ; son maître écouta la dame, s'inclina et revint vers la fontaine. Il souriait.

— Qu'est-ce qu'elle a dit ?

— Elle veut que j'aille la voir ce soir chez elle. Elle ne peut rien me dire ici. Elle assure que ce serait trop dangereux — pour elle comme pour moi.

Dangereux ! Ce soir-là, tout en suivant Sigismondo dans les rues de Borgo, Benno ne savait pas s'il devait regretter que la lune fût si brillante, car elle projetait des ombres noires où pouvaient se dissimuler des assassins, ou s'il aurait préféré une obscurité totale propre à désavantager tout le monde, y compris d'éventuels assassins. Heureusement, la maison de dame Leonora n'était pas très éloignée du palais et de l'abbaye, où le père Gioffré leur accordait aimablement l'hospitalité d'une cellule.

— Voici les armes de Botardo, et la boutique du marchand de soie. Entrons écouter les confidences de cette dame.

Alors que Sigismondo levait le bras pour frapper, ils eurent la surprise de voir la porte s'ouvrir et se trouvèrent nez à nez avec une servante portant une torche. Bossue et édentée comme une sorcière, elle marmonna quelques mots et leur fit signe de la suivre dans l'escalier montant au *piano nobile*[1].

Elle indiqua à Benno un banc installé contre le mur du couloir plongé dans la pénombre, et que rafraîchissait l'air nocturne entrant par une fenêtre sans volets, puis fit entrer Sigismondo dans une pièce à peine plus éclairée, mais embaumant le parfum et meublée de bois doré. Un rideau de lin indigo piqueté d'étoiles d'or était tiré devant la porte-fenêtre ouvrant sur la loggia et frémissait imperceptiblement dans le faible courant d'air.

— Ma maîtresse ne va pas tarder, grommela la servante.

Sur quoi elle ferma la porte, le laissant seul dans la

1. L'« étage noble ». *(N.d.T.)*

luxueuse petite pièce. Des incrustations de nacre luisaient dans le bois des tabourets au siège recouvert de brocart, sur les coffres, sur l'armature d'un lit jonché de coussins brodés d'or. S'il était certes habituel de recevoir invités et visiteurs dans les chambres à coucher, celle-ci n'était pas une pièce de réception ordinaire. Les fresques qui l'ornaient n'avaient rien à voir avec les paysages paisibles que Sigismondo avait vus chez dame Zima. Sur un des murs, Vénus et Mars s'enlaçaient sous le regard d'une bande de chérubins, certains volant, d'autres jouant avec les pièces de l'armure délaissée de Mars. Près du lit, Léda était allongée sur des nuages, entourée par les ailes de son cygne, dont les plumes effleuraient sa chair couleur perle. Plus froide, une statue de Vénus sur un piédestal se dépouillait de ses vêtements de marbre.

Les rideaux du lit, en fine soie rose, qui se déployaient à partir d'une couronne fixée au plafond, étaient pour l'heure tirés de chaque côté tels deux bras ouverts, invite à peine voilée à s'étendre sur la couche.

Un léger bruit, et dame Leonora fit son entrée. Elle se retourna dans un tourbillon de satin couleur bronze et ferma la porte, puis s'avança vers Sigismondo. Elle avait défait sa coiffure de cour et enroulé ses cheveux en un simple nœud. Sa robe flottait librement autour d'elle.

Elle tendit sa main à baiser à Sigismondo et, alors qu'il se penchait au-dessus de ses doigts, elle saisit les siens et, sans s'arrêter, l'entraîna à sa suite dans l'odeur de frangipane qu'elle exhalait. Elle lui indiqua un fauteuil entre la Vénus de marbre et le lit puis, sans un mot, emplit deux coupes de vin. Coupes et carafe étaient posées sur une planche fixée à la tête du lit, de sorte que dame Leonora se trouva tout près de Sigismondo.

— Qu'aviez-vous à me dire, Madame? fit Sigismondo qui n'avait pas obtempéré à son invitation à s'asseoir.

Elle leva les yeux vers lui en lui tendant la coupe de

vin. Elle avait la bouche petite, le nez légèrement de travers, des paupières paresseuses ; son sourire était plein d'assurance. Elle s'assit sur l'estrade garnie de coussins.

— Oui, c'est une question grave, fit-elle d'une voix qui semblait regretter qu'il faille traiter une affaire sérieuse avec sérieux. Mais je voulais vous entretenir aussi d'autres sujets ; je ne puis croire, par exemple, qu'il faille tirer des conclusions hâtives de la présence des boutons de manche qu'on a retrouvés dans le bracelet de la princesse. Elle le portait depuis le matin et il est fort possible...

Elle s'accouda sur le lit et le satin de son vêtement glissa, dénudant son épaule et découvrant sa poitrine comme l'aurait fait le profond décolleté d'une robe de cour.

— Bien sûr, quand je les ai vus, j'ai été surprise, mais ensuite j'ai réalisé ce qu'on allait en déduire, et comme je connais le prince...

Elle but et changea sa coupe de main. En privé, sa voix était douce et elle parlait sans forcer le ton.

— La princesse était jeune et impétueuse. Il est exact que son comportement...

Sa main paraissait se mouvoir sans rapport avec ce qu'elle disait. Elle la tendit, défit l'agrafe de métal du manteau de Sigismondo, qu'elle repoussa de son épaule et fit tomber sur le dossier bas du fauteuil. Les yeux dans l'ombre, il l'observait tout en faisant tourner sa coupe de vin sous ses narines pour en humer le bouquet. Elle poursuivit.

— Bien entendu, si elle avait vécu, elle aurait appris les manières de la cour, et sans nul doute... mais cette incroyable tragédie...

Sa main descendit sans hâte le long de la poitrine de Sigismondo jusqu'à sa ceinture, et ses doigts saisirent la boucle comme s'ils n'obéissaient qu'à leur propre volonté.

— Personne n'est en mesure de comprendre... Il est

évident que des ennemis du prince l'ont suivie de chez elle jusqu'ici, car personne à Borgo n'avait de raison de... Le statut d'épouse est inattaquable, elle aurait fini par comprendre que l'on ne peut en vouloir à une personne de rang inférieur dont la position ne dépend que du bon vouloir du prince...

La boucle s'ouvrit et, libérée, l'épée de Sigismondo tomba à son tour parmi les plis du manteau. Il regardait attentivement dame Leonora, mais d'un visage tout aussi dépourvu d'expression que celui de son interlocutrice. Il paraissait observer les mouvements de ses lèvres s'ouvrant et se fermant, se levant et retombant. Elle posa la main sur la sienne et poussa sa coupe vers sa bouche. Il sourit, la retourna d'un coup et la posa sur le piédestal de Vénus.

Dame Leonora se leva lentement, posa sa propre coupe et lui tendit les mains.

— Mais je crois que vous et moi, reprit-elle sans changer d'intonation, avons mieux à faire que de parler toute la soirée d'événements aussi funestes.

Il se leva et sourit à son tour.

— Hum, c'est vrai.

Sans prendre ses mains, il se rapprocha d'elle de façon qu'elle n'ait le choix qu'entre se trouver tout contre lui et battre en retraite. Elle ne recula pas, mais leva les yeux vers sa bouche; et lorsqu'il pencha la tête, ses lèvres s'entrouvrirent.

Elle l'enlaça en exhalant un soupir de contentement. Puis elle s'écarta de lui, monta sur l'estrade du lit et sa robe s'ouvrit, encadrant de ses plis sa nudité dorée. Percevant un léger bruit quelque part derrière lui, Sigismondo se laissa tomber sur un genou comme pour rendre hommage à la beauté de Leonora. Un étrange sifflement emplit la pièce tel le vol d'un oiseau invisible et, soudain, la tête de Vénus se détacha et se fracassa au sol.

Sigismondo fit un bond de côté tout en saisissant le

couteau qu'il avait dans sa botte et fit face à l'homme qui surgit de l'obscurité. La flamme d'une bougie s'inclina en grésillant lorsque Sigismondo brandit un des coussins du lit pour détourner le poignard que son agresseur venait de lancer. Une seconde plus tard, un nouveau couteau scintillait dans la main de l'inconnu. Sigismondo revint vers le fauteuil, récupéra son épais manteau et l'enroula autour de son avant-bras gauche. Alors on n'entendit plus aucun bruit dans la pièce, à part la respiration saccadée de la femme recroquevillée parmi les coussins et le frottement des pieds des deux hommes qui se tournaient autour, les traits tendus, se jaugeant l'un l'autre, cherchant la première occasion de porter un coup et de planter sa lame dans le cœur ou la gorge de son adversaire. Sigismondo para une feinte. Le visage de l'inconnu était calme, concentré, un mince visage séduisant, un peu marqué, avec un grain de beauté au coin de la large bouche ; il ne montrait pas le moindre signe de panique. C'était là le professionnel que Sigismondo cherchait, un homme qui avait essayé le lancer de cordon lesté et le jet de poignard. S'il était aussi habile que Sigismondo le jugeait, il pouvait avoir le dessus d'une seconde à l'autre.

Un bond, et le bras de Sigismondo se mit à saigner dans les plis de son manteau ; l'homme trébucha en recevant un coup de pied à la cuisse, mais évita la lame de Sigismondo.

« *Ô belle amie, cible du désir...* »

Accompagnée du son sec d'un luth, une voix qui chantait faux monta en gémissant du jardin.

« *Qui à la fois nourrit et éteint le feu qui m'embrase !* »

Il n'y avait pas de confusion possible. Le chanteur était le prince Galeotto. Les trois personnes présentes dans la pièce se figèrent, cessant même un instant de respirer. Puis la scène se dissipa. L'inconnu recula vivement, mais en silence, et son regard ne quitta pas Sigismondo tant qu'il n'eut pas disparu dans l'obscurité de la loggia au-delà du rideau, qui parut soupirer dans la brise.

Sans un regard pour Leonora blottie sur le lit, Sigismondo ramassa sa ceinture et récupéra le cordon lesté et le poignard que l'inconnu lui avait lancés. Il constata qu'on avait poussé le verrou de la porte, le tira, sortit de la pièce, entraîna Benno et dévala l'escalier.

Dans le jardin, le prince Galeotto attaqua le deuxième couplet.

CHAPITRE XV

Le danger guette

Assis sur son banc dans le couloir, Benno n'avait rien entendu. Connaissant son maître et d'après ce qu'il avait observé de la dame, il ne s'attendait pas à ce que l'entrevue soit courte. C'est donc avec stupéfaction qu'il vit sortir Sigismondo en trombe de la chambre, le saisir par un bras et l'entraîner avec lui au bas de l'escalier débouchant dans l'entrée. La vieille bique qui somnolait dans une alcôve à côté d'une bougie allumée s'éveilla en marmottant lorsqu'elle entendit Sigismondo ouvrir la porte; celui-ci jeta un coup d'œil dehors, poussa Benno dans la rue, lança à la vieille une pièce de monnaie et disparut dans la nuit.

Sigismondo ne prononça pas un mot et ne laissa pas Benno ouvrir la bouche. Plutôt que de déranger le portier de l'abbaye, ils escaladèrent l'enceinte du jardin. Benno lança Biondello à Sigismondo par-dessus le mur puis les rejoignit en ajoutant une déchirure à sa chemise. Même à la clarté lunaire, sans la chaleur du jour pour en exalter le parfum, les herbes embaumaient l'air tandis qu'ils regagnaient leur cellule.

La curiosité de Benno avait atteint un point critique.

— Que s'est-il passé?

Quoique dans un murmure, il répétait ses questions avec insistance, puis finit par saisir la manche rougie de Sigismondo.

— Qu'avez-vous fait ? Est-ce elle qui vous a blessé ?

Tête baissée, Sigismondo se massait la nuque comme pour y soulager quelque tension.

— Tu n'as donc pas entendu ? Nous avons été interrompus par le prince.

— Le *prince* ? Essayait-elle de vous faire pendre ? Et ça, qu'est-ce que c'est ? s'enquit Benno en secouant la manche de Sigismondo.

— Lave-le. J'ai un baume qui... Oui, c'est possible, fort possible qu'elle ait eu en tête quelque chose de ce genre, vu le vin que je n'ai pas bu.

Il eut un rire bref.

— Tu dis que tu n'as pas entendu le prince ? En train de chanter dans le jardin ?

Benno versa de l'eau.

— En train de chanter ?

Il se remémora les instants qui avaient précédé sa brusque descente dans l'escalier.

— J'ai cru que c'était un chat.

— Les chats aussi prennent leurs miaulements pour des sérénades.

Benno délaça la manche de Sigismondo et la retourna. Son maître se penchait en avant afin d'exposer son bras à la clarté de la lune pénétrant par l'embrasure de la porte.

— Ce n'est rien, fit Benno avec soulagement. Une sérénade ? Le prince est allé jouer la sérénade à dame Leonora alors que la princesse a été assassinée hier soir ?

— Hé, Benno, si l'idée que se font les princes de la correction te paraît étrange, sache que *tout* ce que fait un prince est correct. Ils agissent selon leurs propres règles. Mais tu es en droit d'en conclure que le prince n'est pas écrasé de chagrin.

De sa main libre, Sigismondo déroula la bande de tissu dans laquelle il gardait ses herbes.

— Comme nous l'avons constaté aussitôt après la mort de la princesse, il a besoin de consolation ; et pour l'instant, il semble que ce soit dame Leonora qui la lui fournisse.

— Vaudrait mieux que le duc Ippolyto ne l'apprenne pas. Mais comment vous êtes-vous fait ça ? demanda Benno en appliquant un onguent sur la blessure. Et que disiez-vous à propos du vin ?

— Hum, c'est compliqué. Mon problème est que l'étrangleur s'est échappé.

— *Échappé ?* Comment ça ?

— Tout à l'heure, il a essayé de me tuer.

D'une secousse, Sigismondo se débarrassa de son manteau qui s'affala sur le lit. Il se pencha pour prendre ce qui en était tombé et leva la main dans le rayon de lune. Sur sa paume reposaient un couteau ainsi qu'un curieux cordon lesté d'un poids à chaque extrémité.

Benno n'y comprenait rien. Sigismondo était assis avec lui, visiblement loin d'être mort, ce qui signifiait que l'homme qui avait tenté de l'assassiner aurait dû ne plus être en vie ; or il s'était enfui. Benno ne reconnaissait pas son maître. Mais l'arrivée du prince les avait interrompus, bien sûr ; et Benno décelait une certaine insatisfaction, et même de la colère dans l'air, en tout cas quelque chose d'inhabituel dans le comportement de son maître. Celui-ci s'apprêtait à se coucher ; il s'enveloppa de son manteau sur la paillasse et posa son épée à son côté. La clarté de la lune avait atteint le crucifix fixé au mur et son Christ, la tête inclinée, paraissait observer les deux hommes.

— Je ne l'ai pas tué, Benno, parce que je ne le méritais pas. Ma seule bonne idée a été de douter du vin qu'on m'a offert, et qui était probablement drogué.

Benno, qui n'osa pas en demander plus en entendant le ton de la voix de Sigismondo, resta étendu à observer le lent cheminement puis la disparition du rayon lunaire. La respiration régulière et profonde de son maître lui indiqua qu'il dormait, et il se creusa la tête pour deviner ce qui avait cloché. Sa foi en l'infaillibilité de Sigismondo était ébranlée. Peut-être une erreur avait-elle été commise — dans ce cas, Sigismondo l'effacerait en triomphant de son agresseur. Benno chassa l'image du cordon lesté, déplaça Biondello qui était venu s'installer sur sa poitrine et s'endormit. Il ne s'éveilla pas lorsque, un peu plus tard, juste avant l'aube, la cloche de l'abbaye résonna pour appeler à la première prière du matin et que les moines des cellules voisines traversèrent la cour en silence pour se rendre à l'église. Borgo avait bien besoin de leurs prières. C'était aujourd'hui que devaient être célébrées les funérailles de la princesse Ariana.

À l'origine, une grande partie de chasse avait été prévue en l'honneur de la jeune mariée afin de remplacer celle qu'on avait annulée au lendemain du mariage. Le valet de chenil qui s'occupait des chiens du prince était découragé ; il n'espérait guère que le prince négligeât le décorum au point de maintenir la chasse, mais il était affligé à la perspective de devoir attendre peut-être plusieurs jours avant que Son Altesse puisse satisfaire son second passe-temps préféré. Pour se consoler, après avoir nourri ses bêtes, il appela auprès de lui son meilleur mastiff, Guerrier, et passa autour de son cou musculeux le collier qu'il eût porté si la chasse avait eu lieu comme prévu. C'était un large collier de cuir bouilli garni de clous et de petites piques d'acier destinés à le protéger des crocs de sa proie. Il leva le museau de l'animal et lui caressa les mâchoires en lui promettant de futures chasses. Soudain le premier coup de cloche de l'abbaye, qui allait sonner toute la journée, les fit tous deux sursauter. Guerrier, une bête aussi nerveuse qu'agressive, s'enfuit en courant. Son maître ne s'en inquiéta guère, car les chiens du prince étaient habitués à aller et venir à leur guise dans le palais et les jardins. Guerrier ne courait aucun danger ; peu d'étrangers prendraient le risque de s'en approcher.

Mais le danger, pourtant, guettait quelqu'un.

CHAPITRE XVI

En route vers la tombe

Les funérailles de la princesse devaient être aussi impressionnantes que possible, car il était essentiel que sa belle-mère la duchesse en fasse une description flatteuse à son époux lorsqu'elle le retrouverait. Le duc Ippolyto ne pourrait y assister, même si le voyage jusqu'à Borgo ne lui aurait pris qu'une journée et demie. Il avait fait savoir qu'il se sentait mal. On murmura qu'il était terrassé par le chagrin.

Les conseillers du prince Galeotto craignaient que l'indisposition du duc ne fût le signe qu'il soupçonnait son gendre d'être impliqué dans la mort d'Ariana. La rumeur qui courait dans Borgo pouvait avoir atteint Altamura, et cette rumeur insinuait que Galeotto avait perdu d'un même élan son sang-froid et son épouse. Peut-être le duc attendait-il de voir revenir saine et sauve la duchesse avant de faire part de sa colère ; voire même de déclarer la guerre. Certes, il n'avait pas de condottieri à son service pour le moment, mais il se trouvait toujours quelqu'un de disponible pour une petite guerre comportant un minimum de combats et un maximum de pillage. Les conseillers du prince Galeotto étaient nerveux. Il y avait beaucoup à piller dans Borgo.

De surcroît, le prince avait noué une alliance avec Altamura afin de renforcer sa position face à un autre de ses voisins, Vincenzo de Venosta. Il serait quelque peu malaisé de demander à Vincenzo la main de sa fille alors que le prince enterrait celle d'Ippolyto. Cela n'aurait guère inspiré confiance.

La procession n'avait qu'un court trajet à effectuer, depuis la chapelle du palais où le corps de la princesse avait été solennellement exposé — parmi les splendides fresques qu'avait peintes Brunelli avant de devoir quitter la ville — jusqu'à l'abbaye, où l'abbé devait prononcer la messe funèbre. Le cortège n'aurait donc que deux places à traverser, mais il longerait trois des côtés de la place de l'abbaye, officiellement pour permettre à un plus grand nombre de citadins de dire un dernier adieu à la princesse, et accessoirement pour que la cérémonie revête un caractère plus spectaculaire. Ce jeudi-là, les deux places seraient animées par le marché et la foire hebdomadaires, et du fait que les gens devaient bien continuer à vivre quand d'autres mouraient, on n'avait pas annulé ces deux événements. En réalité, le prince s'était dit qu'avec tous les paysans venus vendre leurs produits à la ville, on aurait l'impression qu'une grande foule avait tenu à rendre hommage à la défunte.

Les étals furent donc installés presque à tous les emplacements habituels sur les deux places, et il avait été convenu que, durant la procession et la messe, les commerçants recouvriraient leurs marchandises d'un tissu et cesseraient toute transaction. Le maréchal du prince avait inspecté le parcours afin de s'assurer qu'assez d'espace avait été ménagé pour le cortège, et que la foule pourrait se masser de chaque côté sans gêner sa progression. Pour éviter toute cohue, des barrières avaient été érigées à l'extrémité des deux rues débouchant sur la place du palais; les gardes du maréchal et ceux du palais, revêtus de tabards noirs dont certains avaient été sortis des coffres où ils moisissaient, les autres taillés et cousus à la hâte dans du tissu neuf, se partageaient la tâche de contrôler la foule. Les paysans qui, retenus par leur labeur, n'avaient pu prendre part aux réjouissances qui avaient accompagné le mariage apprirent avec plaisir que le train-train habituel du marché serait animé par de belles funérailles qui leur procureraient non seulement plus de clients, mais aussi un spectacle gratuit.

À midi, un roulement de tambour assourdi annonça le départ de la procession. À ce moment-là, une foule nombreuse se pressait le long du parcours et débordait dans les rues et les venelles convergeant vers les deux places. Les fenêtres étaient noires de monde, les étals décemment recouverts, les gardes se tenaient immobiles, la pique renversée, les hommes avaient ôté bonnets et chapeaux, quelques femmes pleuraient — la pauvre n'avait que quinze ans, elle avait la vie devant elle. Le destin de la princesse faisait songer à certains sermons de l'abbé : la Mort est partout et surgit quand on s'y attend le moins.

L'idée ne cessait de hanter Benno qui se tenait, à moitié écrasé contre une barrière, à hauteur de la légère pente marquant l'endroit où la place du palais se rétrécissait avant de rejoindre celle de l'abbaye. La presse était si forte que Biondello avait sorti l'avant-train de la chemise de son maître et posé les pattes sur la barre de bois, observant la scène avec un vif intérêt. Pire, songea Benno : la Mort pouvait se tapir n'importe où, et en ce moment même, sans aucun doute, était lancée aux trousses de son maître. Lequel ne passait certainement pas inaperçu : la duchesse Violante lui avait expressément demandé de marcher à son côté. Sigismondo n'avait pas précisé à Benno si elle lui avait fourni une raison, mais il était probable qu'après la chute de l'effigie Violante s'était dit que toute procession comportait ses dangers. Peut-être, songea Benno, sentait-elle comme lui-même que les étrangleurs se tenaient à l'affût de la prochaine occasion.

Benno n'était pas le seul à redouter quelque chose : les conseillers et courtisans du prince Galeotto l'avaient pressé de porter un plastron sous son pourpoint ainsi qu'un gorgerin autour du cou. Mais Galeotto avait écarté avec mépris ces recommandations — quel étrangleur serait capable de s'approcher suffisamment d'un homme vigoureux comme lui-même avec quelque chance de succès ? Croyait-on vraiment qu'un assassin pourrait franchir la protection de ses gardes pour le poignarder ?

En fait, il avait, dans l'intimité de ses appartements, essayé le plastron et passé son pourpoint de velours noir par-dessus. Mais il avait trouvé que cela lui donnait l'air obèse. Il savait qu'il était de robuste constitution, avec peut-être une légère tendance à l'embonpoint, mais enfin... Bref, il avait renoncé à le porter.

De plus, ce Sigismondo l'avait mis en garde contre un assassin surgissant de nulle part — ou plutôt, pour être précis, de la rivière — et profitant d'une faille. Or, il n'y aurait aucune « faille » durant la procession. Mais ce qui inquiétait le prince, et qui, alors qu'il se rendait à la chapelle, conférait à son visage un air sombre parfaitement approprié aux circonstances, c'était l'autre hypothèse évoquée par Sigismondo : celle selon laquelle l'assassin avait un complice au sein même de sa cour. Le prince était convaincu que cette personne ne pouvait appartenir qu'à l'entourage d'Ariana. C'était obligé ! Mais l'important, l'essentiel était que le duc Ippolyto ne le soupçonne en aucun cas d'être lui-même impliqué. C'est avec cette pensée en tête qu'il donna la main à la duchesse Violante qui marchait à côté de lui et, forçant une larme à jaillir de son œil, qu'il tourna le visage vers elle afin qu'elle la remarque.

Au son étouffé du tambour et de la cloche de l'abbaye, le corps de la princesse fut descendu au bas des marches du palais et déposé dans un cercueil ouvert soutenu par six moines et flanqué de six nobles. Il avait été prévu au départ que ces derniers porteraient le cercueil, mais on y avait renoncé car l'un d'eux était beaucoup trop petit, et aucun capable de marcher au pas.

Le cercueil était garni et drapé de velours noir sur lequel avaient été cousues au fil d'or les armes de Borgo et d'Altamura. La princesse était vêtue de brocart blanc qui, même s'il ne convenait pas vraiment à une femme mariée, symbolisait de façon touchante sa pureté et sa jeunesse. Une bonne part de curiosité morbide animait ceux qui, dans la foule, tendaient le cou pour voir la princesse étranglée, mais l'on n'avait décidé de l'exposer dans un cercueil découvert qu'après avoir réussi, par un habile maquillage, à dissimuler les taches violacées qui marbraient son visage. Maintenant que les yeux exorbités étaient cachés par les paupières et que l'on avait repoussé la langue enflée dans la bouche, rien ne pouvait rappeler aux spectateurs ce qui était arrivé.

Les hommes de la maison du prince avançaient de part et d'autre du cortège qui suivait le cercueil. Galeotto remarqua que la duchesse gardait Sigismondo près d'elle. Il aurait préféré qu'il soit plus proche de lui. Sous le voile noir, le visage de la duchesse semblait parfaitement calme. Il était aisé de voir qu'elle n'était que la belle-mère d'Ariana, et que la douce jeune fille n'avait pas eu le temps de conquérir son affection. Cela rappela au prince que si quelqu'un se devait de montrer de l'affliction, c'était lui-même, et il étouffa un sanglot. La fumée de l'encens se mêlait à la forte odeur des brins de romarin que tout le monde portait, et il espéra qu'il n'éternuerait pas.

Lorsque le cercueil arriva à la hauteur de Benno, le son mat du tambour et le pas solennel du cortège lui firent venir les larmes aux yeux. Il dut battre des paupières pour les refouler. Un prêtre avec un encensoir passa devant lui. Puis il aperçut le prince Galeotto et la duchesse accompagnée de Sigismondo qui, à la différence des autres, ne suivait pas des yeux le cercueil. Son regard parcourait la foule, scrutait les façades des maisons environnantes.

Le voyant soudain froncer les sourcils, Benno

compris que quelque chose était sur le point de se produire.

Personne ne s'attendait à voir Sigismondo s'en prendre au prince et à la duchesse. D'une poussée violente, il précipita presque celle-ci dans la file de moines portant le cercueil tandis que de l'autre il propulsait le prince parmi les hommes de sa maison marchant à sa gauche. La cloche continua de retentir, le cercueil poursuivit son chemin, le tambour ne cessa pas de battre; la brève effervescence ne saisit que cette partie-là du cortège. Se débarrassant de leurs branches de romarin, les dames de compagnie de la duchesse se précipitèrent autour d'elle tandis que plusieurs gardes tentaient de s'emparer de Sigismondo et qu'à quelques pas derrière eux un homme debout au premier rang de la foule s'effondrait, mort.

Il était en train d'explorer les poches de son voisin mais était loin de songer que le jugement d'en haut serait prononcé aussi vite.

À cet instant, personne d'autre que Sigismondo, qui s'attendait à ce qu'il y ait une victime, ne le vit tomber. Une seconde avant de bousculer les deux personnages les plus augustes du cortège, il avait aperçu un mouvement dans l'obscurité d'une fenêtre située en haut d'une façade, un mouvement giratoire, et dans l'air une imperceptible violence qui avait obscurci le soleil pendant un bref instant.

Les gardes s'efforçaient en vain de maintenir les bras de Sigismondo dans son dos. La foule criait et hurlait, les moines qui portaient le cercueil ralentirent et finirent par s'arrêter. Ayant recouvré son équilibre, la duchesse écarta ses compagnes et s'approcha de son sauveur. Par bonheur pour lui, elle avait aussitôt compris la situation.

— Où? Qu'est-ce que c'était?

Pour toute réponse, Sigismondo la prit par le bras et la mit à l'abri du cercueil, dont les porteurs se dévissaient la tête pour essayer de comprendre ce qui se passait.

Le prince Galeotto aurait également aimé savoir de quoi il retournait. Après l'avoir remis sur ses pieds, les gentilshommes de sa maison l'examinèrent pour juger s'il était blessé, et il fut encore plus soulagé qu'eux d'apprendre qu'aucune dague ne l'avait transpercé. Il avait perdu son chapeau, son visage était verdâtre et il semblait avoir presque autant besoin d'un cercueil que son épouse.

CHAPITRE XVII

L'oiseau de la mort

— Altesse, c'était une fronde. On a tiré de là-haut.

Le garde tenta une nouvelle fois de ramener dans le dos de Sigismondo le bras qu'il tendait pour désigner la fenêtre. Le prince se tourna d'un air anxieux pour observer les façades avoisinantes. Galeotto, qui était un peu lâche mais n'était pas un imbécile, savait, comme la duchesse, qu'on venait de lui sauver la vie.

— Faites fouiller cette maison ! ordonna-t-il au chef de ses gardes debout à côté de lui. Et toi, relâche cet homme, idiot ! Allons, allons, que la procession reprenne.

Et à l'adresse de Sigismondo, il ajouta d'un ton très ferme :

— Et vous, marchez *ici*.

Son doigt désignait un point juste derrière la duchesse et lui.

Le cortège se remit en route dans le brouhaha croissant de la foule qui se demandait ce qui était arrivé. De l'avis général, l'inquiétant individu au crâne rasé et vêtu de noir, dont la fonction aux côtés de la duchesse intriguait au plus haut point, semblait avoir perdu la tête. Benno entendit toutes sortes de spéculations tandis qu'on enlevait le corps du détrousseur. Personne n'avait compris ce qui l'avait si soudainement terrassé.

Serait-ce que l'étrange homme en noir était un sorcier qui avait détourné sur lui un sort destiné au prince ?

Une paire d'yeux vifs avait remarqué autre chose. Biondello, que Benno avait reposé à terre lorsque la pression de la foule s'était relâchée, trottina sur le gravier poussiéreux de la rue et rapporta un caillou rond à son maître. Il avait l'habitude d'aller chercher et, bien qu'il crût que c'était le voleur qui avait lancé la petite pierre, ne voyait aucune raison de ne pas en faire cadeau à son maître.

La foule bruissait encore de commentaires au sujet de la brusque attaque du prince et de la duchesse à laquelle s'était livré l'homme qui ressemblait tant à un assassin. Or ces deux augustes personnages n'avaient pas désavoué l'homme — même pas pour avoir touché la duchesse. Quel présage l'avait donc conduit à écarter le prince et la duchesse en sorte que la foudre, ou le mauvais œil, aille frapper le voleur ?

Pendant ce temps, la procession arrivait sur la place de l'abbaye où elle fut accueillie par l'abbé ; ensuite, tout le monde entra dans la nef, que d'innombrables bougies baignaient d'une clarté éblouissante. La longue cérémonie commença, puis la princesse fut inhumée dans la tombe familiale, richement décorée de porphyre, de serpentine et de calcédoine, auprès de la première épouse de Galeotto.

Ce ne fut que lorsque la cour fut revenue au palais, où le prince devait recevoir ambassadeurs et notables, que Sigismondo retrouva sa liberté de mouvement. Le maréchal du prince, qui avait croisé son regard à la sortie de l'abbaye, l'attendait. C'était un petit homme affligé d'un boitement marqué.

— Il avait filé, bien entendu, daigna-t-il seulement dire.

Sigismondo haussa les épaules.

— La maison était vide ?

— Comme le cœur d'un avare.

— Je voudrais y jeter un coup d'œil.

— Je m'en doutais, fit le maréchal.

Alors que l'autre se mettait en route, Sigismondo se tourna vers Benno et lui demanda s'il se souvenait de l'endroit où se tenait le détrousseur. Benno acquiesça et tendit le doigt.

— Va t'y mettre et ne bouge pas, lui dit Sigismondo.

Les gardes avaient enfoncé la porte de la maison, arrachant des fragments de bois au niveau de la serrure. Du seuil on apercevait, à l'autre extrémité de la bâtisse, une porte ouverte sur une arrière-cour par où l'assassin s'était sans doute enfui. Lorsqu'ils entrèrent, un des gardes du prince se leva paresseusement du plancher où il était assis.

— Personne, bien entendu, ne surveillait l'arrière de la maison, précisa le maréchal en pénétrant dans la pièce.

Des empreintes de pas s'étaient inscrites sur l'épaisse couche de poussière et de plâtre recouvrant les marches d'un escalier abrupt. Sigismondo se pencha pour les examiner, mais le maréchal lui tapa sur l'épaule et l'invita d'un geste à monter à l'étage. Dans la pièce donnant sur la rue, la lumière du jour entrant par un volet ouvert montrait des murs écaillés, un sol couvert de poussière, de débris de plâtre, de crottes de souris, et d'une seule série d'empreintes de pas.

— J'ai empêché mes hommes d'y entrer, indiqua le maréchal.

Sigismondo émit un long fredonnement appréciateur.

— Vous êtes un homme perspicace, fit-il.

S'agenouillant, il observa la disposition des empreintes afin de déterminer l'endroit où s'était tenu le mystérieux individu. Ensuite, il fit quelques pas en examinant les traces que l'homme avait laissées en se déplaçant. Finalement, il se redressa, regarda Benno debout dans la rue et plia à moitié les genoux.

— Oui, fit le maréchal. C'est aussi mon idée : un homme de petite taille.

Il avança, Sigismondo s'écarta et le maréchal plaça ses propres pieds à côté des empreintes.

— D'ici, il n'aurait pas pu voir Son Altesse.

— De petits pieds, et donc, selon toute probabilité, un homme petit, résuma Sigismondo. Mais même un homme plus grand n'aurait pu apercevoir Son Altesse de cet endroit. C'était la duchesse qu'il visait.

— Ou vous-même, ajouta le maréchal.

— Hum. Possible. Mais je ne crois pas. J'étais sur le côté, difficilement visible d'ici.

Sigismondo se passa l'index sur la lèvre, puis se tourna vers le maréchal en souriant.

— Mais qui sait, après tout? Bien, y avait-il autre chose dans la maison?

— Une ou plusieurs personnes ont dormi récemment au grenier. Et il m'est avis que l'on a ouvert ce volet hier, ou même avant — on voit ici la poussière qui a saupoudré les empreintes près de la fenêtre. Aujourd'hui, l'homme guettait à l'écart de la fenêtre.

— Vous feriez un excellent pisteur, messire.

— J'étais le maître de chasse du prince avant d'être blessé par un sanglier, déclara le maréchal en se frottant la cuisse.

— Vous allez dire au prince que l'homme ne le visait pas? Ça va lui ôter un poids des épaules, non?

En passant devant un étal, Benno avait acheté une saucisse et il en nourrissait alternativement sa propre bouche et celle nichée sous sa chemise.

— J'en doute. Il a été très choqué et est convaincu que c'est lui qu'on visait. Ses sujets ne vont plus le voir beaucoup à l'avenir.

Sigismondo accepta un morceau de saucisse puis poursuivit son chemin. Le marché avait repris son activité avec une vigueur redoublée, comme si la procession et le glas funèbre avaient ravivé chez les citadins la conscience de leur propre vie : ils n'étaient pas morts et avaient des choses à vendre et à acheter. On replia les tissus couvrant les étalages, on cracha sur les fruits et on les frotta d'un revers de manche pour les faire briller, l'air s'emplit de succulentes odeurs de friture, on déroula des coupons de lin et de laine pour en montrer la qualité, on exposa même des bonbons et des jouets pour tenter les enfants qui disposaient d'un peu d'argent. Les plus pauvres tournicotaient autour des étals, guettant une improbable occasion de chaparder. Rares étaient les signes de deuil, à part les rubans noirs noués autour des oiseaux en bois que vendait un colporteur à l'angle de la place. Les oiseaux, grossièrement façonnés, étaient pourvus d'un sifflet sculpté dans leur corps de bois, et le marchand appâtait les chalands en en faisant tourner un autour de sa tête. Le ruban noir flottait derrière la figurine, d'où s'échappait un son de flûte, comme si l'oiseau chantait au bout du fil qui le retenait. Le vendeur était un homme de haute taille qu'une légère bosse faisait paraître plus petit qu'il n'était, et personne ne distinguait, sous la barbe fournie, le gros grain de beauté qu'il avait au coin de la bouche. Les passants n'avaient d'yeux que pour les oiseaux colorés attachés à leur fil. L'homme, qui réalisait de bonnes affaires, était en train de compter, tête baissée, la monnaie dans la paume d'un enfant lorsque Sigismondo et Benno passèrent devant lui, assez près pour qu'il puisse voir leurs bottes.

Alors que Sigismondo gravissait les marches du palais, Benno, qui le suivait à quelques pas, perçut un son étrange semblable au battement d'ailes d'un oiseau invisible.

Comme arrêté par un obstacle indiscernable, Sigismondo porta les mains à sa gorge, trébucha et s'effondra.

CHAPITRE XVIII

Deux colliers

Benno vit tomber son maître. Il n'avait pas la moindre idée de ce qui se passait. Il ne se trouvait pas dans la chambre de Leonora au moment où le cordon lesté avait décapité Vénus et ignorait le son qu'il produisait en tournoyant. Il se précipita auprès de son maître. Sur la place, le vendeur de jouets avait fermé boutique et filé.

Benno savait que les frondes peuvent tuer. Il n'envisagea que cette possibilité. Ce n'était pas le prince ni la duchesse qu'on avait voulu assassiner. Depuis le début, c'est son maître qui était visé. Il posa une main tremblante sur l'épaule de Sigismondo pour tenter de le retourner sur le dos.

— Où... As-tu vu... ?

Sigismondo se mit à quatre pattes puis se releva.

— Il est peut-être encore...

Il pouvait à peine parler mais, avant que Benno ait eu le temps de se redresser, il avait détaché le cordon de son cou et s'était fondu dans la foule. Pourtant il était aisé de suivre sa tête qui dominait les autres, et c'est un Benno soulagé qui, quelques instants plus tard, se retrouva au coin de la place, où les enfants avaient ouvert un sac de paille plein d'oiseaux en bois qu'ils s'arrachaient en se gaussant de l'homme qui tentait de les en empêcher.

— ... il m'a demandé de surveiller sa marchandise,

disait l'homme à Sigismondo. Je vous demande un peu ! Quoi ? Par où est-il... ? Là, dans cette venelle.

Benno sur les talons, Sigismondo s'engouffra dans l'étroite ruelle. Un couple d'oies qui fouissaient parmi les détritus étendirent leurs ailes en soufflant d'un air hostile et Benno, qui sentit Biondello terrorisé enfouir son museau dans ses côtes, espéra que les volatiles avaient agressé l'étrangleur. Devant lui, Sigismondo dévala trois marches basses et disparut derrière un coin de mur. Benno crut percevoir un martèlement de sabots, puis plus rien. La longue ruelle assombrie par les façades en surplomb était absolument déserte.

Sigismondo, haletant, marmonna quelques mots, puis ajouta à voix haute :

— Trop tard.

Sa voix avait perdu sa raucité et était emplie de colère.

— Encore une fois, je suis arrivé trop tard.

Il s'appuya contre le mur en enroulant le cordon autour de sa paume. Voyant l'expression de son visage, Benno s'abstint de lui rappeler que quelques heures auparavant il n'avait pas été en retard pour sauver la duchesse et le prince. Le col de Sigismondo, défait, laissait apparaître un second col, en cuir clouté, qui lui remontait haut sur le cou. Benno comprit pourquoi son maître avait amadoué le mastiff errant dans le palais le matin même, au prix d'un morceau de bacon prélevé sur la réserve que Benno gardait sous sa chemise — ce qui avait suscité le ressentiment, silencieux mais aigu, de l'invisible Biondello.

Benno posa le petit chien à terre et s'éloigna pour explorer les lieux.

Soudain, comme s'il retrouvait ses esprits, Sigismondo regarda autour de lui et repartit d'un pas rapide par où ils étaient venus. Benno siffla Biondello et suivit son maître en courant. Il eut juste le temps de le voir tourner dans une ruelle transversale qu'il n'avait pas remarquée, si étroite qu'un chat aurait facilement pu la franchir d'un bond pour passer d'une maison à l'autre. Il savait que le sens de l'orientation de Sigismondo lui permettait de se repérer sans difficulté dans des villes qu'il connaissait à peine. Car il ne suivait certainement pas l'assassin à l'odeur.

Quoiqu'il n'y fût venu que de nuit, Benno eut l'impression de reconnaître la maison à laquelle ils parvinrent après de nombreux détours. En voyant la vieille sorcière qui leur ouvrit la porte, il sut qu'il ne s'était pas trompé. Certes, Sigismondo avait vu l'assassin chez dame Leonora, mais pourquoi celle-ci aurait-elle su quelque chose à son sujet ? Vivait-il chez elle ? Sigismondo s'attendait-il à ce qu'il le suive ici une seconde fois ?

— Le prince m'a chargé d'un message pour ta maîtresse.

Juste ce qu'il fallait dire, songea Benno tandis que la vieille s'effaçait pour les laisser entrer. Des tas d'endroits leur seraient restés fermés si son maître ne mentait pas de si belle manière. De vagues grommellements leur apprirent que dame Leonora se trouvait dans le jardin, mais Sigismondo n'attendit pas de se faire annoncer. Plantant là la vieille, il gagna rapidement l'arrière de la maison. Tout en le suivant, Benno se dit que les autres serviteurs devaient être en train de faire la sieste ; à moins que la dame ne comptât sur la seule vieille bique pour empêcher d'entrer les visiteurs indésirables. Voudrait-elle bien voir Sigismondo ?

En fait, elle n'était pas en état de le recevoir.

Sigismondo trouva, au-delà de l'escalier, la porte menant au jardin — lequel était plus vaste que ce à quoi l'on pouvait s'attendre. Il s'ouvrait par un parterre bordé d'une haie de lavande qui leur arrivait aux genoux, et que traversait une petite allée conduisant à une fontaine tout en dauphins et néréides. De hauts murs enduits de blanc préservaient l'enclos des regards indiscrets. Dans la lumière de fin d'après-midi, avec le glouglou de la fontaine qui tranchait sur le bourdonnement somnolent des abeilles butinant la lavande, l'endroit procurait une oasis de calme seyant à une dame en quête de réconfort à la suite d'un choc.

Mais de dame, il n'y avait pas la moindre trace.

Sigismondo se tourna de côté et d'autre, observant le jardin et les hauts murs comme s'il pensait qu'elle les avait franchis d'un bond afin d'échapper à ses questions. Biondello huma l'air avec ravissement puis trottina jusqu'à la fontaine pour se désaltérer.

Il émit alors un unique aboiement aigu. Sigismondo le rejoignit en quelques enjambées.

Derrière les jets et les cascades des statues de la fontaine, qui l'avaient jusqu'ici dissimulée à leurs yeux, gisait dame Leonora.

Elle était à plat ventre sur le rebord du bassin, la moitié du corps dans l'eau, les jambes traînant à terre. Au-dessus d'elle, un cupidon tenant un bouquet de fleurs de pierre à la main les regarda approcher avec un sourire épanoui.

Lorsque Sigismondo retira le corps du bassin, il demeura inerte entre ses bras, dégoulinant d'eau, les cheveux éparpillés comme des algues sur le visage et la tête inclinée selon un angle singulier. Dame Leonora portait deux colliers, dont un en or. L'autre, enroulé trois fois autour de son cou, était lesté d'une pierre à chacune de ses extrémités.

CHAPITRE XIX

Même les morts peuvent tuer

— *Étranglée ?*

Le prince Galeotto prenait très mal la nouvelle de la mort de sa maîtresse. Perdre une épouse par strangulation était déjà un cruel coup du sort. Perdre une maîtresse par la même méthode commençait à ressembler à de la persécution.

Lorsque Sigismondo avait été introduit en sa présence, le prince mangeait du raisin qu'un page, genou à terre, lui présentait sur un plateau d'argent doré, et la grappe qu'il dégustait tomba au sol tandis que du jus lui coulait sur le menton.

— Pas par un lacet, cette fois, mais par une arme semblable à celle-ci, Altesse.

Sigismondo montra le cordon lesté qui l'avait terrassé sur les marches du palais. Le prince y jeta un coup d'œil et frissonna, guère rassuré par la précision de Sigismondo. Il s'essuya le visage avec sa serviette en lin qui déposa quelques pépins sur ses joues.

— Avez-vous vu l'assassin ?

Sigismondo haussa les épaules d'un geste évocateur.

— Ce genre d'individu n'attend pas que l'on vienne dessiner son portrait, Altesse.

— Mais comment... ?

Galeotto agita sa serviette, balayant le visage du page qui tressaillit.

— Pourquoi ? Il est impossible qu'il ait même connu dame Leonora.

Si Sigismondo avait son opinion sur le sujet, il n'en laissa rien paraître.

— Je pense qu'il disposait d'un cheval, Altesse. Il y avait des empreintes de sabots au pied du mur oriental du jardin. Peut-être est-il monté sur sa selle dans l'intention de l'escalader. Mais le faîte du mur est recouvert de lierre, et il ne portait aucune trace de passage. Il a sans doute guetté l'arrivée de la dame dans le jardin et lancé son cordon d'où il était.

Galeotto fit un effort pour se relever d'un bond du splendide lit de repos doré où il était allongé. Adossés aux tapisseries qui ornaient les murs, les courtisans, dont la curiosité, piquée au vif par l'exclamation de Galeotto : — « *Étranglée ?* » —, n'avait pas été satisfaite, tendaient en vain l'oreille pour saisir les intonations graves de Sigismondo. Leurs regards cherchaient à déterminer qui manquait dans l'entourage du prince. Dame Zima, évidemment ravie de l'indisposition qui avait empêché dame Leonora d'assister aux funérailles, sentit grandir ses espoirs. Chacun se penchait en avant, l'oreille aux aguets.

— C'est une conspiration ! s'écria avec une énergie surprenante Galeotto, qui avait réussi à se mettre debout. Quel est donc ce scélérat qui tue celles que j'aime ? La douce Ariana, mon épouse, et à présent Leonora.

Ses propres paroles parurent lui faire réaliser son malheur et, les pieds écartés, il se mit à beugler tandis que les larmes ruisselaient sur son visage parmi les pépins de raisin. Les courtisans se regardèrent et un murmure général de compassion s'éleva. Zima réussit même à transformer en sanglot le son qu'elle produisit.

Cette scène édifiante fut interrompue par l'arrivée de dame Violante, qui avait troqué la sobre splendeur de son habit de deuil pour une robe toute simple de quatre mètres de velours écarlate. Elle venait honorer de sa présence la cérémonie des condoléances que devaient présenter les envoyés et ambassadeurs, à laquelle son hôte, avait-elle pensé, était en train de se plier. En fait, le prince avait reporté cette formalité indispensable jusqu'au moment où il aurait quelque peu surmonté son chagrin. Les envoyés et ambassadeurs s'étaient donc retirés dans leurs logements afin de rédiger, à l'intention de leurs maîtres respectifs qui en tiendraient compte pour ajuster leur politique extérieure, un compte rendu des funérailles, et d'exposer leurs théories au sujet des malheurs qui frappaient Borgo.

La duchesse trouva des courtisans absorbés dans des conversations chuchotées, qu'ils suspendirent d'un air distrait le temps de lui présenter leurs respects, et un prince qui se répandait en lamentations. Deux scènes qui lui étaient d'ailleurs devenues familières depuis son arrivée à Borgo. Apercevant Sigismondo, elle lui fit signe de la rejoindre, lui demanda ce qui s'était passé, et l'écouta avec un froncement furieux des sourcils et les lèvres pincées.

— Eh bien, que devons-nous décider?

— Madame, fit Sigismondo en baissant la voix afin que ses paroles ne soient entendues que par la duchesse. Le mieux serait que vous repartiez à Altamura. Aujourd'hui même.

La duchesse écarquilla ses yeux bleu vif, qui surprenaient parmi tous ces yeux sombres.

— Vous voulez dire qu'il serait dangereux de rester ici? Que je cours un risque? Moi en particulier?

— Votre Grandeur pourrait constituer une cible pour cet assassin. Vous seriez plus en sécurité loin de Borgo. Dans combien de temps seriez-vous prête à partir?

Elle jeta un regard à Galeotto, que les courtisans s'efforçaient de réconforter, et à qui Zima tendait une coupe de vin.

— Le prince m'a demandé de rester encore une semaine.

Sigismondo secoua la tête.

— Pouvez-vous trouver un prétexte qui ne froissera pas Son Altesse ? Il serait préférable de partir dès que possible, et de ne pas parler au prince de ce que je viens de vous dire.

Les duchesses et leur équipage étaient alors plus difficiles à déplacer que des armées. Celles-ci possédaient en effet un certain degré de discipline — sauf chez les gentilshommes de la cavalerie ; or l'équipage d'une duchesse avait plus d'un point commun avec ces derniers. En fait, il ressemblait beaucoup à une ménagerie ambulante.

En dépit des protestations bruyantes de son hôte, la duchesse resta ferme sur sa décision de partir. Par un heureux hasard, un messager en provenance d'Altamura s'était justement présenté à la cour, et Violante raconta au prince que son mari était souffrant en raison du choc consécutif à la mort de sa fille, qu'il souhaitait que son épouse soit auprès de lui, et qu'il était donc de son devoir de le rejoindre. Cette décision mit aussitôt en branle l'habituel tohu-bohu qui accompagnait les départs. Au milieu des ordres, des contrordres et des jurons, on s'empressa de préparer les bagages, corder les coffres, les rouvrir pour chercher quelque objet égaré, préparer les litières, prévoir la nourriture des hommes et le ravitaillement des bêtes, harnacher et seller les chevaux. De tout ce remue-ménage un certain ordre finit par émerger, et la duchesse fut prête à se mettre en route.

Contraint de se plier à sa volonté, Galeotto la supplia de l'informer de son arrivée sans encombre à Altamura, ainsi que de la santé de son mari, et ajouta que, pour sa part, il considérait que l'alliance conclue avec Altamura demeurait aussi solide que si son Ariana bien-aimée était encore de ce monde. Galeotto demanda à la duchesse d'assurer au duc Ippolyto que l'infâme assassin serait poursuivi et châtié, et qu'il mourrait dans les pires tourments que sauraient lui réserver ses bourreaux. Tout cela figurait noir sur blanc dans la lettre qu'il lui remit, et il le lui répéta encore en l'accompagnant à cheval jusqu'à la porte de la ville. Aucune allusion, en revanche, ne fut faite, ni en paroles ni par écrit, aux coffres renfermant la dot d'Ariana. Galeotto avait convaincu sa conscience que même si l'idée pouvait paraître honorable, le fait d'en rendre tout ou partie aurait pu suggérer qu'elle ne l'avait pas entièrement satisfait.

Il se confondit en excuses de ne pouvoir raccompagner la duchesse jusqu'à la frontière. Il était miné par le chagrin. Parvenu aux remparts, il étreignit Violante en versant des torrents de larmes. Ce fut d'ailleurs une étreinte un peu gauche en raison du plastron qu'il portait sous son pourpoint. Comme il l'avait prévu, la plaque d'armure le faisait paraître obèse, et devant la surprise qui se peignit sur le visage de la duchesse lorsque ses mains se posèrent sur son buste rigide, il expliqua que c'est par considération envers ses sujets qu'il avait consenti à protéger leur seigneur. Il insista une fois encore — et à cet instant une fugace expression d'*ennui*[1] passa sur les traits de Violante — pour que la duchesse dise au duc que lui, Galeotto, était la cible d'ennemis qui lui avaient porté le plus cruel des coups en le privant de sa jeune épouse adorée.

— Il ne semblait pas avoir envie de vous voir partir, vous non plus, n'est-ce pas ?

Benno avait poussé son cheval à hauteur du grand noir de son maître, à peu de distance derrière la duchesse, d'où Sigismondo avait une vue générale de la situation.

— Peut-être voulait-il que je reste pour la même raison qu'il voulait voir rester la duchesse, rétorqua Sigismondo en souriant.

1. En français dans le texte. *(N.d.T.)*

Benno fut surpris de le voir répondre d'aussi bonne grâce à sa question. Il dut pourtant se creuser la tête. *Pour la même raison... ?* Mais le prince ne voulait garder la duchesse auprès de lui que pour l'impressionner par le spectacle de son chagrin après la perte de sa jeune épouse, chagrin dont il tenait à ce que Violante informe le duc. Tout cela n'était que jeu politique. Le chagrin du prince n'avait certainement pas impressionné Sigismondo.

— Ah, il voulait que vous le protégiez, pas vrai ? Et que vous trouviez l'étrangleur.

— Ou que l'étrangleur me trouve.

Benno en resta bouche bée.

— Il voulait votre mort ? Et celle de la duchesse ? Mais pourquoi ?

Sans cesser de scruter du regard le paysage environnant, Sigismondo chevauchait d'un air détaché.

— Hé ! répondit-il à Benno après avoir émis un fredonnement amusé. Il faut envisager toutes les possibilités, Benno. On doit peut-être regarder au-delà du seul Galeotto. Une principauté est entourée de voisins susceptibles de la convoiter ; ce n'est un secret pour personne, par exemple, que le duc Francesco de Castelnuovo aurait grand besoin d'agrandir son territoire, et qu'aucun scrupule ne l'arrête quand il s'agit de parvenir à ses fins. Mais pour en revenir au prince, tu n'as pas parlé à ses serviteurs de la princesse Béatrice de Borgo ?

— Celle qui avait épousé le père du duc Ippolyto ? Et dont on dit qu'il l'a empoisonnée ? Et même si c'était vrai, c'est de l'histoire ancienne, non ? Vous ne pensez tout de même pas que le prince Galeotto veut se venger de *ça* ?

Benno connaissait bien le dicton selon lequel la vengeance est un plat qui se mange froid, mais là il n'aurait plus seulement été froid, il aurait été carrément faisandé.

— Ce que je veux dire, c'est qu'il se passe des choses plus étranges encore. La princesse Béatrice était la tante de Galeotto, elle était de son sang. Ces événements se sont déroulés à une époque où aucun de ceux qui vivent aujourd'hui n'était né, mais ce genre d'affaire ne s'oublie pas.

— Pourtant le père de Galeotto n'a rien fait sur le moment, alors qu'il pensait que sa sœur avait été empoisonnée... On aurait pu s'attendre à ce qu'il déclare la guerre à Altamura, non ? Pourquoi ne l'a-t-il pas décidé ?

— Peut-être n'avait-il pas l'argent nécessaire pour rassembler une armée. Peut-être voulait-il employer un moyen plus subtil. Il est mort il y a quelques années, mais il avait déjà planté des jalons pour que son fils épouse Ariana. Même les morts peuvent tuer — Galeotto pourrait agir selon les instructions secrètes de son père.

CHAPITRE XX

Sigismondo crache

Là-dessus, Sigismondo intima à Benno l'ordre de rester dans le convoi, puis éperonna son cheval et lui fit gravir le flanc de la colline. Il se dirigea vers un éperon rocheux d'où il put observer la route qui s'étendait devant eux ainsi que la campagne environnante. Apercevoir sa silhouette ainsi exposée, découpée en noir sur le ciel bleu, inquiéta Benno ; et il se félicita que son maître n'ait pas rendu le collier du mastiff. Avec tous ces cavaliers qui pourraient se lancer à sa poursuite, il y avait sans doute peu de chances que l'étrangleur sorte des fourrés et fasse une nouvelle tentative avec son cordon lesté, mais Benno commençait à penser que l'homme était insaisissable. Après tout, même Sigismondo avait jusqu'ici échoué à l'attraper.

L'idée que le prince Galeotto puisse avoir ourdi le meurtre de sa propre épouse par vengeance familiale était affolante, et si elle était exacte, cela signifiait que la duchesse serait en danger jusqu'à la frontière, et peut-être au-delà. À tout moment pouvait surgir une attaque, ce qui était à n'en pas douter la raison pour laquelle son maître était monté sur l'éperon pour scruter les alentours.

Tout en cheminant, Benno scrutait lui aussi le paysage, et il y avait bien des choses à voir. L'équipage de la duchesse s'étirait au loin derrière lui, au pas indolent des mulets de somme chargés des coffres et des ballots contenant les atours de la duchesse et de ses dames. Le mobilier portable nécessaire au bivouac et à la préparation d'un repas était déjà loin devant, mais les mulets progressaient à leur propre rythme et n'entendaient pas le modifier. La plupart des serviteurs les accompagnaient, faisant mine de s'occuper des bagages, mais se livrant en réalité à d'inlassables bavardages. Leur séjour à Borgo ayant renforcé en eux la conviction qu'Altamura lui était de loin supérieure, ils rentraient chez eux avec la certitude que les y attendait un auditoire avide de les entendre. La fille du duc ne jouissait pas de son vivant d'une popularité sans tache, mais les détails horribles de sa mort la lui vaudraient à coup sûr.

À l'avant chevauchait l'escorte de soldats, puis les gardes et enfin la duchesse et ses compagnes, également entourées de gardes. Bien qu'en tenue de deuil, splendide dans sa parure de soie noire et de perles, ses cheveux blonds retenus par un filet d'argent sous le chapeau à plume, la duchesse, qui n'était pas accablée de chagrin au point de refuser les occasions de s'amuser, tenait un faucon sur son gantelet brodé de perles. On l'avait privée des parties de chasse prévues, mais ce voyage lui donnait l'occasion de lâcher son émerillon sur le petit gibier qui se présentait au long du chemin. Son maître-fauconnier la suivait à quelques pas. Elle n'allait tout de même pas quitter Borgo sans en tirer quelque amusement.

Pendant ce temps, ceux qui étaient officiellement chargés de la distraire faisaient ce que bon leur semblait. Benno s'inquiéta d'entendre parler le dos d'un serviteur, puis fut rassuré de voir le visage de Poggio pointer derrière son bras. Le nain paraissait avoir envie de converser et, quelques instants plus tard, on l'avait aidé à passer d'une monture à l'autre et il était confortablement juché sur le paquetage derrière Benno, le bras passé dans la ceinture de ce dernier, tandis que le serviteur s'éloignait.

— Tu n'es jamais allé à Altamura, n'est-ce pas ? Tu verras, tu ne le regretteras pas. Ces gens de Borgo, c'est une sale engeance. Ils ne savent pas rire à une plaisanterie, ils ne savent même pas ce que c'est qu'une plaisanterie.

Le duc Ippolyto, lui, il sait rire et en plus il est généreux. Il te plaira.

Benno garda le silence en se demandant si, après la mort de sa fille, le duc serait vraiment disposé à la plaisanterie. Il se dit que Poggio devrait sans doute attendre quelque temps avant de recevoir quelque argent. Mais cela ne paraissait pas le contrarier, et il continua à énumérer les plaisirs qui les attendaient à Altamura.

— Oh, comme ça va être agréable sans cette langue de vipère d'Ariana ! Je sais bien qu'on ne doit pas dire du mal des morts, mais elle-même ne s'en est pas privée de son vivant. Je parie que le pauvre seigneur Tebaldo ne se consumera pas de chagrin.

— Le seigneur Tebaldo ? Mais je le connais ! C'est le neveu de notre duc de Rocca, l'infirme. Il a été très chic avec moi, la fois où j'ai dû enterrer un chien[1].

Benno vérifia que Biondello, qui trottinait sur le côté de la route, ne montrait pas de signe de fatigue.

— Il a ordonné à ses gens de me trouver un rosier dans le jardin. Il a suivi la duchesse à Altamura quand elle s'est mariée, pas vrai ?

— Nous avons tous deux été exilés, en quelque sorte, fit Poggio.

À ce souvenir, il poussa un soupir dont Benno sentit le souffle sur son bras.

— Entre sa maladie, son père et tout le reste, le pauvre seigneur Tebaldo n'a jamais eu de chance, reprit-il. Mais est-ce que cela ne ressemble pas à la duchesse de s'occuper de lui comme elle le fait ? Elle est aussi gentille qu'elle est belle.

— Pourquoi le seigneur Tebaldo se réjouirait-il de la mort de la princesse ?

— Il a été ravi d'apprendre qu'elle allait quitter Altamura pour se marier et qu'il ne la reverrait plus. Tu ne le croiras peut-être pas, mais l'année dernière il est tombé

1. Voir *Mort d'une duchesse, op.cit.*

amoureux d'une des dames de compagnie d'Ariana. On a tous nos sentiments, tu sais, quelle que soit notre apparence. Chacun à la cour se demandait si l'affaire se conclurait par un mariage. La dame semblait y être disposée, jusqu'au jour où tout s'est écroulé. À cause de dame Ariana.

Benno se retourna sur sa selle.

— Qu'est-ce qu'elle a fait ?

— Ce qu'elle a fait ? Elle a tout gâché. Elle a dit à la fille qu'elle était idiote de se laisser courtiser par un infirme ; que si elle l'épousait, elle donnerait naissance à des petits monstres tout tordus, comme leur père ; qu'il était encore plus affreux sans ses vêtements, et qu'elle mourrait d'horreur pendant sa nuit de noces.

— Comment se fait-il que tu saches tout ça ?

Poggio s'esclaffa contre l'épaule de Benno.

— Ne va pas croire qu'elle le lui a dit en privé. Elle n'a pas eu honte de le clamer à tout vent — elle disait qu'elle n'avait rien à cacher, à la différence du seigneur Tebaldo. Oh, pour sûr, il aura été heureux d'apprendre sa mort. S'il avait pu, il l'aurait étouffée de ses propres mains avant son départ.

Benno secoua la tête. La princesse s'était fait assez d'ennemis, prêts à la tuer eux-mêmes ou à engager quelqu'un pour le faire, sans qu'on ait à aller en chercher d'autres qui l'auraient tuée pour des raisons politiques ou de vengeance familiale. Benno était sûr que Sigismondo serait intéressé d'entendre cela ; il espérait que ce n'était pas le seigneur Tebaldo qui avait engagé l'étrangleur, mais il fallait reconnaître qu'il aurait eu d'excellentes raisons de recourir à ses services.

Sigismondo fit faire demi-tour à son cheval, puis descendit parmi les rochers et les éboulis avant de rejoindre la compagnie. En passant devant eux, il rendit son salut à Poggio, mais il était clair que, contrairement à ce qu'avait espéré Benno, il n'était pas d'humeur à converser. Sans s'arrêter, il poussa son cheval jusqu'à l'endroit où la duchesse bavardait avec ses dames.

Ils approchaient de la frontière, que marquait la rivière Larno à l'endroit où elle coulait entre les collines escarpées de Borgo et le relief plus plat du duché d'Altamura, qui étendait ses terres fertiles au pied des montagnes escarpées où se nichait sa capitale. Déjà, en dépit du piétinement des hommes et des chevaux, on distinguait le bruit de la rivière et on apercevait l'eau qui scintillait à travers la poussière. Chacun en fut ragaillardi et le rythme s'accéléra — on aurait sous peu quitté ce territoire étranger pour se retrouver en sécurité chez soi. Rares étaient ceux qui se disaient que plus on approche de la sécurité, plus on est proche du danger, mais c'était là une des maximes de Sigismondo.

Les soldats de l'avant-garde se disposèrent en aval du gué, d'une rive à l'autre, afin d'aider ceux qui pourraient avoir des difficultés durant la traversée, tandis que les dames se regroupaient sur la berge. Comme Sigismondo, la duchesse avait l'œil aux aguets et soudain, en riant, elle lança son faucon. Celui-ci s'éleva jusqu'au-dessus du malheureux oiseau que sa maîtresse avait repéré, et qui à présent s'enfuyait à tire-d'aile le long de la rivière. Tandis que la plume noire du chapeau de la duchesse balayait son épaule, toutes les têtes étaient levées pour regarder, sauf une.

— N'est-il pas magnifique, Sigismondo? Un ducat qu'il l'attrape.

Curieusement, il n'y eut pas de réponse. Guère habituée à ce manque de considération, elle tourna la tête et vit Sigismondo cracher dans sa main. Alors que la duchesse s'interrogeait encore sur la raison de ce geste, la pierre que Sigismondo avait gardée jusqu'ici en bouche tournoyait déjà autour de sa tête dans la fronde qu'il maniait, puis il la lança avec force en direction de la falaise dominant la rivière. Au même instant on entendit un cri de douleur aigu résonner parmi les rochers, et la duchesse fut jetée à bas de sa monture.

CHAPITRE XXI

Un camouflet pour le duc Ippolyto

Sigismondo descendit aussitôt de cheval et s'agenouilla près de la duchesse; elle était assise par terre, s'appuyant sur les mains, les pieds largement écartés émergeant de ses robes de soie noire. Elle avait perdu son chapeau et ses cheveux défaits tombaient derrière elle sur le sol en une cascade blonde.

Ses yeux bleus étincelaient de fureur.

— L'avez-vous tué?

Elle avait compris ce qui s'était passé sans qu'il soit besoin d'explication. La duchesse tourna son visage furieux vers le flanc escarpé de la colline. Sigismondo et dame Clea l'aidèrent à se relever pendant qu'un page s'employait à calmer son cheval affolé; les gardes accoururent de la rivière parmi les gerbes d'eau soulevées par les jambes de leurs montures, et les autres hommes de l'escorte escaladèrent en criant les rochers d'où étaient partis le jet de fronde et le cri de douleur. La silhouette sombre d'un cadavre gisait dans l'herbe, face contre terre; le plus avancé des grimpeurs l'avait presque atteint. Plus haut dans les rochers, deux autres silhouettes se découpèrent brièvement contre le ciel. Sigismondo arma sa fronde d'une nouvelle pierre et la lança dans leur direction. Les hennissements des chevaux et les cris des dames s'empressant autour de la duchesse — qui était remontée en selle et réclamait son chapeau — empêchèrent d'entendre le moindre son en provenance des collines, le seul indice de la précision du tir de Sigismondo étant la soudaine disparition des deux silhouettes, plongeant l'une après l'autre hors de vue.

Lorsqu'on dérange des fourmis en soulevant une pierre, elles semblent courir en tous sens sans but apparent, mais en réalité elles cherchent à protéger ce qu'elles ont de plus précieux. En dépit du vacarme, de la confusion et du désordre qui s'était emparé du train de bagages, les gardes avaient entouré la duchesse et, l'épée en main, étaient parés à repousser toute attaque. S'étant assuré que la duchesse était indemne, le capitaine des gardes d'Altamura avait aussitôt organisé la traque des agresseurs dans les collines. Quelques-uns d'entre eux revinrent en traînant le corps de l'homme qu'avait touché Sigismondo ; d'autres avaient atteint la crête des rochers, derrière laquelle ses comparses avaient disparu.

— Je connais cet homme !

Sur un geste impérieux de la duchesse, deux des gardes lui avaient amené le cadavre, qu'elle examina sans ciller, alors que nombre de ses dames se détournaient ou, si elles le regardaient, le faisaient à travers leurs doigts, ce qui de l'avis de Benno trahissait en réalité leur volonté de ne pas être vues en train de regarder.

L'homme avait le crâne brisé et du sang coulait encore de son cuir chevelu, mais on discernait parfaitement ses traits. Le nez était busqué, la bouche ouverte qu'on distinguait sous la barbe noire montrait de mauvaises dents, et les yeux sombres que personne n'avait songé à fermer fixaient la duchesse d'un air accusateur, comme si son esprit la défiait encore.

— Votre Grandeur, c'est Raimondo Malgardo, déclara le capitaine des gardes qui était revenu pour voir le cadavre. Madame se souvient qu'il y a trois ans le duc les avait exilés, lui et ses frères, pour avoir semé le désordre dans Altamura.

La duchesse opina du chef sans quitter du regard l'homme qui avait tenté de la tuer.

— Je m'en souviens. Il nous avait maudits, et le duc l'aurait pendu si je n'avais pas plaidé pour qu'il ait la vie sauve.

Elle releva enfin les yeux et se tourna vers Sigismondo qui se tenait, l'air grave, à son côté.

— Voilà comment il me remercie. Et les autres ? fit-elle à l'adresse du capitaine.

En guise de réponse, on entendit rouler bruyamment un second corps que les gardes venaient de jeter du haut de la crête. Le capitaine s'en approcha à cheval et, scrutant ce qui restait de son visage, confirma qu'il s'agissait bien du frère de Raimondo, aussi mauvais et rancunier que lui. Sans doute étaient-ils des experts du tir à la fronde, mais leur destin les avait mis en présence d'un meilleur tireur. La pierre de Raimondo avait seulement pu frapper l'épais chignon que la duchesse avait noué sur sa nuque, ce qui l'avait déséquilibrée et fait tomber de cheval.

Un cri lancé par les soldats encore dans les rochers attira l'attention générale. On distingua un troisième cadavre, tête et bras ballants, juché sur le dos d'un garde. Si Sigismondo avait espéré interroger un des frères Malgardo, il ne laissa pas paraître sa déception. C'est la duchesse qui exprima sa contrariété.

— Imbéciles ! Il aurait pu nous dire comment ils ont tué la princesse. Nous aurions pu le renvoyer à Borgo pour qu'il y subisse le châtiment du prince. Tant pis. Emmenons-les. Leurs têtes orneront les portes d'Altamura, pour que chacun voie le sort réservé à ceux qui attentent à la vie de leurs seigneurs.

Elle s'interrompit et, généreusement, ajouta :

— Nous enverrons une des têtes au prince Galeotto afin qu'il l'expose à Borgo.

Cette question réglée, elle saisit son chapeau, qu'un des pages avait retrouvé flottant un peu en aval sur la rivière, le secoua énergiquement, faisant jaillir une pluie de gouttelettes qui dispersa le cercle de ses dames, puis le posa sur sa tête. Sa chevelure flottait toujours librement dans son dos, et sur le velours noir du chapeau une énorme broche de perles pleurait quelques larmes de la rivière. La duchesse Violante était prête à pénétrer sur les terres de son mari.

On put mesurer l'allégresse générale devant la mort des trois sinistres individus à l'énergie avec laquelle on éperonna les chevaux pour leur faire franchir le cours d'eau, aux joyeuses plaisanteries qu'on échangea, aux rires qui résonnaient parmi les éclaboussures. La duchesse avait échappé au danger qui la menaçait. Non seulement on rentrait chez soi, mais — en dépit des tenues de deuil — on rentrait vainqueur.

Benno sonda son maître sur ce point. Poggio avait poussé des cris aigus de perroquet quand Sigismondo avait successivement abattu les Malgardo, et les oreilles de Benno en résonnaient encore, mais Sigismondo chevauchait en silence.

— Alors, vous l'avez eu ? fit Benno. Celui qui a tué la princesse ?

— Non.

Le mot fut prononcé d'une voix calme et ferme, mais dépourvue de réprobation, ce qui encouragea Benno à poursuivre.

— Mais vous le connaissiez, non ? Celui qui a essayé de vous étrangler.

Benno sentait Poggio qui, dévoré de curiosité, tendait le cou au point de manquer de tomber de cheval.

— Autant que je sache, cet homme est toujours en vie.

— Mais la duchesse...

Benno se tut tandis qu'il soupesait la probabilité que son maître ait raison contre la possibilité que la duchesse n'ait pas vraiment compris ce qui s'était passé.

— Alors, vous voulez dire que la princesse n'a pas

été tuée par les frères Malgardo ? Qu'ils n'ont pas pu se venger du duc pour les avoir exilés ? Et qu'ils ont essayé de tuer la duchesse avant qu'elle quitte Borgo ?

Parce que des exilés, menacés de mort s'ils rentraient chez eux, y auraient bien entendu réfléchi à deux fois avant de franchir la frontière d'Altamura. Sigismondo guida son cheval parmi les pierres du gué. Le bruit de l'eau rendit sa voix grave presque inaudible.

— Il est possible que les Malgardo aient payé l'homme qui a tué la princesse. Mais je n'y crois pas.

— Vous voulez dire... vous voulez dire qu'ils auraient pu la tuer à n'importe quel moment avec leurs frondes ?

Les jambes de leurs chevaux s'enfoncèrent dans la boue lorsqu'ils remontèrent la berge opposée. Des hommes de l'escorte s'étaient rassemblés et fêtaient bruyamment leur succès. Sigismondo traversa leur cercle et éperonna son cheval pour rattraper la duchesse, qui chevauchait entourée de quelques gardes et dames de compagnie, dont les bavardages enjoués contrastaient avec leurs tenues sombres.

— Pauvre princesse, soupira Benno en suivant son maître. Personne n'a l'air de beaucoup la regretter, pas vrai ?

— C'est que personne n'a beaucoup de raisons pour cela, rétorqua Poggio d'une voix que l'allure du cheval faisait tressauter.

Lorsque la troupe, espacée le long du chemin afin d'éviter aux voitures la poussière de celles qui allaient devant, eut franchi environ un quart de lieue, la route commença à s'élever parmi les contreforts des collines. Le soleil étant déjà haut, chevaux et cavaliers suaient et chacun attendait la prochaine halte. Malgré le bref répit durant lequel il avait pensé que tout danger était écarté, l'inquiétude avait ressaisi Benno depuis que son maître lui avait annoncé que le meurtrier vivait encore.

Après la halte durant laquelle ils mangèrent un repas

rapide et firent une courte sieste, la duchesse entraîna la compagnie à une allure plus vive. Chevauchant en tête, elle lui fit gravir une crête qui traversait perpendiculairement leur route puis, parvenue au sommet, s'arrêta pour jeter un coup d'œil alentour. Elle regarda le convoi étiré derrière elle, distingua les collines de Borgo qui s'estompaient déjà à l'horizon, puis tourna la tête vers l'amont de la rivière qu'ils avaient franchie.

Tout son corps se tendit. En rejoignant le petit groupe qui l'entourait, Benno trouva le bleu de ses yeux effrayant. Tel un basilic, la duchesse paraissait capable de tuer par la seule puissance de son regard.

— Par les ossements de tous les saints ! s'exclama-t-elle.

Du sommet de la crête, on découvrait ce que le long flanc d'une colline située sur le territoire de Borgo leur avait jusqu'ici dissimulé. Une large vallée plantée d'oliviers s'étendait au-delà. Le cours scintillant de la rivière en marquait la limite du côté d'Altamura. Sur une éminence qui s'élevait parmi les oliviers on apercevait de hauts échafaudages en bois, au milieu desquels avaient été entrepris des travaux de terrassement et de maçonnerie, dont l'embryon d'une épaisse muraille. Sur le chantier flottait, claquant paresseusement dans la légère brise, une bannière dont les couleurs et les armes étaient inconnues de Benno.

— Venosta, fit quelqu'un.

Tous demeurèrent silencieux et la duchesse avait les lèvres livides.

Poggio grommelait des jurons. Au fur et à mesure de leur arrivée, les membres de l'escorte se rassemblaient au sommet de la crête et dirigeaient leurs regards vers la vallée, et bientôt un brouhaha d'exclamations de colère se fit entendre. Benno se tourna vers Sigismondo en quête d'explication, mais celui-ci, sans desserrer les dents, se contentait de scruter en silence le paysage alentour.

Finalement, la duchesse fit faire demi-tour à son cheval et l'engagea sur la route. Les autres détournèrent lentement leurs regards de la vallée et la suivirent. Voyant qu'elle ne répondait pas à leurs questions et remarques rageuses, le silence s'établit peu à peu parmi la troupe ; des ombres qui n'étaient pas seulement celles du crépuscule s'abattirent sur le convoi.

Ils parvinrent à l'endroit où l'on avait dressé un campement à leur intention, un campement luxueux dont les pavillons étaient érigés dans une petite vallée d'altitude coupée en son milieu par un ruisseau.

Benno avait entre-temps appris l'histoire par la bouche de Poggio : deux ans auparavant, lui avait-il expliqué, les crues de printemps avaient modifié le cours du Larno, qui s'était déplacé du côté de la vallée appartenant à Altamura et avait creusé son lit au pied des collines occidentales. Le duc Vincenzo avait aussitôt déclaré que puisque la frontière naturelle qui séparait depuis des temps immémoriaux les deux États s'était modifiée, Dieu avait montré par là sa volonté de lui attribuer la vallée. Jusqu'à présent, le problème avait été discuté au niveau diplomatique, mais aujourd'hui le fort que faisait construire Vincenzo constituait un camouflet pour le duc Ippolyto.

Tandis que le crépuscule tombait, la duchesse fit mander Sigismondo, qui retrouva ensuite Benno au coin du feu. Poggio et lui avaient, à l'aide de selles, de paquetages et d'un rocher qui se trouvait là, installé un petit bivouac et étaient allés chercher du pain, de la viande et du vin.

Sigismondo s'adossa contre le rocher et, le visage doré par la lueur des flammes, déclara dans un grave murmure :

— Inutile de t'installer trop confortablement, Benno. Nous ne nous attarderons pas.

CHAPITRE XXII

Les aléas de la chasse

Un nombre considérable des sujets du duc Vincenzo étaient persuadés qu'il pouvait se transformer la nuit en loup-garou quand la fantaisie lui prenait de hanter les cimetières et, d'une manière générale, de s'adonner à des méfaits que la plupart des gens n'osaient même pas imaginer. Ceux parmi les habitants de Venosta qui n'accordaient aucun crédit à ces racontars préféraient toutefois éviter de rencontrer leur duc après l'heure du couvre-feu. Et les hommes employés à la construction de son fort sur les graviers alluvionnaires du Larno étaient même contrariés de le voir en plein jour.

Le travail avait bien avancé sous la direction de l'architecte Mario Marietti, lequel était ravi d'être libéré de la tutelle de ce perfectionniste de Brunelli. Lorsque celui-ci avait quitté le palais, pestant à cause des fresques et de la statue inachevées — cette dernière, comme il l'avait prédit, ayant été ratée en raison d'une mauvaise évaluation de la température du bronze fondu au moment du coulage —, Marietti avait aussitôt été dépêché à la frontière; sa mission : construire le plus vite possible un fort aussi inexpugnable que possible.

Brunelli n'était cependant pas le seul à se méfier de ceux qui travaillaient pour lui. Vincenzo sauta bientôt sur un cheval pour effectuer une visite surprise à son dernier joujou militaire. Comme il arriva de jour, il était impossible de le confondre avec un loup-garou, mais il reçut à peu près le même accueil que s'il en avait été un.

Du fait de la présence de leur duc, on ordonna aux hommes qui transportaient des pierres dans des paniers d'osier posés à même l'épaule ou sur des bonnets rembourrés d'accélérer le rythme, de sorte qu'ils mirent leur sécurité en danger. Un homme qui escaladait prestement une échelle avec un panier chargé se retrouva, une fois parvenu en haut de l'échafaudage, nez à nez avec le duc et lâcha son fardeau qui faillit tomber sur ses compagnons travaillant au-dessous. Heureusement, on n'eut à déplorer aucun os brisé.

Vincenzo ne malmenait ni ne menaçait jamais, et il n'élevait que rarement sa voix grinçante ; pourtant, Marietti aurait souhaité que le duc réalise que la construction du fort ne pouvait avancer aussi rapidement qu'il le désirait. On ne pouvait éviter de commettre des erreurs et des fausses manœuvres, et certains tentaient d'échapper au regard du duc en gagnant en toute hâte un endroit où l'on ne les trouverait pas.

Pour tout dire, il y avait des moments où Marietti regrettait Brunelli.

Chacun comprenait très bien pourquoi le duc désirait voir le fort achevé le plus tôt possible. On avait prévenu Marietti qu'il devait s'attendre à apercevoir des éclaireurs d'Altamura. Le duc, toutefois, ne pensait pas qu'il s'en présenterait tout de suite, car Ippolyto avait probablement d'autres préoccupations à la suite du décès de sa fille ; c'est d'ailleurs pourquoi le duc Vincenzo avait choisi ce moment. Même lorsque les gens d'Altamura réaliseraient ce qui se passait, ils exprimeraient d'abord leur mécontentement par la voie diplomatique ; des envoyés porteurs de lettres de protestation seraient dépêchés à Venosta, d'où ils rapporteraient des lettres de justification. Habitué à ce jeu de pouvoir, chacun des deux ducs prendrait les initiatives adéquates. Ce fort surgi des terres dont la rivière avait fait cadeau à

Venosta était toutefois le coup le plus audacieux que Vincenzo ait joué jusque-là. Lorsque Ippolyto aurait surmonté son chagrin, ou lorsqu'on lui apprendrait l'existence de ce champignon militaire, alors les vrais affrontements commenceraient.

Regagnant sa ville et son palais après s'être assuré que chacun travaillait au rythme qu'il souhaitait, le duc Vincenzo était loin de se douter à quel point ces affrontements étaient proches.

Il estimait que le travail de la journée ne devait être considéré comme terminé que lorsque le jour lui-même arrivait à son terme. La façon dont le duc avait insisté sur la nécessité de se hâter avait fait comprendre à tous les hommes du chantier qu'il vaudrait mieux pour eux que le fort soit fini lors de la prochaine visite de leur seigneur.

Cette conviction avait été renforcée par la seconde visite que Mario Marietti avait reçue ce même jour, peu après le départ du duc.

Un cavalier, sans escorte et allant bon train, était arrivé de la direction de Venosta. C'était un homme d'une présence imposante que Marietti prit tout d'abord pour le commandant de la petite armée professionnelle qui devait venir renforcer le potentiel militaire du fort. Son rang était toutefois inférieur : il s'agissait d'un ingénieur envoyé par le duc afin de lui faire un rapport sur l'avancement des travaux. Marietti, d'abord surpris que l'homme n'ait pas croisé le duc sur sa route, apprit qu'il ne venait pas de la capitale du duché, mais d'une petite ferme située plus à l'ouest, ce qui expliquait qu'il ait manqué le groupe raccompagnant le duc à Venosta. Marietti ne fut pas le moins du monde étonné que le duc, non content d'être venu en personne sur les lieux, ait voulu recueillir également l'avis d'un homme de l'art.

L'architecte fut enchanté de constater que son visiteur était plus enclin aux louanges qu'à la critique, et plus disposé à écouter qu'à imposer son point de vue. C'est donc de bonne grâce que Marietti renseigna l'ingénieur, qui approuva ses choix d'un air grave. Aucun détail ne lui échappait et il connaissait bien son sujet. Il demanda toutes sortes de renseignements — aussi bien sur l'épaisseur des murailles, pour l'instant creuses, mais que l'on s'employait à combler afin qu'elles soient capables d'absorber les vibrations causées par le recul d'un canon, que sur la plate-forme qui devait couronner la tour — et montra son agilité à escalader les échelles afin de découvrir d'en haut les différentes parties de la construction en cours. Il s'intéressa particulièrement au canon que le duc avait fait remorquer jusqu'au fort par un attelage de mulets. La lueur du crépuscule se refléta sur son crâne chauve lorsqu'il se pencha pour examiner l'orifice de mise à feu et éprouver d'un geste caressant le lourd tube de bronze. Marietti s'étonna de ce qu'une tête aussi dénudée puisse paraître aussi peu vulnérable. L'homme ressemblait plus à un guerrier qu'à un ingénieur.

— Et la poudre prévue pour cette bouche à feu ? Le duc tient à ce qu'elle soit entreposée en un lieu absolument sûr. Où logez-vous et faites-vous manger vos hommes ?

Marietti ne discerna pas tout de suite le rapport entre les logements des ouvriers et la sécurité du dépôt de poudre, mais s'empressa de désigner un endroit situé à quelque distance de la petite éminence sur laquelle était érigé le fort, et où les hommes du chantier préparaient leurs repas, se restauraient et dormaient. Puis, soulevant une grosse toile goudronnée, il montra les barils de poudre à l'ingénieur, qui, à la satisfaction de Marietti, approuva l'emplacement du dépôt. Bien que la présence du canon fût peut-être un élément plus démonstratif ou politique que militaire, puisque sa mise en action pouvait constituer un véritable acte de guerre contre un voisin avec lequel on était encore officiellement en termes amicaux, l'arme devait pouvoir être au besoin utilisée. Le duc aimait que ses jouets fonctionnent.

Lorsque l'ingénieur s'en alla, le crépuscule était tombé. Marietti était convaincu, autant qu'il pouvait en juger par l'attitude et les commentaires de l'ingénieur, que celui-ci approuverait auprès du duc les dispositions qu'il avait prévues. Il était également sûr que le rapport serait à la fois clair et précis.

En tout cas, Benno et Poggio, tapis dans les fourrés non loin du fort, l'estimèrent tel lorsque Sigismondo les rejoignit. Les deux hommes n'avaient pas chômé en son absence, et Sigismondo, avec un grognement de satisfaction, saisit le produit de leur labeur et se l'enroula plusieurs fois autour de la taille, sous son pourpoint.

— Hé, voilà un bon moyen de grossir sans manger.

Ils ne voyaient pas son visage, mais sa voix souriait. Ensuite il s'assit avec eux et ils attendirent.

Il ne fallut pas longtemps pour que Marietti et ses ouvriers s'endorment. Le vin du coin était bon, et les hommes, aussi assoiffés que fatigués, sombrèrent vite dans un sommeil profond. Les feux de camp s'éteignirent peu à peu. Enveloppés d'un manteau ou d'une couverture, en plein air ou sous des abris de fortune, ils dormaient comme le font ceux qui gagnent leur vie à la sueur de leur front. Ils n'avaient aucune raison de veiller. Ce n'était pas des soldats et ils n'étaient pas assez soupçonneux pour poster des sentinelles.

Marietti rêva que l'ingénieur qui lui avait fait si forte impression lisait à voix haute un rapport louangeur, dans lequel il était nommément cité, à un personnage qui, trônant dans un fauteuil officiel, ressemblait désagréablement à un loup doté d'une tête humaine. Il s'éveilla de ce cauchemar et remercia les saints de ce qu'il s'agît seulement d'un mauvais rêve.

Ce qui se passait dans le fort, en revanche, était bien réel.

Entre le plan incliné de la levée de terre qui entourait

le fort et la tour érigée en son centre s'ouvrait un fossé qui, pour l'essentiel, n'avait pas encore été comblé de gravats. À l'intérieur de la tour à ciel ouvert, trois hommes s'activaient sous le regard d'un petit chien prudemment attaché à une laisse. Le plus vigoureux des trois avait transporté les barils de poudre au pied de la tour, côté rivière, à l'opposé du campement des ouvriers. On récupéra ensuite des cordages de poulie. Un nuage recouvrit la lune tandis qu'on descendait le plus petit du trio dans le puits d'ombre s'ouvrant entre les quatre murs de la tour. Tandis qu'il se cramponnait à la corde qui le retenait, les deux autres le faisaient descendre avec lenteur et précaution. Avant cela, on avait exploré la face extérieure de la muraille afin de retrouver l'interstice que l'« ingénieur » avait repéré lors de sa visite du fort. La fente avait été élargie, d'abord à l'aide d'une dague, puis avec un pieu acéré.

Les barils de poudre solidement attachés furent ensuite descendus dans la tour et entassés par le petit homme, qui travaillait à tâtons dans une obscurité totale. Si quelqu'un était arrivé quelques instants plus tard, il aurait pu s'alarmer de voir, dans le jeu mouvant des nuages et de la lune, un long serpent pointer la tête et descendre par à-coups le long de la muraille extérieure du fort, puis un petit individu barbu s'en emparer sans crainte et, comme s'il s'agissait de quelque divinité païenne ou de la créature d'une prophétesse, le plonger dans une cuve à offrande pleine d'huile.

Des montants d'échafaudage et des paniers en osier furent empilés là où ils rempliraient le mieux leur office, puis les trois compères, après s'être livrés à quelques obscures manipulations de pierre à briquet, de fusil et d'amadou près de la tête du serpent, gagnèrent la rivière et la suivirent à vive allure vers l'aval par le chemin d'où ils étaient venus.

Lorsque le fort explosa, le choc fut si violent qu'ils sentirent trembler le sol sous leurs pieds avant d'être tous trois précipités à terre — même Sigismondo qui avançait pourtant courbé en deux. Biondello, fermement serré entre les bras de son maître, frissonna et émit quelques jappements affolés que personne n'entendit dans l'assourdissant vacarme. Les pierres projetées en l'air retombèrent, suivant les calculs de Sigismondo, du côté de la rivière, et non sur le campement des ouvriers, mais l'explosion illumina un instant le paysage d'une lumière blanche aveuglante qui se résorba bientôt en une lueur rouge; des fragments d'échafaudages enflammés tombèrent en pluie du haut du ciel, offrant un étonnant spectacle dont ne purent malheureusement profiter les ouvriers abasourdis qui se levèrent d'un bond ou rampèrent hors de leurs abris. Des blocs de pierre roulèrent au bas des remblais, des éboulis se formèrent, et bientôt le canon, mis en branle par les secousses, fonça tête la première dans les décombres de la muraille, dévala le plan incliné et plongea dans le nouveau lit de la rivière où il forma, quand le bouillonnement se calma, l'embryon d'un barrage que les débris flottants vinrent rapidement renforcer. À des kilomètres à la ronde, les oiseaux furent réveillés en sursaut. Dans les terriers et les tanières, les animaux s'étonnèrent de sentir la terre remuer autour d'eux.

Par bonheur pour la tranquillité d'esprit du duc Vincenzo, les collines s'élevant entre la rivière et sa capitale dissimulèrent la discourtoise éruption aux yeux de ceux des habitants d'Altamura qui étaient restés éveillés, même si nombre d'entre eux crurent percevoir un lointain grondement de tonnerre. La tête entre les mains, Mario Marietti était incapable de songer à rien, sauf au fait que c'était son avenir qui venait d'être réduit en miettes.

Sigismondo et Benno se relevèrent rapidement, mais Poggio, recroquevillé à terre, se plaignit d'une douleur aux oreilles. Biondello, qui n'aurait pu se plaindre que d'une seule, la secoua vigoureusement et parut désireux de quitter au plus vite un endroit à la stabilité aussi incertaine. En se déposant, la poussière qui retombait du ciel dans l'obscurité blanchit leurs vêtements et leurs cheveux, la barbe de Benno, leurs cils.

Tandis que les échos de l'explosion mouraient peu à peu dans les collines, leurs oreilles se débouchèrent.

— Je crois, remarqua Sigismondo, qu'il sera inutile d'annoncer à Madame la duchesse Violante que nous avons réussi.

La duchesse et sa suite avaient passé la nuit dans le campement établi dans un repli de collines afin d'éviter les brises nocturnes. L'équipage n'était plus qu'à quelques heures de marche de la ville, et il était inutile de faire voyager de nuit le train de bagages, et à plus forte raison les dames. Le dîner se déroula avec un accompagnement musical, et les pavillons étaient pourvus de tout le confort. L'aube d'été se leva tôt et, avant même que les tentes soient démontées, la duchesse et ses dames étaient prêtes à partir, Violante étant tout aussi impatiente de revoir son mari que de profiter des dernières occasions de lâcher son faucon en chemin.

Durant la nuit, tout le monde avait été réveillé par le bruit lointain de l'explosion du fort, que la duchesse, après avoir sursauté, avait applaudi avec allégresse. Elle n'apporterait donc pas que des mauvaises nouvelles à Altamura ; même si le duc Ippolyto montrait quelque inquiétude à ce qu'on puisse prouver que cet acte d'hostilité flagrant avait été ordonné par son épouse, elle considérait que c'était le duc Vincenzo qui, par la construction du fort, avait le premier fait preuve d'hostilité.

Lorsqu'ils arrivèrent à l'emplacement du campement, Sigismondo et ses compagnons ne trouvèrent rien d'autre qu'une prairie piétinée, des braises encore tièdes et le ruban d'un luth. Il ne leur restait plus qu'à rattraper la compagnie qui faisait route depuis l'aube vers Altamura. Mais ce qu'ils ignoraient, tandis qu'ils poussaient leurs chevaux au galop, c'est que la duchesse ne se trouvait plus avec son équipage. Ne prenant avec elle que son fauconnier et ses oiseaux, quelques serviteurs et un page, elle avait emprunté un raccourci à travers les collines afin de se livrer à son divertissement favori avant de rejoindre le gros de la troupe un peu plus loin.

Poggio, qui connaissait ce raccourci, le recommanda à ses compagnons afin de rejoindre plus vite le convoi. Sigismondo s'y engagea mais, au bout d'un moment, il tira brusquement sur les rênes de son cheval, fit signe à Benno d'arrêter aussi le sien, puis prêta l'oreille. Haut dans le ciel d'un bleu d'azur, une alouette égrenait joyeusement les notes aiguës de son chant. Se souvenant des rossignols de la villa de dame Zima, Benno s'émerveilla tout d'abord de l'intérêt manifesté par son maître à l'égard des chants d'oiseau. Puis il comprit.

Le bruit qu'écoutait Sigismondo tenait plus du halètement que du grognement, et provenait d'un petit ravin qui s'ouvrait à gauche du chemin. Sigismondo descendit de cheval et, avec une agilité de félin, se faufila entre les rochers posés au bord du ravin. Benno sauta à terre, aida Poggio à descendre, puis les deux hommes gagnèrent à leur tour les rochers et se penchèrent pour voir ce que Sigismondo avait trouvé.

Celui-ci soutenait la tête d'un garçon d'environ quatorze ans gisant dans l'herbe. Le côté droit de son visage était couvert de sang. Et si ses vêtements l'étaient aussi, on y reconnaissait sans difficulté la livrée de la duchesse Violante.

CHAPITRE XXIII

Le nid d'aigle

Si Violante avait jamais connu le nom de Rodrigo Salazzo, qui avait causé de sérieux soucis à Altamura à une époque dont elle n'avait qu'entendu parler, elle l'avait, depuis, oublié. Mais lorsqu'elle le vit en chair et en os, elle n'eut aucun besoin qu'on lui dise qu'il était dangereux ; ses actes le lui avaient déjà appris.

Elle avait entendu un martèlement de sabots sur l'herbe alors que, la tête levée et la main en visière sur le front, elle observait le plongeon de son émerillon, et c'est les yeux encore éblouis par le ciel éclatant qu'elle avait entendu des cris, des grognements et le tintement d'épées qui s'entrechoquaient, avant de sentir qu'on tirait sur la bride de son cheval pour lui faire faire volte-face. Un instant plus tard, un homme avait sauté en croupe derrière elle et l'enlaçait si fort qu'elle ne pouvait plus remuer les bras et parvenait à peine à respirer. Éperonné, son cheval partit au galop et le cri qu'elle poussa se perdit dans le silence de la forêt.

Elle ne découvrit qu'ensuite le visage de son ravisseur. Tant que la piste s'y était prêtée, ils avaient chevauché à vive allure malgré le double fardeau que portait la monture ; plus tard ils avaient suivi un chemin escarpé serpentant à travers amoncellements de rochers et arbres touffus, et lorsqu'ils arrivèrent au terme de leur cavalcade, les efforts qu'elle avait faits pour se libérer, l'angoisse et la colère qui l'agitaient avaient épuisé Violante. Et à ce moment elle désespéra de trouver quelqu'un pour l'aider — les gens qui accouraient à leur rencontre étaient là pour se gausser d'elle et applaudir à sa capture, et non pour la secourir.

Pendant la chevauchée, elle s'était juré que si son ravisseur essayait d'étouffer ses cris, elle lui mordrait les doigts jusqu'au sang. Pourtant, lorsqu'elle le vit, elle en douta, et pas seulement parce qu'il était en train d'ôter des gantelets brodés d'or.

Sous les paupières lourdes, les yeux sombres de l'homme recelaient à peu près autant de compassion ou d'humanité que ceux des faucons qu'elle élevait. Il la détailla comme pour déceler quelque imperfection à sa beauté. Elle demeura immobile, en s'efforçant de ne pas paraître ébranlée par sa course folle, par sa situation, par sa présence dans cette pièce où on venait de la pousser sans ménagement. Elle tenta de se persuader que le regard de l'inconnu ne cherchait qu'à juger de la valeur de ses vêtements et de ses bijoux.

Il avait un beau visage ténébreux, plein de fierté, exprimant l'égoïsme et l'insatisfaction. Lorsqu'il se tourna pour jeter son chapeau sur le coffre, elle vit qu'il avait le nez cassé et le menton vigoureux. Ses cheveux, comme ceux de Galeotto, s'éclaircissaient et, une fois débarrassés du chapeau de velours, révélèrent un front dégarni et des mèches grises parmi les boucles brunes. Il avait des mains larges, les doigts courts et rugueux. Elle sentait encore leur étreinte brutale. Son pourpoint, qu'il portait ouvert sur une chemise brodée d'une propreté douteuse, était composé d'un ensemble, éclatant au point d'en être presque ridicule, de couleurs vives, de pierres précieuses et de brocart d'or dont la profusion aurait paru trop voyante même sur un prince.

— Savez-vous qui je suis ?

Elle fut soulagée de constater que sa voix ne tremblait pas, mais sentit sa colère grandir encore en voyant qu'il ne répondait pas tout de suite, qu'il prenait son temps et tirait sur ses gants d'un air absent tout en la fixant du regard.

— Et si c'était le cas ?

Prononcée d'un ton désinvolte, sa réplique fut presque inaudible, comme s'il n'avait pas à prendre la peine d'articuler.

— Que pouvez-vous y faire, Madame ? ajouta-t-il.

— Ce que vous pouvez faire, quant à vous, est de vous souvenir que mon mari vous récompensera si vous me ramenez à lui saine et sauve. Et qu'il vous punira si vous ne le faites pas.

Elle regretta aussitôt d'avoir prononcé ces dernières paroles ; en les entendant, il sourit.

— Il me *punira*... répéta-t-il en agitant ses doigts courts comme s'il cherchait les mots adéquats. Il punira Rodrigo Salazzo ?

Il promena un regard circulaire sur les murs nus, puis sur le rideau de cuir tiré devant la loggia, dont il s'approcha pour l'ouvrir dans un grincement d'anneaux.

— Regardez où vous êtes, Madame.

Il s'appuya de l'avant-bras sur le mur et observa le paysage d'un air à la fois admiratif et dédaigneux. Elle ne tourna pas les yeux pour regarder.

— Ma montagne. Mon peuple, fit-il avant de se tourner vers elle en ajoutant avec gravité : Qui viendra me *punir* ici ?

Elle se souvint de la rivière qu'ils avaient traversée et du chemin abrupt qu'ils avaient emprunté. Elle n'était plus sur les terres d'Altamura. D'après la direction qu'ils avaient suivie, ils ne se trouvaient peut-être même plus sur le territoire de Borgo, mais sur celui de Venosta. Cela signifiait qu'Ippolyto, une fois qu'il aurait découvert où elle était retenue — et comment y parviendrait-il ? —, devrait d'abord protester auprès de Vincenzo. Et si jamais Vincenzo venait à apprendre que c'était elle qui avait organisé l'explosion de son fort ?

— Laissez-moi partir immédiatement !

Grâce à Dieu, elle avait prononcé ces mots comme un ordre, et non comme une supplique. Le dos droit, elle le considéra d'un regard plein de fureur farouche, les deux mains serrant sa jupe semblant s'apprêter à faire demi-tour et à s'en aller sur-le-champ. Une main contre le mur, il ne modifia en rien sa pose négligente, se contentant de la regarder d'un air songeur, comme s'il étudiait en effet la possibilité de la relâcher.

— Immédiatement ? fit-il d'une voix lente et étouffée qui, parodiant celle de Violante, en montra toute la faiblesse. Avant que nous ayons bu une coupe de vin ensemble ? Avant d'avoir fêté notre rencontre ?

Il secoua la tête comme si elle le décevait, puis s'écarta du mur avec une brusquerie qui la fit instinctivement reculer d'un pas.

— *Du vin !* cria-t-il.

La porte s'ouvrit aussitôt et un homme entra précipitamment, une carafe dans une main, deux coupes dans l'autre. Il fut suivi d'un second serviteur, porteur d'un plat en argent doré. Violante ne tourna pas la tête mais sentit une odeur de sucreries. Le tout fut installé sur un coffre peint installé au pied du lit. Ce dernier, fermé de rideaux verts, écrasait la pièce de sa présence.

Après s'être inclinés devant Rodrigo et avoir regardé avec insistance la duchesse, les deux hommes se retirèrent et fermèrent la porte.

— Approchez, Madame.

Il emplit deux coupes dorées et lui en tendit une.

— À l'espoir de mieux nous connaître.

Tout en regardant l'homme souriant dont le pourpoint extravagant scintillait contre le vert foncé des rideaux de lit, Violante songea au sentiment de sécurité qu'elle avait ressenti en retrouvant son duché et presque sa capitale ; et elle souhaita de toute l'intensité de son être que Sigismondo arrive à découvrir où elle se trouvait.

Aucun des baumes de Sigismondo ne parvint à sauver le garçon. Il expira au bout de quelques instants en murmurant à l'oreille de Sigismondo des paroles à peine audibles. Au-dessus d'eux, penchés au bord du ravin, Benno et Poggio observaient la scène sans rien entendre. Même Biondello renonça à explorer le ruisseau et vint s'asseoir en silence à côté d'eux, la tête penchée, comme s'il cherchait à comprendre la tragédie humaine.

Le garçon cessa de murmurer. Sigismondo resta un moment penché sur lui, puis colla une oreille sur sa poitrine. Ensuite il se releva sur un talon, palpa le cou sous les boucles ensanglantées et soupira. Benno et Poggio ôtèrent leur chapeau et se signèrent tandis que Sigismondo, dont le crâne rasé luisait au soleil, récitait une prière en latin.

L'idée traversa l'esprit de Benno que celui ou ceux qui avaient tué le malheureux garçon étaient peut-être encore dans les parages, puis il se ravisa : non, s'ils avaient enlevé la duchesse, ils n'avaient aucune raison de traîner par là. Après avoir dit « Amen » et recouvert le corps avec le manteau du garçon, Sigismondo se releva et promena son regard autour d'eux.

— Il doit y avoir d'autres cadavres. Nous n'avons pas le temps de nous en occuper. Nous verrons cela plus tard.

— Et si certains étaient encore en vie ?

Poggio n'avait pas la prudence de Benno lorsqu'il s'agissait d'interroger Sigismondo, qui secoua la tête et remonta lestement la pente du ravin. Tout en se dirigeant vers son cheval, il rétorqua par-dessus son épaule :

— Il n'y a pas de temps à perdre. Ne rendons pas leur mort inutile.

Benno fourra Biondello sous son pourpoint et aida Poggio à monter en croupe derrière lui. Il jeta un rapide coup d'œil alentour mais n'aperçut aucun autre cadavre. Qu'était-il arrivé aux gens de la duchesse ? Pourquoi ne l'avaient-ils pas protégée ? Qu'est-ce que ce malheureux garçon avait murmuré à Sigismondo ?

— Que vous a-t-il dit ?

Dieu merci, Poggio était là. Sigismondo, penché sur sa selle, était en train d'examiner le sol.

— Il n'en savait guère plus que toi, répondit-il.

Sur quoi il poussa son cheval vers le sommet de la colline parmi une forêt de jeunes arbres. Benno tira sur la bride de sa monture et le suivit. Ils tournaient à présent le dos à Altamura.

Sigismondo leva le bras et leur montra un faucon qui tournoyait haut dans le ciel.

— Lui aussi mourra quand ses jets se prendront dans une branche. Nous recherchons un homme qui lui ressemble et qui, comme lui, fond sans merci sur les proies qui se présentent.

— Un bandit de grand chemin ?

La tête penchée, Sigismondo poursuivit son chemin sans répondre tout de suite. Il s'arrêta au sommet de la colline et leur montra au loin, par-delà la vallée qui s'étendait à leurs pieds, un flanc de montagne escarpé qui se détachait en noir sur le ciel.

— C'est par là que nous commencerons nos recherches. Dans ce nid d'aigle, là-bas, à Roccanera.

Courbé sur l'encolure de son cheval tandis qu'ils longeaient un à-pic, Benno ne fut guère séduit par la perspective d'aller à la rencontre d'oiseaux de proie humains. Pendant quelques instants, l'image d'une tête d'aigle ayant la taille d'un homme dansa dans son esprit.

À présent, ils descendaient à vive allure vers la rivière. Il espérait que Poggio se cramponnait bien. Si des brigands avaient enlevé la duchesse, que pourraient-ils y faire, à eux trois ?

Ce n'est que plusieurs heures plus tard qu'il eut la réponse à son interrogation. À ce moment-là, le crépuscule avait noyé la campagne dans l'ombre, ils avaient laissé leurs chevaux fatigués près d'un ruisseau et eux-mêmes étaient montés jusqu'à un petit replat de terrain s'étendant parmi les rochers, au pied même de Roccanera. Benno avait l'estomac qui gargouillait, ses vêtements mouillés lors de la traversée de la petite rivière n'avaient pas séché et il mourait d'envie de dormir; mais au vu de ce que disait Sigismondo, on n'était pas près de prendre du repos. Au moins celui-ci avait-il sorti de ses fontes une gourde de vin, du pain et du fromage. Benno avait plongé la main sous sa chemise et sorti quelques radis qu'il avait stockés là. Ils mangèrent et Poggio se frotta les jambes.

Biondello avait attrapé quelque chose de plus petit que lui et qui de toute évidence ne s'attendait pas à le voir, et il le mâchonnait aux pieds de Benno.

Puis ils reprirent leur montée.

Ils entendirent Roccanera avant de la voir. Comme ce n'était pas tous les jours qu'une duchesse leur tombait entre les mains, ses habitants se livraient à une énorme débauche. Glissant un regard entre les racines d'un pin et un rocher couvert de mousse, Benno aperçut un grand feu de joie. Lorsqu'ils eurent escaladé quelques mètres de plus, Sigismondo enjoignit à ses deux compagnons de l'attendre puis disparut pendant un moment. Lorsqu'il les appela pour le rejoindre, il était penché sur un homme qui gisait inerte dans un creux de rochers. La lune s'était levée et le feu de joie jetait une lueur rougeâtre aux alentours. Sigismondo éleva une gourde dans la pâle lumière et l'odeur du vin qu'elle dégageait leur fit comprendre aussitôt pourquoi la sentinelle s'était laissé surprendre. De toute façon, songea Benno, l'homme eût-il été aussi alerte qu'un chien de garde, il n'aurait eu aucune chance face à Sigismondo.

— Bien. À présent, observons les lieux.

Benno et Poggio détaillèrent le nid d'aigle. La lueur du feu montrait une sorte de village — des huttes de torchis, de branchages, des petites cabanes en rondins, une rangée d'écuries aux toits de chaume, et, au-dessus de la place, un long et haut bâtiment avec un toit de tuile, un balcon en façade et des marches taillées à même le rocher menant jusqu'à sa porte. Pointant le doigt, Sigismondo distribua ses instructions.

La populace était rassemblée autour du feu. Certains dansaient, mais la plupart étaient assis ou erraient en titubant au son de quelques pipeaux jouant à contretemps des voix éraillées.

Benno et Poggio descendirent le flanc de la colline en direction des écuries tandis que Sigismondo contournait le hameau par le haut.

Il ne rencontra aucune autre sentinelle. Il est possible qu'il n'y en ait eu qu'une en ce soir de fête, et à n'en pas douter l'homme que Sigismondo avait trouvé assoupi s'étonnerait, à son réveil, des curieux effets du vin qu'il avait bu. Sigismondo descendit sans bruit la pente parmi les racines des arbres qui retenaient la terre entre les rochers, puis posa enfin le pied sur les tuiles du toit du bâtiment principal. Au milieu des joubarbes et des plaques de lichen, il gagna avec précaution le faîte du toit, s'y étendit et regarda en bas.

Tournant la tête de-ci de-là, les chevaux commencèrent par sortir avec hésitation des écuries, mais bientôt, excités par Benno, ils se bousculèrent pour s'en éloigner. L'incendie se déclara derrière eux, de petites flammes léchant quelques instants la paille avant de former brusquement un brasier qui monta haut dans le ciel au milieu des craquements des chevrons qui cédaient. Les chevaux hennirent et se dispersèrent. La bacchanale sombra dans la consternation et l'épouvante lorsque les chevaux foncèrent à travers la foule. Les ivrognes titubaient dans la fumée rougeoyante, éperdus devant un monde devenu fou.

Sigismondo descendit à pas de loup la pente avant du toit et s'accroupit au bord. Il n'attendit pas longtemps. Une silhouette dont le pourpoint reflétait les flammes de l'incendie sortit sur le balcon au-dessous de lui et, se penchant, cria quelque chose à la foule. Sigismondo se laissa tomber.

Alerté par quelque sens mystérieux, Rodrigo se retourna au même instant et, tandis que le poids de Sigismondo l'entraînait au sol, il dégaina son poignard. Le rideau de cuir oscilla tandis qu'agrippés l'un à l'autre les deux hommes rivalisaient d'ardeur pour s'assurer une prise sur l'adversaire. Rodrigo tenta d'écarter la main de Sigismondo qui lui serrait la gorge. Ils roulèrent sur le parquet, le vacarme du dehors noyant presque le bruit de leur lutte. Rodrigo lâcha son couteau ensanglanté et se retrouva sur le dos, allongé sur Sigismondo dont le bras lui bloquait le cou. Échevelée, les vêtements déchirés, la duchesse Violante bondit sur le poignard ; le saisissant à deux mains, les lèvres serrées et les yeux écarquillés, elle l'enfonça dans la poitrine de Rodrigo. Sigismondo sentit son corps devenir inerte. Violante essaya de dégager la lame pour le poignarder encore une fois mais n'y parvint pas, et le couteau resta fiché dans les plis sanguinolents de sa chemise tandis que Sigismondo faisait rouler le cadavre sur le côté. Des têtes de clou lui avaient éraflé la joue et le cou, et sa lèvre était fendue.

Sigismondo entreprit de retirer à Rodrigo son pourpoint multicolore pendant que Violante, immobile et haletante, considérait son cadavre d'un air d'intense fureur. Puis, voyant Sigismondo enfiler le pourpoint, elle comprit son intention et fit mine de vouloir rassembler ses cheveux en chignon.

— Laissez, Votre Grandeur. Nous allons devoir traverser cette foule, fit-il avec un geste du côté du balcon. C'est lui qui va vous porter.

Il n'attendit pas sa réponse. Il y eut des cris derrière la porte, puis quelqu'un tambourina contre le panneau. Sigismondo s'empara du chapeau de Rodrigo et s'en coiffa ; ensuite il souleva le cadavre, le porta jusqu'au lit et jeta la lampe dessus. L'huile s'enflamma et une fumée noire s'en éleva ; les rideaux verts prirent feu ; bientôt ce fut un véritable bûcher. Sigismondo saisit la duchesse, la hissa sur son épaule et dissimula son propre visage sous les mèches de ses longs cheveux blonds. Il ôta la barre de la porte et s'engouffra dans l'escalier en bousculant un serviteur affolé qui le suivit ; la porte principale était ouverte, il la franchit et déboucha sur le perron en haut des marches.

Les chevaux hennissaient et galopaient dans la grande cour au milieu des baraques et des huttes ; des flammèches en provenance des écuries pleuvaient parmi les tourbillons de fumée, hommes et femmes trébuchaient, hurlaient et se battaient. Une voix forte résonna du haut du perron.

— Vite ! Tout le monde en bas de la colline !

Les têtes se tournèrent et reconnurent, dans la fumée, la silhouette en pourpoint brillant qui portait leur précieuse prisonnière. La voix et le geste de celui qu'ils prenaient pour leur chef coupèrent court à leur affolement. Ils commencèrent à dévaler le flanc de la montagne tandis qu'il descendait les marches, le visage dissimulé par les cheveux de la captive, avant de s'évanouir dans la nuit.

CHAPITRE XXIV

La femme au gué

Mario Marietti savait que le duc viendrait en personne inspecter les dégâts. S'il y avait eu un prêtre au camp, il lui aurait demandé auparavant d'entendre son ultime confession. Pendant que le messager chargé de porter la nouvelle de l'explosion se rendait à Venosta et que le duc accourait — plus vite que les gens du camp avaient espéré — à la frontière, Marietti tenta de découvrir ce qui avait causé le désastre. Mais comme la destruction était presque totale, il en revint à sa première théorie — celle de l'accident. Par quelque caprice imprévisible de la nature, le vent avait dû transporter une braise d'un des feux du camp, et celle-ci, contre toute vraisemblance, avait mis le feu au dépôt de poudre. Il était hors de question de raconter au duc qu'un éclair s'était abattu sur le fort. Cela semblerait impliquer un jugement de Dieu sur l'entreprise, idée qui à son tour entraînerait rapidement Marietti à endurer le jugement du duc sous ses pires aspects. L'architecte avait certes songé à prendre la fuite mais, étant un homme consciencieux et, au fond, un peu candide, il ne voyait pas ce qu'il aurait pu se reprocher.

— Votre ingénieur a approuvé hier tous mes plans. Il a examiné avec soin les barils de poudre et a affirmé que le site choisi était le meilleur qui soit.

— Mon ingénieur ?

À lui seul, le regard du duc, noir et brûlant, aurait suffi à donner la chair de poule à n'importe qui. Depuis son arrivée, il n'avait pas élevé la voix ni réprimandé quiconque, mais Marietti ne se faisait aucune illusion. Il bouillonnait de rage. Les deux hommes se tenaient à présent sur le gravier de la berge, où des ouvriers tentaient de redresser à l'aide d'un levier le canon qui, la gueule fichée dans le lit de la rivière, perturbait son cours.

— *Mon* ingénieur ? répéta-t-il.

— Celui que vous avez envoyé hier après votre départ pour inspecter les travaux, Votre Grandeur. Un homme de haute taille, au crâne rasé. Il devait retourner à Venosta pour vous faire un rapport.

La cravache du duc tremblota le long de sa jambe, produisant pendant quelques instants le bruit de crécelle d'un serpent.

— Et il le fera. Avant de mourir, il me dira tout, assura-t-il comme se parlant à lui-même avant de se tourner vers Marietti et d'ajouter : Il vous a montré mon sceau, cet ingénieur ? Pour justifier son inspection ?

Marietti eut l'impression glaçante que son avenir, qui avait volé en éclats avec le fort, retombait à présent tout autour de lui.

À peu près au moment où le duc de Venosta contemplait les ruines de son fort, le duc d'Altamura apprenait une nouvelle autrement plus grave. Le capitaine des gardes qui escortaient Violante avait presque atteint la ville lorsqu'il réalisa qu'à cette heure la duchesse aurait dû rejoindre le reste de la troupe. Il décida donc de faire halte et d'envoyer quelques hommes rappeler à la duchesse, avec tout le tact nécessaire, que le duc devait les attendre à la porte de la ville, ou, si la maladie et le chagrin le mettaient dans l'impossibilité de se déplacer, qu'ils y seraient accueillis par ses représentants, des notables et une foule de sujets loyaux. L'idée qu'il ait pu arriver malheur à la duchesse sur les terres de son époux ne traversa même pas l'esprit du capitaine.

C'est en constatant que ses hommes tardaient à revenir qu'il commença à éprouver quelque inquiétude. La duchesse avait-elle fait une chute ? Dans ce cas, elle aurait envoyé ses gens le prévenir. Un mauvais pressentiment le prépara pourtant à ce qui arriva : ses hommes s'en retournèrent sans la duchesse, et avec plusieurs cadavres en travers des arçons de selle. Elle avait été enlevée, sans doute par des brigands, et les quelques serviteurs qui l'accompagnaient avaient péri. Comment annoncer cela au duc ?

À vrai dire, ce dernier avait fait l'effort de quitter son lit pour accueillir son épouse à la porte de la ville ; il y patientait lorsque le capitaine vint lui faire part de la terrible nouvelle. Le duc, déjà affecté par la mort d'une fille difficile qu'il ne connaissait guère, apprenait à présent la perte d'une épouse passionnément aimée. Ignorant sa fièvre, sa fatigue et les protestations de son médecin, il lança aussitôt des équipes de recherche pour explorer la campagne. À la tombée de la nuit, un détachement muni de torches et lourdement armé se mit en route sous sa propre direction. Au même moment, Sigismondo, Benno et Poggio étaient tapis dans les fourrés au-dessous de Roccanera et s'apprêtaient à voler au secours de la duchesse, mais eux avaient l'avantage de savoir où elle se trouvait. Rodrigo Salazzo était encore en vie, et passait ses derniers instants en ce monde comme il l'aurait probablement souhaité.

Quoique souffrant, le duc dévoré d'impatience et de rage était parti à la tête de ses chasseurs. Toutefois, à la différence de la duchesse avec son maître-fauconnier, ce n'était pas pour se distraire en chemin, mais pour reprendre la piste à partir du lieu de l'enlèvement. Contraints de bivouaquer et d'essayer de prendre quelque repos durant les heures sombres de la nuit, ils furent debout dès les premières lueurs de l'aube et examinèrent les traces marquant le sol au bord du petit ravin. Bientôt l'un d'eux vint annoncer au duc que la piste continuait le long de la rivière en direction de Venosta.

Jusque-là, curieusement, Ippolyto n'avait pas songé à Salazzo. Le brigand n'avait jamais osé pénétrer sur le territoire d'Altamura, se contentant de lancer, à partir des montagnes escarpées de Venosta, des raids sur une route commerciale filant vers le nord. Ippolyto avait longtemps méprisé Vincenzo pour avoir toléré cette plaie à son flanc, même si prendre d'assaut le repaire du bandit eût été malaisé. Aujourd'hui, Ippolyto le maudissait. Même pour aller délivrer son épouse, franchir la frontière de Venosta avec une bande armée pouvait être considéré par Vincenzo comme un acte de guerre. Combien d'hommes se trouvaient à Roccanera ? La place était-elle solidement fortifiée ? Mais surtout, se demandait Ippolyto avec effroi, Salazzo tuerait-il Violante s'il était attaqué ?

Assis sur son cheval, s'appuyant de ses bras raidis au pommeau de sa selle, il commença à se sentir à nouveau inondé de sueur et agité par des frissons de fièvre. Il percevait les voix étouffées de ses hommes et les glouglous de la rivière qui coulait devant lui au creux du vallon. C'est alors qu'il entendit quelqu'un appeler. Il leva la tête.

Deux chevaux portant chacun deux cavaliers franchissaient le gué. Le regard du duc glissa sur le premier cheval, monté par un petit barbu malpropre et un nain, et s'arrêta sur l'autre, où un homme de haute taille partageait sa selle avec une femme installée devant lui.

La femme agitait le bras en direction du duc.

CHAPITRE XXV

Une chanson d'amour

Les malheurs sont incontestablement plus faciles à endurer lorsqu'on peut en faire porter la responsabilité à quelqu'un. Or les citoyens d'Altamura, ne sachant qui accuser, se trouvaient dans l'embarras. Les malheurs affectant leur duc, et donc eux-mêmes, étaient divers, et les plus aigris étaient enclins, contre toute logique, à les reprocher au duc lui-même. Parmi ceux-ci figuraient les jeunes gens qui suivaient les cours de théologie et de philosophie dispensés par Polidoro Tedesco, dont on disait qu'il avait été le précepteur du duc avant sa prise de fonction. Il n'avait cependant pas besoin de cela pour asseoir sa réputation : son nom jouissait en effet d'un grand respect chez les humanistes, non seulement dans la région mais jusqu'à Rome. Ses élèves proclamaient que tous ceux qui exerçaient l'autorité attiraient sur eux le mal, car le pouvoir lui-même était mauvais ; il n'était donc pas étonnant qu'après avoir perdu sa fille le duc déplorât à présent la perte de son épouse. Tout tyran doit s'attendre à souffrir plus qu'un individu ordinaire. Leur maître s'abstenait toutefois de pointer du doigt les conséquences de cette conclusion ; un professeur est par définition réticent à s'interroger sur le respect dû à l'autorité.

La plupart des habitants d'Altamura qui avaient vu leur duc, le visage pâle, l'air malade et éploré, partir à la recherche de son épouse à la lueur des torches éprouvaient les plus grandes inquiétudes à son égard. Généreux, bel homme à qui on ne connaissait aucun vice, le duc Ippolyto était populaire parmi ses sujets. Ceux-ci avaient dans leur immense majorité approuvé son remariage avec la fille du duc de Rocca, Violante, qui avait perdu son mari, car il lui avait procuré un héritier, encore au berceau mais dont on disait qu'il jouissait d'une santé éclatante. Leur belle et fougueuse duchesse faisait la fierté des habitants d'Altamura, et son enlèvement les frappait de douleur. Peut-être était-il le fait de brigands, mais les gens échangeaient des commentaires sévères au sujet de Galeotto de Borgo et de Vincenzo de Venosta. Certes, Galeotto aurait pu s'emparer de la duchesse pendant son séjour à sa cour, mais n'était-il pas plus subtil d'attendre qu'elle l'ait quittée ? Quant à Vincenzo, qui avait eu l'impertinence de construire ce fort dont la destruction accidentelle avait ravi tout Altamura, qui n'y avait vu que justice, était-il homme à se satisfaire d'une telle impertinence, ou avait-il voulu, en enlevant l'épouse de son voisin, s'assurer un avantage supplémentaire dans la rivalité entre les deux États ? Bien sûr, quand on songeait aux histoires courant sur le compte de la propre épouse de Vincenzo, on pouvait se dire qu'il n'était guère pressé de faire entrer une autre femme, même prisonnière, dans son palais.

En tout cas, dans celui d'Ippolyto, nombreux étaient ceux qui se désolaient de l'enlèvement de Violante. Parmi eux, il y avait la gouvernante, qui, arrivée avec tout l'équipage et informée de la nouvelle, s'était aussitôt rendue auprès de ses protégés, la jeune dame Camilla et le seigneur Andrea dans son berceau, qu'elle avait affolés en se répandant en pleurs comme s'ils étaient déjà orphelins. Par bonheur, elle put trouver quelque consolation en réprimandant ses assistantes qui n'avaient pas fait exactement ce qu'elle aurait fait lorsque Camilla avait eu la colique ; sa colère redoubla lorsqu'elle apprit qu'on avait autorisé la fillette à manger des prunes.

En revanche, le seigneur Tebaldo, cousin de Violante, ne pouvait réprimer de la sorte ses sentiments et se trouva plongé dans la plus extrême détresse. Il vivait là car Violante s'était prise d'amitié pour lui au moment du décès de son père. Infirme de naissance et en proie à des douleurs quasi permanentes, il ne prenait pratiquement aucune part à la vie de la cour et passait le plus clair de son temps dans la splendide bibliothèque d'Ippolyto, à lire et à inventorier les manuscrits que le duc possédait déjà, et à enregistrer ceux que ses agents lui rapportaient de l'étranger. Lorsque, adossé à des coussins dans son lit de repos, il examinait les détails d'un manuscrit enluminé ou déchiffrait un vieux texte grec ou romain, il pouvait oublier les affronts et les incommodités de la vie quotidienne, et même les morsures de ses douleurs. Ce matin-là, comme chaque jour, il s'était fait porter jusqu'à la bibliothèque, mais il se leva de sa couche et arpenta la longue pièce en boitillant jusqu'à ce que, épuisé, il dût se recoucher, tourmenté d'angoisse au sujet de la seule personne qui lui portait une affection sincère.

Une joie frénétique accueillit donc le retour du duc Ippolyto et de la duchesse Violante. Les citadins descendirent dans les rues, se précipitèrent à leur fenêtre ou à leur balcon en criant, en tapant sur des poêles, en écorchant parfois un *Te Deum* qui rivalisait avec les joyeux vivats éclatant de toutes parts. Le tohu-bohu incita Tebaldo à clopiner de la bibliothèque jusqu'à une loggia afin de regarder ce qui se passait dans la rue, et il se sentit submergé de joie lorsque les trompettes du palais entonnèrent une assourdissante fanfare de bienvenue. La gouvernante hurla de bonheur et étreignit la petite Camilla tandis que le bébé lui-même battait l'air de ses mains en gazouillant. Tebaldo regagna la bibliothèque et pleura.

Le palais bruissait de bavardages et de préparatifs de réjouissances. Certain qu'un banquet serait annoncé, le *maestro di casa* prit ses dispositions et donna ses ordres. On commanda aux jardiniers des branches pour en faire des guirlandes ; un page qui tenait une des poignées d'un panier d'osier plein d'écussons décoratifs glissa sur une marche et dévala l'escalier, à cheval sur le panier, avant d'atterrir dans le grand hall parmi les courtisans rassemblés pour l'audience officielle où ils allaient souhaiter la bienvenue à leurs duc et duchesse.

Différentes versions circulaient déjà sur l'événement lui-même, la plus prisée prétendant que le duc avait engagé un combat à mort avec un chef de brigands afin d'arracher Violante à ses griffes. Chacun était curieux de connaître les véritables détails, et se livrait à d'indiscrètes spéculations sur ce qu'avait réellement subi la duchesse avant sa libération. Mais c'est le comportement de cette dernière qui démentit ceux qui auraient voulu croire au pire ; une femme ayant subi les ultimes affronts serait apparue abattue et humiliée ; or ni le visage ni l'attitude de la duchesse ne trahissait la moindre souffrance. À tous, elle parut au contraire radieuse et triomphante lorsque, sa main sur celle de son époux, elle traversa le palais. La fièvre du duc avait miraculeusement disparu et il dévorait son épouse du regard comme s'il ne pouvait se rassasier de la voir. Derrière la duchesse marchait un homme dont la présence en intriguait plus d'un, un homme arborant ce que tous reconnurent comme étant la chaîne d'oiseaux et de feuilles d'or que le duc portait lorsqu'il était parti à la recherche de la duchesse, une chaîne qui valait au moins une maison de ville et une demeure campagnarde avec ses terres. Grand, bien bâti, le crâne rasé, vêtu d'un habit noir râpé et poussiéreux, l'homme suscita les commentaires des dames de compagnie de la duchesse et d'autres personnes ayant séjourné à Borgo. Il avait déjà sauvé la vie de la duchesse en butte aux attaques de la famille Malgardo. Était-ce pour cela qu'il avait été récompensé ? Les serviteurs de la duchesse ne l'avaient pas revu, pas plus que son valet malpropre et le nain Poggio, depuis le soir où la duchesse avait découvert le fortin provocant de Vincenzo. Avant que le couple ducal ait atteint ses appartements, on avait affirmé que Sigismondo était un prêtre renégat, un condottiere amoureux de la duchesse, un fils du pape, l'armateur d'une flotte levantine, un Vénitien et un Moscovite. Derrière lui venaient Poggio, qui trottinait en lançant des baisers de droite et de gauche, puis le serviteur, dont les vêtements crasseux étaient plus froissés et déchirés que jamais, tenant dans les bras un chien gris au pelage laineux et aux yeux vifs. Poggio n'allait pas tarder à être sollicité de toutes parts pour livrer des informations de première main.

On s'aperçut que le duc n'était pas encore prêt pour une cérémonie publique. La duchesse et lui s'arrêtèrent à la chapelle afin de prononcer une brève prière d'action de grâce, mais le duc commençait à ressentir la fatigue de sa chevauchée, qui s'ajoutait à la tension de l'angoisse et à la faiblesse physique consécutive à sa récente maladie. Il congédia donc la foule des courtisans, à l'exception de son premier conseiller Bonifaccio Valori et de Sigismondo, avec qui il s'enferma dans la petite salle d'audience dont le pâle marbre veiné et moucheté miroitait en reflets opalescents, et où les fenêtres ouvertes sur le paysage ensoleillé laissaient entrer le murmure de la rivière coulant au pied des murailles.

Installé dans son grand fauteuil sculpté, Ippolyto tenait la main de Violante assise à son côté. Le duc garda quelques instants le silence et remit de l'ordre dans ses pensées tandis que Bonifaccio Valori observait Sigismondo. Comment un homme à l'allure de spadassin — ce cou aux muscles vigoureux, cette tête de lutteur —, comment le visage d'un tel homme pouvait-il exprimer en même temps la subtilité d'un ambassadeur ? Il n'était pas étonnant qu'il ait aidé, comme le savait Bonifaccio, le père de la duchesse à retrouver l'assassin de son épouse [1]. Serait-il capable d'aider Ippolyto à retrouver celui de sa fille ?

À son tour, le duc fixa son regard sur Sigismondo.

— Ce que vous avez accompli pour Madame la duchesse nous rend à jamais débiteur à votre égard, déclara-t-il.

Sigismondo s'inclina mais s'abstint de répondre. Un vrai diplomate, songea Bonifaccio. C'eût été de la modestie mal placée que de diminuer l'importance de l'exploit.

— Mais comme c'est l'usage des princes, nous allons vous demander de faire plus encore, reprit Ippolyto. Que pensez-vous du prince Galeotto ? Aurait-il été capable de tuer ma fille ? Dans un mouvement de fureur ? Madame la duchesse, fit-il en caressant la main de Violante, m'a appris qu'il avait des maîtresses ; elle m'a raconté qu'il avait fait cadeau à ma fille de bracelets identiques à ceux qu'il avait donnés à l'une d'entre elles.

Une moue imperceptible traduisit son sentiment à l'égard d'un tel comportement, et Bonifaccio esquissa un geste de dégoût.

— Est-ce qu'elle serait morte au cours d'une querelle, d'une dispute violente ?

Avant de répondre, Sigismondo baissa la tête et réfléchit quelques instants. Bonifaccio se dit qu'il devait fort bien savoir quelles conséquences aurait une réponse affirmative de sa part. Le duc Ippolyto ferait porter à Galeotto la responsabilité de la mort de sa fille ; si Sigismondo acquiesçait à sa question, la guerre était inévitable. Mais ce dernier secoua la tête.

— Votre Grandeur, je pense que le prince n'est pas personnellement responsable. Il s'est en effet querellé

1. Voir *Mort d'une duchesse*, *op. cit.*

avec Ariana. Plusieurs personnes les ont entendus. Mais à moins qu'il ait eu avec lui un assassin prêt à tuer sa jeune épouse, dit Sigismondo avec un haussement d'épaules et une intonation qui indiquaient qu'il n'y croyait guère, il ne lui a rien fait qui ait pu entraîner sa mort.

— Avec la permission de Votre Grandeur, intervint Bonifaccio Valori qui sentit qu'une question brûlante devait être formulée. Une de ces dames dont nous parlions tout à l'heure n'aurait-elle pas pu engager l'assassin, si assassin il y a? Et à ce propos, messire, qu'est-ce qui vous fait penser de manière si certaine qu'il s'agissait bien d'un assassin?

— Parce que, seigneur, il a tenté de me tuer quand on a su que Son Altesse m'avait chargé de retrouver le meurtrier.

Valori inclina légèrement la tête de côté et sourit. On sait que l'ours présente toujours une expression aimable mais qu'il est en réalité impossible de déceler son humeur, et Valori était un homme d'allure imposante, au regard pénétrant.

— Vous me comprendrez, messire, si je dis qu'un homme pourrait avoir des raisons personnelles d'essayer de vous tuer. Êtes-vous certain que l'attaque dont vous avez été l'objet était due à vos recherches concernant la mort de Son Altesse la princesse?

Le visage de Sigismondo se fendit d'un large sourire.

— Il est exact, seigneur, que certains seraient heureux de voir le monde débarrassé de ma présence, mais, poursuivit-il avec sérieux, bien que je ne puisse pas en mettre ma main au feu, je crois que l'homme qui a tenté de me tuer — par deux fois — est le même qui a assassiné la princesse. Je pense aussi que la femme qu'il a tuée juste avant notre départ de Borgo était sa complice.

— Sa complice? répéta le duc en se penchant en avant.

Il serra si fort la main de Violante que celle-ci lui jeta un regard surpris.

— Qui était-ce ? s'enquit-il.

— Une des maîtresses du prince, Votre Grandeur.

— Leonora ou Zima ? demanda la duchesse, qui avait sans doute surpris les bavardages de ses dames de compagnie, avant d'ajouter à l'intention de son époux : C'est Zima qui avait les bracelets, mais c'est Leonora qui a été la dernière à voir votre fille dans le pavillon. C'est elle qui est venue me dire qu'elle n'arrivait pas à la réveiller, et c'est à ce moment-là que j'y suis allée...

Soudain elle grimaça et, retirant sa main de celle de son époux, elle la porta à sa bouche. Elle paraissait revivre le spasme d'horreur qui lui avait fait lâcher sa belle-fille étranglée par-dessus le treillage du pavillon.

— Dame Leonora, Votre Grandeur, répondit Sigismondo. Peut-être lui a-t-elle donné à boire une potion somnifère ; j'en ai décelé l'odeur dans la coupe de vin de la princesse. La potion a fait d'elle une proie facile pour l'homme dont nous avons trouvé les empreintes de pas au-dessous du pavillon.

Le duc fronça les sourcils. Il observa Sigismondo tandis que sa main cherchait à nouveau celle de Violante, qui la lui abandonna.

— Elle était donc inconsciente. Dieu merci, fit-il en se signant. Mais si cette Leonora était sa complice, pourquoi l'a-t-il tuée ensuite ?

Valori leva la main pour empêcher Sigismondo de répondre.

— Votre Grandeur, fit-il, je crois deviner.

Son léger sourire et le ton de sa voix indiquaient à l'évidence que pour lui l'énigme de la mort de la princesse était un pur jeu intellectuel dans lequel n'entrait aucune émotion.

— Imaginez que dame Leonora soit soupçonnée et interrogée. Elle aurait sans nul doute livré le nom de celui qui les avait engagés, l'assassin et elle. L'assassin n'ayant pas réussi à tuer l'homme qui posait les questions, fit-il en penchant la tête vers Sigismondo, il se devait d'éliminer celle qui était susceptible d'y répondre. N'ai-je pas raison ?

— C'est exactement la conclusion à laquelle je suis parvenu, mon seigneur.

Satisfait, Valori esquissa à nouveau son petit sourire de côté.

— Cela ne nous dit pas qui elle aurait pu trahir, observa le duc.

— Non, Votre Grandeur. Il aura au moins réussi à empêcher cela.

Avec une certaine impatience, Ippolyto tapota un rouleau de papier posé sur la table.

— Cette lettre du prince Galeotto : il m'y assure que la mort de la princesse fait partie d'une vengeance contre lui et les siens ; que pendant ses funérailles, on a essayé de le tuer, et que vous l'avez sauvé ; et qu'avant cela, lors de sa première rencontre avec ma fille, on avait également tenté de le tuer... avec *une fronde* ?

Il prononça ces mots d'un ton qui indiquait qu'une telle méthode ajoutait la vulgarité à l'outrage. Les souverains pouvaient mourir par le poignard ou le poison, mais connaître la fin de Goliath était offensant par son côté plébéien.

— Cette première attaque, Monsieur le duc, visait plus à mon sens Madame la duchesse ou la princesse que le prince lui-même. La tentative à laquelle on s'est livré lors des funérailles a été entreprise, comme je l'ai découvert ensuite, selon un angle tel qu'elle visait sans doute la duchesse. D'où se tenait l'assassin, il ne pouvait pas voir le prince.

Ippolyto porta la main de Violante à ses lèvres et la baisa.

— Je vois que je ne vous ai pas assez récompensé, fit-il avant de se taire un instant. Mais l'homme qui a lancé cette pierre, reprit-il, et que, d'après mon capitaine, vous avez tué près de la rivière — Raimondo Malgardo, dont le corps, avec celui de ses frères, est pendu par les chevilles aux portes de la ville —, n'est-il pas l'assassin de ma fille ? Quand je l'ai exilé, il nous a maudits et a juré de se venger. En frappant les miens à Borgo, il saisissait l'occasion de me faire souffrir de loin.

— Je ne nie pas que Malgardo ait pu tenter de tuer la princesse lors de son entrée à Borgo ; c'est sa pierre qui a causé la chute de l'effigie ; mais ce n'est pas Malgardo qui a essayé de me tuer.

— Où étiez-vous, messire, lorsqu'il vous a attaqué ? intervint Bonifaccio Valori.

Sigismondo tourna vers lui ses yeux sombres.

— Dans la maison de dame Leonora.

— Étiez-vous seul avec elle ?

— Oui.

— La nuit ?

— La nuit, et elle me recevait dans sa chambre, mon seigneur. Mais je ne crois pas que mon agresseur ait été motivé par la jalousie.

Valori haussa les épaules, écarta les mains et jeta un regard appuyé au duc.

— Quelles sont les raisons qui vous le font penser ?

Le duc ne réfutait pas d'emblée l'idée de Valori, mais une fois de plus, comme à Rocca trois années auparavant, il était impressionné par l'homme qui se tenait devant lui. S'il n'était pas difficile d'imaginer qu'un amant veuille se débarrasser d'un rival comme lui — l'était bien plus de croire que ce serait une tâche aisée. Si ce Sigismondo n'avait pas tué son agresseur, celui-ci devait être aussi vigoureux qu'habile.

— En partie, Votre Grandeur, à cause des moyens qu'il a employés. Malgardo était très doué à la fronde...

— Pas plus que vous lorsque vous l'avez tué ! s'exclama la duchesse.

Le souvenir de la scène parut la réjouir et son mari la regarda avec tendresse avant de se tourner à nouveau vers Sigismondo.

— Vous voulez dire que Malgardo aurait utilisé une fronde pour tuer Son Altesse la princesse ? Mais peut-être se trouvait-elle dans une position où il lui était impossible de l'atteindre ? Ce n'est pas parce qu'un homme préfère la fronde qu'il n'a pas des mains pour étrangler. Celui qui vous a attaqué a-t-il tenté de le faire ?

Le duc examina le cou de Sigismondo, ce cou de lutteur qu'avait déjà remarqué son conseiller.

— D'une certaine façon, Monsieur, mais de loin.

Sigismondo plongea la main dans la bourse qu'il avait à la ceinture et en sortit le cordon lesté qui s'était enroulé autour de son cou.

— Avec ceci, dit-il.

Bonifaccio s'approcha, prit le cordon des mains de Sigismondo et, tout en l'examinant, le porta au duc.

— J'ai entendu parler de cette arme, Votre Grandeur. Mais ce n'est pas cela qui a tué Son Altesse.

— Cette méthode, comme la fronde, ne convenait pas.

— Ainsi donc, insista Bonifaccio qui était satisfait de son raisonnement, votre agresseur, pas plus que Malgardo, n'est susceptible d'avoir tué la princesse ?

— Rien n'est certain en ce monde, mon seigneur.

La voix grave parla d'un ton empreint de lassitude et de contrainte, et le duc le perçut. Il se souvint de ce que cet homme, ainsi que la femme assise à son côté, venaient d'endurer. Voyant que Valori faisait mine de poursuivre la discussion, il l'interrompit.

— Nous devons être brefs, mon seigneur. Madame la duchesse a besoin de repos. Et Sigismondo aussi, j'en suis sûr.

Celui-ci s'inclina et le duc poursuivit.

— Une dernière chose. Celui que vous tenez pour l'assassin de ma fille court toujours. Tant qu'il est impossible de savoir qui l'a engagé, ne représente-t-il pas un danger pour nous ?

Tout en attendant la réponse de Sigismondo, il serra le bras de Violante sous le sien.

— C'est possible, Votre Grandeur, rétorqua Sigismondo d'un air sombre.

Brusquement, Violante libéra son bras de l'étreinte de son mari et enfouit son visage dans ses mains. L'entendant respirer de manière saccadée, comme entrecoupée de sanglots, Ippolyto l'enlaça par les épaules et la considéra avec une expression de remords horrifié. Que cette femme de courage et de caractère se laisse aller à pleurer ainsi donnait la mesure des épreuves qu'elle avait endurées. Il résolut de la protéger. Là, dans son palais, dans sa propre ville, aucun mal ne devait lui arriver. Il engagerait Sigismondo — cet homme qui paraissait invulnérable — afin qu'il soit son garde du corps personnel lorsqu'elle se rendrait en ville. Ainsi elle ne risquerait rien.

Sigismondo replia discrètement les doigts de sa main gauche et, formant une petite coupe de sa paume, empêcha le sang qui s'écoulait lentement à l'intérieur de sa manche de tomber sur le sol de marbre.

Pendant ce temps, à la frontière d'Altamura, un bel homme au visage tanné par le vent et le soleil, et marqué d'un grain de beauté au coin de la bouche, poussait sans hâte son cheval. Il avait du temps devant lui. Il s'était acquitté d'une première mission et avait été largement récompensé pour cela. Sa prochaine tâche ne serait peut-être pas facile, mais il était certain de la remplir. Tout en chevauchant, appuyé nonchalamment au pommeau de sa selle, il se mit à chanter de sa légère et agréable voix de ténor. C'était une chanson d'amour.

CHAPITRE XXVI

Un coup à la porte

Sigismondo avait tu la gravité de sa blessure. Benno éprouva un choc en la voyant. Il avait patienté à l'extérieur de la salle d'audience, observé avec un mélange de dégoût et de frustration par un groupe de serviteurs qui mouraient d'envie d'entendre les détails du sauvetage de la duchesse par quelqu'un d'aussi qualifié que le valet de son sauveteur. Ils l'avaient d'abord harcelé de questions, mais Benno leur avait présenté un visage tellement hébété qu'ils avaient vite renoncé. Lorsque Sigismondo sortit de la pièce, ils s'effacèrent. Ce n'était pas là un homme à qui l'on pouvait poser des questions.

Alerté par l'un d'eux, le *maestro di casa* arriva précipitamment de la pièce voisine afin de s'incliner devant l'hôte du duc et lui faire lui-même l'honneur de le conduire à la chambre qui lui avait été réservée.

Sans être très grande, la pièce était spacieuse et moderne. Ses murs étaient recouverts de panneaux de bois clair montant jusqu'au plafond en caissons dont les poutres peintes étaient décorées de motifs dorés. Deux serviteurs finissaient de vider le coffre disposé au pied du lit; un courtisan dont la faveur avait décliné auprès du duc avait été prié de laisser la place. Le bâton à bout doré du *maestro di casa* indiqua la porte, et, dans leur précipitation à obéir, les serviteurs faillirent lâcher leurs brassées de vêtements. Le *maestro* demanda aux deux hommes s'ils souhaitaient du vin et de la nourriture. Sur leur réponse positive, il s'inclina avant de s'éclipser, et Sigismondo se laissa tomber lourdement sur le lit. Il sortit un rouleau de toile de sa besace et s'essuya la main en prenant garde de ne pas tacher le lin pâle du couvre-lit et des rideaux. Benno s'était figé.

— De l'eau, Benno.

Regardant autour de lui, Benno aperçut dans un coin un réservoir en majolique fixé au-dessus d'une bassine reposant sur un trépied, ainsi qu'un seau posé à terre. Il emplit la bassine et alla la déposer avec précaution sur le coffre, où Sigismondo avait déroulé sa besace d'herbes. Benno sentit l'odeur de la reine des bois, semblable à celle du foin fraîchement coupé, il reconnut les feuilles de plantain et d'hysope, du thym, une gousse d'ail. Il avait appris qu'on utilisait ces herbes afin d'empêcher la putréfaction d'une blessure, mais que certaines devaient être trempées dans l'eau chaude pour confectionner un cataplasme.

— Je vais...

Un coup à la porte, qui s'ouvrit devant deux serviteurs, l'un portant un broc d'eau chaude qu'il posa près du seau en porcelaine, l'autre un grand plat où se serraient deux poulets froids, un bol d'abricots et une miche de pain. Un enfant les suivait avec une cruche de vin. Le *maestro di casa* savait accueillir les hôtes du duc.

Après le départ des serviteurs, qui jetèrent de discrets coups d'œil vers la silhouette vaguement inquiétante de l'homme en noir avec la chaîne du duc autour des épaules et une mystérieuse besace d'herbes disposée devant lui, Benno s'attaqua à la tâche délicate d'ôter le pourpoint noir et la chemise ensanglantée de son maître sans lui causer trop de souffrance. Voyant qu'il prenait des précautions excessives, Sigismondo l'aida avec plus de brusquerie.

Rodrigo Salazzo s'était trompé, chose compréhensible dans les circonstances, sur l'emplacement du cœur de Sigismondo. Sa lame n'avait fait qu'effleurer les côtes avant de se ficher plus profondément dans le gras du bras, et le bout de tissu que Sigismondo avait appliqué peu après sur la blessure était gorgé de sang. En nettoyant la plaie enflammée, Benno repensa à leur retour à Altamura ; et en retirant le tissu, il jeta un coup d'œil aux anneaux d'or et aux feuilles d'émeraude de la chaîne qui gisait sur le lit. Une telle récompense justifiait-elle une endurance aussi stoïque ? Justifiait-elle que l'on prenne des risques qui vous menaient aussi près de la tombe ?

Il renifla les herbes qui trempaient dans l'eau chaude.

— Il a failli vous avoir, pas vrai ? remarqua-t-il en préparant le cataplasme.

Sigismondo siffla entre ses dents lorsque le linge brûlant fut appliqué sur la blessure, puis il sourit.

— Il a failli, mais ça ne suffit pas, Benno. Ce qui compte, c'est celui qu'on enterre.

— Et il n'a pas été mis en terre, hein ?

— Bah, il a eu son bûcher funéraire, comme les Anciens. Ses hommes le croient toujours en vie. Ils seront bien étonnés de ne pas le voir revenir et d'apprendre que la duchesse est rentrée chez elle à Altamura.

— À mon avis, s'ils l'ont bien regardée quand il l'a ramenée à Roccanera, ils vont penser qu'elle l'a tué. La duchesse a l'air de savoir se servir d'une dague.

Benno enroulait une bande de lin propre autour du bras de Sigismondo, qui s'abstint de commenter la remarque de son serviteur. Celui-ci, qui suivait le fil de ses pensées, reprit :

— Ah, je voulais vous dire... Quand Poggio et moi sommes allés dans les écuries pour en faire sortir les chevaux avant d'y mettre le feu, il y en avait deux qui discutaient.

Il se tut, absorbé par les nœuds qu'il devait faire.

— Je n'ai jamais cru qu'ils étaient muets.

Benno leva les yeux et sa bouche se fendit d'un large sourire, puis il consacra son attention à la deuxième blessure, moins grave.

— Et pour jacasser, ils jacassaient. Ils n'arrêtaient pas de vanter Rodrigo, de dire qu'il faisait ce qu'il voulait et que personne ne pouvait l'en empêcher, et que maintenant il avait fait d'une duchesse sa putain — là, je dois vous dire que j'ai dû retenir Poggio, sinon il leur aurait sauté dessus tout de suite — et qu'il avait eu bien de la chance qu'on l'ait renseigné sur son départ.

En reculant pour admirer son œuvre, Benno faillit mettre son pied dans la bassine. Sigismondo enroula sa besace d'herbes d'un air songeur et écarta Biondello qui, excité par l'odeur du poulet, avait sauté sur le lit et reniflait tout ce qui se trouvait à sa portée.

— Hum. Peut-être que Malgardo et ses frères étaient accompagnés d'autres hommes qui ont pu prendre la fuite.

Il saisit Biondello qui s'était approché de leur plateau et le donna à Benno.

— Le capitaine des gardes a assuré à la duchesse qu'ils n'avaient vu personne s'enfuir, à part celui qu'ils ont tué à coups de lance. Cela dit, quand on s'attend à ce que vous preniez la fuite, il est parfois possible de rester caché sans se faire voir.

Benno songea que c'était probablement sa propre expérience qui avait appris cela à Sigismondo.

— Vous pensez que l'un d'eux en a réchappé et s'est rendu à Roccanera pour inciter Rodrigo je-ne-sais-plus-qui à enlever la duchesse ? Comment aurait-il su qu'elle allait prendre un raccourci et chasser avec seulement une petite escorte ?

— La première fois qu'ils l'ont attaquée à coups de fronde, elle venait de lancer son faucon. Au moment où le convoi a traversé le gué, elle a peut-être annoncé qu'elle partirait seule, une fois la rivière franchie. La voix porte loin, et ils étaient en hauteur par rapport à nous.

Sigismondo se tut, le temps de passer la tête dans l'encolure de la fine chemise de batiste que Benno avait jugée appropriée pour leur séjour à la cour. Tout en glissant son bras bandé dans la manche, il ajouta :

— Une fois de plus, tu fais preuve de sagacité, Benno. Soit Rodrigo était au courant, soit il a attendu dans la montagne en guettant une bonne occasion.

Benno s'était attaqué au contenu du plateau. Cela faisait longtemps qu'il n'avait pas mangé et le poulet froid, garni de blé épicé, était délicieux. Il fut également enchanté par le vin, d'une qualité qu'il n'avait pas souvent l'occasion de goûter et qu'il savoura avec délice. Sigismondo mangea frugalement, comme si sa blessure lui coupait l'appétit. Il semblait qu'il emplissait plus souvent la gueule de Biondello que sa propre bouche. Tout en mâchonnant et en se léchant les doigts, que le cataplasme et le poulet avaient parfumés de thym et d'ail, Benno réfléchit à la situation.

Plusieurs personnes qui avaient souhaité la mort de la duchesse étaient elles-mêmes mortes, en grande partie grâce à son maître ; mais l'homme qui avait tenté de tuer Sigismondo était encore en vie. Peut-être n'avait-il été engagé que pour tuer la princesse, et les laisserait-il désormais en paix. Benno ouvrait la bouche pour faire part de ses réflexions à son maître lorsqu'un coup frappé à la porte précéda l'entrée d'un personnage à l'allure imposante.

CHAPITRE XXVII

Des intentions violentes ?

Ce qu'on remarquait d'abord, c'était les yeux : le visage émacié, au teint olivâtre, était dominé par des yeux sombres et intelligents surmontés d'épais sourcils ; la bouche avait un pli sardonique et les cheveux qui dépassaient du bonnet lie-de-vin tombant sur les oreilles étaient gris. La robe, d'un beau tissu rouge, était doublée de fourrure en dépit de la chaleur estivale. Mais renoncer à cette fourrure qui traduisait votre statut aurait été aussi stupide que pour un animal se débarrasser de son pelage distinctif. Dans l'ombre du personnage, un garçon obséquieux portait une boîte en bois qu'il posa sur le coffre près du plateau avant d'être congédié. Tout cela indiquait un médecin, et un médecin de grande classe. Benno s'était levé d'un bond, laissant tomber un morceau de peau de poulet que Biondello débarrassa aussitôt.

— Messire Sigismondo ? Je suis maître Valentino, médecin de Monsieur le duc. Madame la duchesse m'a demandé de m'enquérir de votre blessure et de vous proposer mon art pour la traiter.

Il huma l'air en s'approchant, et Benno eut la certitude qu'il décela aussitôt les différents ingrédients du cataplasme. En dépit du geste du médecin pour l'en empêcher, Sigismondo s'était levé et souriait.

— Je suis reconnaissant à Madame la duchesse ; mais en tant que soldat, j'ai l'habitude de soigner moi-même mes blessures. Sur le champ de bataille, je n'aurais guère espoir de trouver un médecin possédant vos connaissances et...

— Mais aujourd'hui, messire Sigismondo, vous pouvez en bénéficier à titre gracieux, et vous feriez mieux d'en profiter.

Maître Valentino désigna la chemise de Sigismondo et d'un geste lui intima l'ordre de la retirer.

— Croyez-vous que je puisse me permettre de retourner auprès de Madame la duchesse sans lui rendre compte de votre blessure ni lui expliquer ce que j'aurai fait pour alléger les souffrances que vous avez endurées ?

Il croisa les mains et prit un air sévère, mais les plis de sa bouche s'accentuèrent.

Sigismondo tendit à Benno la chemise qu'il venait d'enfiler, et celui-ci regarda avec un certain dépit le médecin défaire les nœuds qu'il avait si soigneusement faits afin d'examiner les deux entailles. Le nez busqué entra de nouveau en action tandis que maître Valentino reniflait les blessures puis le cataplasme, avant de poser le dos de sa main sur la peau de Sigismondo pour s'assurer qu'il n'y avait pas d'inflammation.

— Fort bien. J'approuve votre cataplasme, dit-il avant d'adresser un signe de son index bagué à Benno. Remets les bandages en place, mon ami — mais enlève d'abord cette graisse de tes mains. Bien. Maintenant, en ce qui concerne la fièvre...

Il fit allonger Sigismondo, s'assit à son côté et lui prit le poignet. Au bout de quelques minutes durant lesquelles Sigismondo respira calmement tandis que Benno attendait, les bandages à la main, maître Valentino livra son opinion.

— Excellent. Pas plus agité que si vous étiez endormi.

Il lâcha le poignet de Sigismondo avant de se tourner avec impatience vers Benno.

— Eh bien, l'ami ? Il ne faut jamais laisser une blessure exposée à l'air libre. Est-ce qu'on ne t'a donc rien appris ?

Il dévisagea Benno et retrouva son expression sardonique, puis haussa légèrement les épaules.

— Comment va Madame la duchesse ?

Les yeux noirs se tournèrent vers Sigismondo.

— Elle a subi une terrible épreuve, messire. Elle refuse de dire jusqu'à quel point, mais je peux le deviner. Je lui ai prescrit de la camomille pour la calmer, et lui ai conseillé de suspendre des racines de pivoine autour de son cou pour chasser les mauvais rêves, car je crains que son repos ne soit troublé par ce qu'elle a enduré.

— Et du pourpier répandu sur le lit ?

Le médecin lança un regard perçant à Sigismondo.

— C'est possible, messire. Et maintenant, je vais vous prescrire un remède contre l'inflammation.

Il se leva et ouvrit la boîte posée sur le coffre, puis en examina le contenu, que Benno ne put apercevoir. Biondello, qui avait plus d'assurance, contourna le lit et pointa le museau derrière le couvercle.

— Voyons... Peut-être de l'aigremoine. Et *trigonella foenum graecum*, pour rafraîchir le sang. Avec ta permission, toutou, fit-il en lui donnant une tape sur la truffe.

Biondello recula de quelques pas. Tout en murmurant entre ses lèvres, maître Valentino versa quelques gouttes de divers flacons, chacun serré dans son étroit casier de bois, puis tendit une petite coupe à Sigismondo.

— Prenez cela durant l'heure régie par Mercure, en récitant deux *Ave Maria* avant et un après.

Sigismondo posa la coupe sur la tablette à la tête du lit, mais maître Valentino ne parut pas pressé de partir. Il se dirigea à pas lents vers la fenêtre dont les volets étaient ouverts à l'air parfumé de l'été. Les échos d'une chanson et un bruit de rames fendant l'eau montèrent jusqu'à eux. Un oiseau traversa le ciel tandis que leur parvenait la lointaine rumeur de la ville. Le palais d'Altamura avait autrefois été un château fort, et ils se trouvaient dans sa partie ancienne, dont les fondations étaient baignées par la rivière qui partageait la ville en deux. Maître Valentino s'accouda sur le rebord de pierre en humant l'air. Benno se dit que le nez d'un médecin, entraîné à détecter la maladie et contraint de côtoyer gangrène et pots d'urine, devait parfois apprécier ces moments de répit. Mais l'air embaumé parut rappeler à maître Valentino le souvenir de quelqu'un qui n'était plus là pour l'apprécier.

— Dame Ariana, la princesse. Vous étiez là quand on a découvert son corps ?

— Je suis arrivé peu après.

Maître Valentino chassa une abeille qui prenait son bonnet pour une fleur exotique.

— Triste affaire, triste affaire. Tout le monde en a été ému ici. À vrai dire, Monsieur le duc ne s'en est pas encore remis.

Il soupira puis se retourna vers les deux hommes en croisant à nouveau les mains devant lui.

— Les blessures causées à l'âme et à l'esprit peuvent être plus graves que celles subies par le corps, énonça-t-il.

Puis, après un instant de silence, il ajouta d'un ton anodin :

— Vous n'avez aucune idée, messire, de celui qui a pu commettre un aussi abominable forfait ?

Pour ne pas agiter son bras bandé, Sigismondo s'abstint de hausser les épaules.

— Si je le savais, le duc l'aurait déjà puni.

— Quand elle est partie, elle était très excitée. Volatile, messire, un tempérament de feu. J'ai dû prescrire des sédatifs, mais je crains qu'elle les ait jetés parce qu'elle leur préférait les décoctions de la gouvernante de Madame la duchesse. Qui aurait pu savoir quel destin l'attendait ? Et pourtant Tristano Valori l'a pleurée sitôt connue la nouvelle de son mariage, comme s'il pressentait que celui-ci causerait sa perte.

— Tristano Valori, messire ? Un parent du conseiller du duc ?

— Son fils. Vous avez sans doute entendu parler de

l'éminent service que son père Bonifaccio a rendu au duc ? Il a sauvé l'État au moment des troubles qui ont suivi la mort du père de Monsieur le duc. Une foule a voulu prendre d'assaut le palais. Tristano estimait qu'en récompense de ce service lui-même aurait dû obtenir la main de la fille du duc.

— Et le duc n'était pas de cet avis ?

— Même Bonifaccio ne l'était pas. Nouer une alliance avec Borgo lui paraissait de loin beaucoup plus important que faire plaisir à son fils. Le jeune homme était un ami d'enfance de la princesse, ils jouaient ensemble avant qu'elle aille parfaire son éducation au couvent. Il prétendait qu'ils s'étaient juré un amour éternel, mais je n'ai jamais entendu dame Ariana évoquer ce serment. Bonifaccio disait que son fils oublierait vite sa lubie. La jeunesse, nous savons tous ce que c'est ! Excessive dans les sentiments, obstinée dans l'action.

Le médecin jeta un coup d'œil à Sigismondo comme pour l'inviter à évoquer des souvenirs susceptibles de corroborer son opinion. Comme Sigismondo demeurait silencieux, il poursuivit :

— L'amour égare les plus sensés des jeunes gens. Comment pourrions-nous en vouloir à la jeunesse ?

Sigismondo émit un fredonnement que maître Valentino prit pour un acquiescement.

— Pourtant le duc fut furieux, et Bonifaccio plus encore, lorsque le jeune Tristano se poignarda devant toute la cour.

— Quand cela s'est-il passé ? s'enquit Sigismondo dans un souffle.

— Le jour du départ de dame Ariana. On peut supposer que son geste voulait montrer qu'il ne pouvait pas vivre sans elle. Cependant, la blessure, malgré un saignement abondant, n'était que superficielle. Heureusement, j'étais là... J'espère que s'il doit un jour se battre, le jeune Valori aura une idée plus précise de l'emplacement du cœur. Votre blessure était beaucoup plus dangereuse que la sienne.

Sur ces mots, maître Valentino hocha la tête à l'adresse de Sigismondo, traversa la pièce jusqu'à sa boîte à médicaments, la ferma puis alla frapper à la porte pour que son assistant vienne la chercher.

— J'informerai Madame la duchesse que la chance veille sur vous, messire Sigismondo. Je vous souhaite qu'il en soit toujours ainsi.

Il s'inclina et quitta la pièce, courtoisement escorté par Biondello jusque sur le seuil.

Benno ferma la porte. Voyant son maître repousser le couvre-lit en lin, il alla l'aider à retirer ses bottes.

— Pensez-vous que ce jeune homme s'est mis à pleurer la princesse parce qu'il *souhaitait* sa mort ? D'un autre côté, il aurait sans doute préféré qu'il lui arrive quelque chose avant qu'elle se marie. Et puis, aurait-il eu assez d'argent pour engager un assassin ?

Sigismondo s'allongea sur le dos en prenant garde de ne pas raviver la douleur de sa blessure. Ses yeux se fermèrent.

— Un fils Valori en aurait les moyens, Benno.

Benno alla fermer les volets, de sorte que la lumière ne pénétra plus dans la pièce que par les carreaux de verre au-dessus d'eux, et que les piaillements des oiseaux qui se querellaient dehors en furent assourdis.

— Et puis, pourquoi l'aurait-il fait tuer s'il avait l'intention de se suicider ? Une manière de lui fixer une sorte de rendez-vous outre-tombe ?

Sigismondo ne répondit pas. S'approchant sur la pointe des pieds, Benno constata que ce n'était pas parce que son maître jugeait la question superflue, mais parce qu'il dormait. Biondello, qui avait toujours apprécié la sieste, s'installa confortablement à ses pieds.

Toute spéculation au sujet d'éventuelles intentions violentes de Tristano Valori devrait attendre.

CHAPITRE XXVIII

Visite de chantier

Nuto Baccardi n'était pas très satisfait de son nouveau pensionnaire. Il payait bien, certes, et la qualité de ses vêtements, quoique sombres et sans ce côté voyant dont on se souvient ou que l'on remarque, indiquait une certaine aisance. Ce n'était donc pas l'argent qui inquiétait Nuto, mais le visage. Celui-ci n'était ni jeune ni avenant, mais, à l'exception d'un gros grain de beauté au coin de la bouche, il présentait des traits réguliers ; et la femme de Nuto était jeune et frivole. À la façon dont elle regardait l'étranger, Nuto comprit qu'il devrait les avoir à l'œil tous les deux.

Une chose était certaine, l'homme était étranger. Il affirmait être originaire de Rocca, comme la duchesse, mais ne donna pas d'autres précisions et Nuto, sans qu'il sût pourquoi, ne put se résoudre à lui demander ce qu'il venait faire à Altamura. Après tout, l'argent qu'il dépensait lui donnait droit à une certaine discrétion.

La femme de Nuto estimait que l'étranger possédait un secret. Elle le comprit à l'expression de son visage, avant même que son mari lui avoue qu'il ne savait pas grand-chose à son sujet. Elle résolut de découvrir rapidement ce secret. Peu importait qu'il ne répondît pas à ses regards ni ne parût remarquer le roulement de ses hanches quand elle passait devant lui pour aller à la porte. Qu'on lui laisse un peu de temps. Elle saurait bientôt tout de lui ! Elle s'imaginait déjà dans ses bras, en train de caresser ce grain de beauté pendant qu'il se confiait à elle, en train de le faire sourire... C'était sans nul doute quelque fille qui l'avait rendu si renfermé, si indifférent, qui l'avait marqué d'une blessure qu'elle seule saurait guérir... Quant à Nuto, elle lui connaissait déjà cet air soupçonneux et cela ne la troublait pas. Elle le menait par le bout du nez, cet affreux nez boursouflé de verrues, si différent de celui, fin et aquilin, de l'étranger. Il ne s'apercevrait même pas du moment où elle lui planterait deux cornes sur le front.

Elle fut déçue d'apprendre que l'étranger ne dînerait pas avec eux ce soir-là. Il déclara qu'il était venu voir des parents à lui qui habitaient la ville et qu'il devait souper avec eux. Après son départ, Nuto se demanda pourquoi, si ce Lorenzo Corsini avait de la famille à Altamura, il ne logeait pas chez elle. Aussi pauvre soit-on, on trouve toujours de la place pour caser un parent. Nuto décida de se renseigner dès le lendemain pour savoir si des Corsini habitaient bien à Altamura. Il n'aurait su dire pourquoi il avait des soupçons, ni ce qu'il pensait vraiment, mais au fond de lui il était convaincu que ce Lorenzo Corsini ne lui apporterait que des ennuis.

Celui-ci apporta en tout cas une jolie somme à l'armurier qui, cet après-midi-là, lui vendit un bel arc en bois d'if bien sec, avec une poignée de flèches qu'il choisit d'un œil expert. Il avait l'air d'un homme à qui, sans arme, il paraissait manquer quelque chose. Nuto aurait toutefois été étonné de la transaction à laquelle il se livra ensuite. Le propriétaire d'une étroite maison qui penchait dangereusement au-dessus de la rivière avait en général, sauf cas d'urgence, le plus grand mal à louer ses chambres — les pêcheurs vidaient leurs poissons sur les rochers juste sous les fenêtres, et il semblait que l'odeur dérangeât ceux qui y étaient moins habitués que lui. Il n'avait donc guère espoir de conclure lorsque l'étranger bien habillé portant un arc en bandoulière demanda à voir une chambre. Or l'inconnu se rendit droit à la fenêtre, contempla la vue — impressionnante, du fait que le palais se dressant sur la rive opposée occupait la majeure partie du panorama —, baissa la tête vers les entrailles de poisson que les chats avaient laissées sur les rochers, et à l'heureuse surprise du propriétaire, déclara qu'il prenait la chambre. Il marchanda le prix, mais Stefano Cipolla s'y attendait et, sur une question de son nouveau locataire, lui assura qu'il pouvait sans aucun risque laisser ici son arc ou tout autre bagage. Stefano n'avait pas d'épouse, jeune ou vieille, et il n'avait aucun souci quant aux mauvaises intentions éventuelles de l'étranger. Un homme capable de supporter une puanteur dont les gens disaient qu'elle réveillerait un mort ne pouvait être totalement mauvais.

Stefano aurait sans doute éprouvé de la sympathie pour un autre homme à qui les odeurs posaient problème, même si celui-ci ne vivait pas à Altamura. Bono Ristoni était un riche marchand qui possédait une maison à Venosta dont, pour deux raisons, il était impatient d'améliorer le confort. D'une part, il souhaitait donner à ses voisins et amis, mais surtout à ses ennemis, une idée de la richesse que lui avait rapportée son commerce de la soie. Et d'autre part, sa demeure était malheureusement située dans une rue placée sous le vent d'une tannerie — et ce vent soufflait assez souvent. Il avait surpris les regards qu'échangeaient certains de ses hôtes lorsque les herbes jetées sur le brasero ne suffisaient plus. Malgré le prix du terrain, il aurait pu s'offrir une maison neuve, mais sa vieille mère avait annoncé qu'elle n'accepterait jamais de quitter un foyer dans lequel elle avait passé toute sa vie conjugale. Ristoni avait donc dû se résigner à l'odeur, qui après tout n'était pas permanente, et envisager des améliorations susceptibles de modifier l'expression de ses hôtes et de les faire s'exclamer d'admiration plutôt que toussoter discrètement.

Il fut donc enchanté de pouvoir engager à cette fin un architecte qui avait récemment travaillé pour le duc lui-même. Certes, la chose ne s'était pas terminée au mieux. On racontait que maître Brunelli avait quitté le palais en vol plané, mais personne n'ignorait qu'il était difficile de satisfaire le duc. Ristoni avait hâte de pouvoir se vanter d'employer un homme qui œuvrait pour les princes — Galeotto de Borgo l'avait aussi engagé —, car ses hôtes en concluraient à coup sûr qu'il avait consenti une dépense que seuls de grands personnages pouvaient s'offrir. En réalité, il avait dû revoir à la baisse la dot de sa fille pour couvrir les frais, mais une fois finie, la maison établirait sa position à Venosta et les soupirants se bousculeraient à sa porte.

Le jour où il emmena Brunelli voir le travail accompli jusque-là sous la simple direction d'un maître maçon, Ristoni ignorait que parmi les ouvriers se trouvait un homme que Brunelli connaissait. Le jeune artiste, d'un tempérament presque aussi vif que celui de Brunelli, avait travaillé sous la direction de ce dernier au palais ducal, mais s'était fait renvoyer lorsqu'il avait demandé à se voir confier un travail plus gratifiant que d'enduire les murs pour les fresques d'un autre. À présent, il avait été engagé comme chef d'une équipe chargée de démolir un mur permettant l'ouverture d'une vaste chambre double qu'orneraient enfin ses propres fresques. Comme les autres ouvriers, il avait enroulé un chiffon humide autour de son visage afin de se protéger de la poussière, mais cela ne l'empêchait pas de sentir l'odeur de la tannerie. Il avait en outre les cheveux, les oreilles et le cou couverts de poudre de plâtre, et ses hommes étaient si extraordinairement stupides qu'il les soupçonnait de le faire exprès. Son humeur avait donc atteint son seuil critique lorsqu'il apprit que tout son travail serait désormais placé sous le contrôle de Brunelli. Et il comprit immédiatement qui allait peindre les fresques de la chambre.

Dans la maison se trouvait un autre étranger qui s'était vu confier un rôle très différent. Il était arrivé ce matin-là, au même moment que Brunelli, et avait suivi ce dernier tandis que Ristoni lui faisait visiter les lieux en lui expliquant les travaux entrepris. L'homme, décharné, les cheveux bruns et l'allure parfaitement banale, ne quitta pas Brunelli d'une semelle, resta à son côté tandis qu'il inspectait le sol carrelé de l'entrée, tint l'extrémité de la règle lorsque Brunelli voulut mesurer une arche. Il s'accroupit pour examiner une pierre sculptée, se pencha avec Brunelli à une fenêtre afin d'évaluer la hauteur du porche qui s'ouvrait au-dessous, avant de s'effacer courtoisement lorsque Ristoni voulut à son tour jeter un coup d'œil. Ristoni supposa qu'il faisait partie des assistants de Brunelli ; celui-ci, qui remarquait à peine les gens sauf quand il était en train de dessiner leur portrait, le prit pour quelqu'un de l'entourage de Ristoni, qui l'avait invité à donner son opinion, naturellement erronée, et que l'architecte n'avait aucune intention de prendre en considération.

Il y eut un moment où Ristoni, observant l'homme qui suivait Brunelli sur la poutre où celui-ci s'était engagé avec l'aplomb d'un danseur de corde raide, eut l'impression que son terne assistant semblait avoir du mal à assurer son équilibre et se trouvait en danger. Il ignorait en revanche que, tel un talisman, son propre regard préservait Brunelli de tout danger. Le duc Vincenzo avait bien insisté, et son agent avait compris plus qu'on ne lui avait confié : il déplaisait au duc que Brunelli recommençât à travailler pour d'autres ; et cela devait avoir l'air d'un accident.

Quand on vint demander à Ristoni d'aller apaiser sa mère dans son appartement de l'entresol, et que Brunelli poursuivit seul la visite, son ombre se rapprocha. Ils avaient atteint le sommet des marches. Après avoir débarrassé l'escalier du muret central qui le rendait trop exigu, on l'avait entièrement remanié et, pour l'instant sans garde-fou, il attendait la balustrade de fer forgé d'esprit plus moderne qui avait été commandée. La haute cage d'escalier résonnait des coups de masse et du piétinement des ouvriers quand soudain Brunelli se pencha vers les hommes qui, quinze mètres plus bas, empilaient dans le hall d'entrée les tuiles en forme de queue de paon, et les avertit d'une voix tonnante qui couvrit le vacarme qu'il leur ferait payer toute tuile cassée.

Alors qu'il transpirait dans un nuage de poussière, son ex-assistant, le peintre de fresques, entendit sa voix et la reconnut. Il se remémora aussitôt le jour où Brunelli, qui, devant un public admiratif, était en train de peindre une exquise scène pastorale de nymphes au bain, avait buté sur une petite bosse que formait le plâtre encore humide et, saisissant un burin, l'avait aplani tout en morigénant son assistant comme un vulgaire apprenti ou un gamin négligent.

Arrachant le tissu de son visage, il se précipita hors de la pièce en direction de la voix de stentor. Débouchant en haut de l'escalier, il aperçut une silhouette sombre qui levait les bras comme un homme occupé à maudire le ciel et la poussa violemment.

L'homme tomba en tournoyant avec un hurlement déchirant, et l'assistant s'aperçut que ce n'était pas Brunelli. Ébranlé et le corps tremblant, il exécuta une petite danse involontaire juste au bord du palier, puis plongea à la suite de l'homme qu'il venait de précipiter dans le vide. Il le rattrapa sur le tas de tuiles en lui ôtant ses dernières chances de survivre à sa chute. De toutes les pièces, les ouvriers, abandonnant leur outil ou le gardant en main, accoururent pour voir ce qui se passait. Ristoni pria le ciel que ce fût une âme vulgaire et non Brunelli qui venait d'être victime d'un accident, puis se hâta lui aussi de se rendre sur les lieux.

C'est avec soulagement qu'il aperçut Brunelli qui, penché en haut de l'escalier, regardait en bas. Le tas de tuiles s'était incliné et, très lentement, avait glissé et s'était brisé en miettes. Brunelli avait une vue excellente et il reconnut l'un des visages tournés vers lui comme étant celui de son ex-assistant. Il émit un long son désapprobateur entre ses lèvres.

— Bon à rien, comme toujours ! Mon Dieu, avec tant de travail devant nous !

C'était la première fois que Benno assistait à une leçon de philosophie, et son expérience lui avait enseigné que le savoir, c'était comme l'argent : il vous en fallait toujours beaucoup au départ pour espérer en engranger encore plus. Il aurait été très heureux de parfaire ses connaissances, mais, au fur et à mesure de l'exposé, il s'aperçut que même s'il comprenait à peu près le sens des mots, la signification générale lui échappait en raison des formules incompréhensibles qui ponctuaient le discours, certaines en langues étrangères, et d'autres qui, comme elles lui rappelaient la messe, devaient être en latin.

Empêché d'en apprendre beaucoup par l'ouïe, il se concentra sur ce que pourraient lui enseigner ses yeux. L'orateur, tout d'abord, ne ressemblait pas à l'image qu'on se faisait généralement d'un érudit ; il n'avait rien du spectre pâle à la peau ratatinée confiné dans sa bibliothèque. L'homme avait certes les cheveux blancs, mais ceux-ci encadraient un vigoureux visage brun qui paraissait tanné par le vent et le soleil. Il ne portait pas ces lunettes qu'on voyait si souvent fixées sur le nez des savants. Au contraire, ses yeux sombres, qui brillaient d'un éclat vif dans son visage bruni, semblaient parfaitement capables de lire sans difficulté les ouvrages, hérissés de marque-pages, empilés sur le bureau et, d'un regard, d'imposer le silence à tout trublion, comme il était arrivé à Benno lorsqu'il avait fait tomber le porte-documents de son maître. Benno s'était hâté de remettre les feuilles dans la chemise avant que quelque âme charitable, en voulant l'aider, découvre que toutes les feuilles étaient blanches. Il voyait bien à quel point il était utile d'avoir l'air studieux ; beaucoup d'auditeurs avaient avec eux des livres et des papiers, et certains prenaient des notes pendant que Polidoro Tedesco parlait. Sigismondo, dont la présence aurait pu paraître saugrenue en raison de son pourpoint de cuir noir et de son crâne rasé comme celui d'un lutteur, se donna l'allure d'un étudiant modèle sitôt qu'il eut sorti un petit carnet pour y prendre des notes. Quoiqu'il penchât la tête de temps à autre pour écrire quelques mots, il observait avec la même attention que Benno les élèves du professeur. Assis au dernier rang d'un côté de l'amphithéâtre en forme de fer à cheval, les deux hommes voyaient très bien l'ensemble des auditeurs, à l'exception de ceux placés juste devant eux.

Benno fut rassuré de remarquer que tous étaient loin d'être supérieurement intelligents. Aucun n'avait l'air aussi ahuri qu'arrivait à le paraître Benno, mais beaucoup avaient à peu près autant de mal à suivre que lui. Un jeune homme aux épais cheveux blonds frisés, coupés droit sur la nuque comme il était alors de mode, était assis au premier rang, et de temps à autre sa tête piquait lentement vers l'avant ; l'un de ses voisins le réveillait alors d'un coup de coude, et il fixait le professeur d'un air concentré, hochant la tête comme s'il acquiesçait à ses paroles, avant de retomber dans sa somnolence. Benno se demanda pourquoi il était là ; mais il est vrai que lorsque vous apparteniez à une grande famille, une partie de votre temps, en dehors de la chasse, de la boisson et des autres distractions, devait être consacrée à l'éducation. Benno aurait parié que ce jeune homme ne s'endormait jamais pendant une partie de chasse.

Ses deux amis, qui veillaient de bon cœur à le réveiller de temps à autre, semblaient beaucoup plus à leur place que lui. Tous deux étaient bruns, mais l'un avait la peau pâle et, sans être laid, présentait des traits de rongeur et un visage trop acéré au goût de Benno, qui avait reçu beaucoup de coups de pied et peu de pourboires de la part de jeunes hommes de ce genre. L'autre, les cheveux bouclés, avait le teint olivâtre ; comme son ami, il ne quittait pas des yeux l'orateur et leurs visages offraient à peu près la même expression. Ils rappelaient à Benno ces gens qui suivent les prêcheurs de ville en ville, écoutant dévotement les mêmes sermons comme si le seul fait de les entendre purifiait leur âme. Peut-être ces jeunes gens pensaient-ils que leurs esprits s'amélioraient de jour en jour. Peut-être comprenaient-ils un peu mieux.

— Mais alors, me demandez-vous, qu'en est-il de la religion ? Comment peut-elle nous réconforter en ces temps troublés ?

Benno n'avait entendu personne poser la question, et, imitant le professeur, il regarda autour de lui pour voir qui avait parlé. Personne ne se manifesta, mais l'érudit n'en poursuivit pas moins avec un sourire sans joie :

— Aucun réconfort, mes amis, car les membres de l'Église ne se consacrent qu'à se réconforter les uns les autres. Nous nous tournons vers l'Église afin qu'elle nous guide, et que voyons-nous ? Ils se guident les uns les autres, ces moines et ces nonnes qui ont l'air si saints dans leurs robes, si purs quand ils reçoivent vos offrandes. Ils se guident les uns les autres sur la voie de l'Enfer.

Polidoro Tedesco parut moins choqué que satisfait de sa formule, et il promena son regard dans la salle avec un sourire qui dévoila une rangée de dents petites et régulières comme celles d'un lézard. Ses auditeurs échangèrent eux aussi des sourires, comme s'ils avaient reconnu un passage familier et s'attendaient à entendre mieux encore. Le professeur saisit un parchemin posé devant lui et en martela le bureau pour souligner ses propos.

— Moines et nonnes, évêques, abbés et cardinaux, tous humains et tous hypocrites. Nous, ici, nous évoquons la belle vie et discutons pour savoir en quoi elle consiste. Alors qu'eux, je vous le dis, *ils la vivent* ! Nous leur confessons nos péchés pendant qu'ils commettent les leurs. N'avouons-nous pas avec honte l'adultère et la fornication, et ne supplions-nous pas d'en être pardonnés ? Mais qui donc les absoudra, ces bonnes nonnes et ces bons moines, quand ils prient ensemble et doivent ensuite étouffer le résultat de leurs prières ? Je vous le dis, il y a autant de petits ossements sous nos couvents qu'à Bethléem au temps d'Hérode.

Benno, qui avait entendu des choses semblables racontées par plaisanterie dans les tavernes, remua avec embarras sur son banc en les entendant formuler en public par un homme éduqué. Autour de lui, les auditeurs ricanaient en échangeant des coups d'œil. Ses amis avaient réveillé le jeune homme blond juste à temps pour qu'il entende le raisonnement, qui le fit pouffer docilement. Si c'était là de la philosophie, Benno se demanda pourquoi Sigismondo prenait la peine de venir écouter. Il devait avoir d'autres raisons, que Benno connaîtrait plus tard — ou ne connaîtrait pas. Il observa son maître, qui, l'air grave et imperturbable, regardait Polidoro Tedesco tapoter son parchemin sur le bureau et solliciter l'admiration de ses auditeurs pour ses déclarations anticléricales. Benno savait que son maître était un homme dévot, même si son comportement n'était guère orthodoxe, et il supposa que ce qu'il entendait n'était pas nouveau pour lui. On ne pouvait jamais être sûr de quoi que ce soit avec Sigismondo, sauf qu'il savait toujours ce qu'il faisait.

Polidoro se demandait à présent comment amender l'Église.

— Ces moines, ces nonnes, fit-il en rythmant ses phrases de coups de parchemin sur le bureau, comment faire pour les ramener à la raison ? Le mieux pour eux serait que Dieu supprime le Purgatoire. Alors plus personne ne serait à leur merci, on ne serait plus contraint de payer pour leurs prières ; ils seraient obligés de reprendre la bêche et d'accomplir un travail honnête. Peut-être vous demandez-vous s'ils ne vont pas retourner à leurs livres et nous pousser, nous autres philosophes, à abandonner nos activités ?

Il se tut un instant avant d'ajouter avec son sourire carnassier :

— Pensez-vous ! Un moine déteste se fatiguer l'esprit par l'étude, car il redoute que le savoir lui donne l'orgueil de Lucifer et lui vale la damnation.

On réveilla à nouveau le blond pour qu'il rie de la remarque, puis ses amis et lui se poussèrent pour faire de la place à un nouveau venu. Celui-ci avait hoché la tête à l'adresse de Polidoro pour s'excuser de son retard, mais le professeur s'était contenté de sourire ; Benno jugea que ce jeune homme devait être capable de se tirer de n'importe quelle situation. Sa beauté excusait beaucoup de choses, mais Benno connaissait suffisamment le monde pour comprendre qu'il avait aussi pour lui la naissance et l'argent. Il aperçut les yeux bruns veloutés, les boucles châtaines, le visage expressif, mais aussi l'épaisse chaîne d'or qui pendait à son cou, ainsi que la broche de perle et de camée qui ornait son chapeau, et qui devaient valoir à elles seules bon nombre de chevaux. Pas étonnant que ses amis lui tapotassent l'épaule avec une telle affabilité, pas étonnant que Polidoro semblât ne plus parler que pour lui.

— Devons-nous donc considérer que le savoir nous pousse au mal ? Devons-nous croire, avec l'Église, que Dieu voulait nous préserver de la connaissance, et que cette connaissance n'est que la tentation du Diable ? N'est-ce pas là un artifice qu'on nous impose, un artifice destiné à nous détourner de la pensée, à encourager notre passivité et notre acquiescement à l'oppression, spirituelle comme temporelle ? N'est-ce pas là ce qu'ils veulent tous ? Je vous le dis, nous devons écouter ce que nous enseignent les Anciens. Virgile ne disait-il pas :

Audentes fortuna juvat, timidosque repellit ? Si nous restons timorés, nous ne saisirons jamais ce qu'un homme devrait chérir par-dessus toute autre chose : la liberté !

Polidoro jeta autour de lui un regard presque farouche tandis que ses élèves faisaient claquer leurs livres sur les bureaux et tapaient des pieds par terre. Benno avait entendu quelques bons prêcheurs au cours de sa vie, comme le saint Ambrogio de Viverra, et il se fit la réflexion qu'il était dommage qu'un tel orateur soit à ce point opposé à l'Église alors qu'il aurait pu mener une si belle carrière en son sein. Cependant, il ne remportait pas un mince succès dans sa fonction ; beaucoup de ses élèves, jeunes et moins jeunes, se pressaient autour de lui pendant qu'il rangeait ses livres ; il refusa pourtant de répondre à la moindre question, ordonna d'un geste brusque à un Maure imposant de rassembler ses affaires, puis quitta la pièce à grandes enjambées. Un bon acteur ne rate pas sa sortie.

Sigismondo demeura assis tandis que l'assistance se répartissait en petits groupes, certains désireux de discuter la leçon qu'ils venaient d'entendre, d'autres impatients de se retrouver dans une taverne ou de rentrer chez eux. Lorsque les quatre jeunes gens remontèrent les degrés de l'amphithéâtre dans leur direction, le garçon blond somnolent fermant la marche avec un sourire bienveillant, Sigismondo se leva et, quand le retardataire aux boucles châtaines, les bras de ses amis posés sur ses épaules, arriva à sa hauteur, sa voix grave interrompit leur conversation.

— Avec votre permission, Tristano Valori. Je dois vous parler.

CHAPITRE XXIX

Encore un enfant

— Qui êtes-vous ?

Si Tristano Valori s'abstint d'ajouter : « mon bon messire », c'est peut-être qu'il hésita sur l'adjectif. Quoique animé de préjugés favorables à son égard, Benno savait aussi que son maître était un des hommes les plus intimidants auxquels il était possible d'être confronté. Les amis de Tristano s'étaient rapprochés pour le défendre.

— Sigismondo, messire, pour vous servir. Agent de Monsieur le duc.

Curieusement, cela ne parut pas constituer une recommandation valable aux yeux du groupe. Le grand blond resta la bouche ouverte en jetant des coups d'œil furtifs à ses compagnons. Tristano haussa le menton.

— Si Monsieur le duc veut me voir, il peut m'envoyer mander. Mais vous, qu'avez-vous à me dire ?

Sigismondo fredonna comme pour réprouver le ton employé.

— Je viens de rentrer de Borgo avec l'équipage de Madame la duchesse. J'ai pensé qu'en tant qu'ami de la princesse Ariana vous souhaiteriez conserver une des faveurs utilisées lors de ses funérailles...

La large main de Sigismondo produisit un ruban de soie noire sur lequel étaient brodées au fil d'argent les armes de Borgo.

— ... et savoir ce qui s'est passé.

Ce qui se passa à cet instant, en tout cas, fut spectaculaire. Le teint de Tristano Valori vira au blanc cireux et, alors qu'il s'effondrait, le grand blond le rattrapa avec une rapidité surprenante. Il le soutint pendant qu'il se ressaisissait, mais les deux autres s'en prirent à Sigismondo.

— Comment osez-vous lui parler de dame Ariana? fit Face-de-rat dont la colère n'embellissait pas les traits. Ignorez-vous qu'elle l'a rendu gravement malade?

Le jeune Valori, en tout état de cause, semblait bien mal en point. Le médecin, se souvint Benno, avait expliqué que le jeune homme avait perdu beaucoup de sang lors de sa tentative de suicide. À présent, on eût dit qu'il ne lui en restait presque plus dans les veines, et ses vêtements noirs ne faisaient qu'accentuer cette impression.

— En vérité, je pensais qu'il souhaiterait en apprendre le plus possible, fit Sigismondo d'une voix pleine de compassion.

Le cadavre ouvrit les yeux et trouva l'énergie de se libérer de l'étreinte de son ami. Il considéra Sigismondo avec une intensité qui le fit frissonner.

— Je souhaite tout savoir, vous m'entendez? *Tout*. Mais pas ici. Venez chez moi.

Sigismondo s'inclina. Alors qu'ils se mettaient en route, il apparut que les amis de Tristano avaient cru que l'invitation les concernait aussi, mais le jeune homme fut très ferme : il parlerait à Sigismondo seul à seul. Ils lui représentèrent qu'il était encore affaibli en raison du sang qu'il avait perdu. Il rétorqua qu'il était venu au cours sans aucune aide et que l'agent du duc était assez fort pour l'aider en cas de besoin. Ne trouvant rien à répondre à cela, ils le laissèrent et prirent la direction de la taverne, non sans que Face-de-rat, contrarié et grommelant, chassât d'un coup de pied un gosse qui traînait par là. Benno se dit que les philosophes, décidément, attrapaient soif et se mettaient en rogne comme n'importe qui.

La résidence des Valori était digne du premier conseiller du duc. Elle comportait une façade de grosses pierres brutes à la dernière mode, et s'enorgueillissait d'une entrée flanquée de colonnes corinthiennes et surmontée d'un fronton sur lequel était sculptée une tête de Méduse dont la chevelure de serpents gigotait allégrement au-dessus de l'horreur pétrifiante de son visage. Benno traça discrètement le signe contre le mauvais œil avant de ramasser Biondello et de franchir le seuil à la suite de son maître. Avec cette chose qui vous regardait entrer et sortir, vous deviez facilement vous mettre en tête de tuer les gens que vous aimiez et qui vous échappaient.

Une fois dans sa maison et séparé de ses amis, Tristano devint affable. Bien que toujours très pâle, il ne paraissait plus sur le point de défaillir, et c'est lui qui prit la cruche de vin apportée par un serviteur, emplit deux coupes d'argent doré et en tendit une à Sigismondo. Benno avait trouvé moyen, en exerçant son incomparable talent à passer inaperçu, de se faufiler près de la porte plutôt que d'être relégué sur un des bancs de marbre de l'entrée. Là, il s'efforça de paraître à la fois utile et sourd pendant que Tristano congédiait le serviteur et, avec un sourire timide qui seyait à ses yeux de faon, invitait Sigismondo à prendre place dans un fauteuil de velours. Ce jeune homme aurait-il pu engager un assassin ?

— Pardonnez mes amis, messire. Ils se sont fait du souci pour moi.

Comme Sigismondo gardait le silence en se contentant d'incliner la tête, Tristano parut sur le point d'ajouter quelque chose, mais se ravisa et but une gorgée de vin. Le silence se prolongeant, il ajouta brusquement :

— L'avez-vous vue ? Sait-on qui l'a tuée ?

Question stupide, à bien y penser. Si tel était le cas, songea Benno, le coupable serait suspendu par les pieds à quelque rempart, amputé de gros morceaux de chair; mais peut-être qu'en habitué des intrigues de la cour Tristano pensait que le duc ou le prince Galeotto cherchaient à gagner du temps, ou que l'on était en train d'interroger un suspect en prison. Sigismondo ne fit rien qui puisse laisser penser qu'il jugeait la question superflue.

— Nous ne le savons pas, messire, dit-il d'une voix douce.

Tristano avait l'esprit suffisamment alerte pour saisir la légère inflexion sur le « *savons* ».

— Vous avez donc des soupçons. Pourquoi le prince Galeotto...

Il prononça ce nom avec dédain, et même dégoût.

— ... n'a-t-il arrêté personne? Comment une telle chose peut-elle être commise sans que l'on sache qui la commet?

Sigismondo secoua la tête.

— N'importe qui peut engager un spadassin.

— Mais il n'y avait aucune raison pour cela! Aucune raison!

Tristano se mit à aller et venir dans la pièce et ôta son chapeau pour mieux enfouir ses mains affolées dans ses cheveux bouclés.

— Si jeune! Si belle! Qui pouvait donc lui en vouloir à ce point? Oh, pourquoi n'est-elle pas restée ici!

— Vous pensez qu'il ne lui serait rien arrivé à Altamura?

Tristano s'immobilisa devant Sigismondo et le fixa dans les yeux.

— Parmi ses amis? Parmi tous ceux qui l'aimaient? Oh, jamais. Elle aurait eu une vie joyeuse si elle m'avait écouté! Je l'aurais protégée de tout mal. Mais elle a voulu contrarier son destin et cela l'a perdue. Ce n'est pourtant pas faute de l'avoir avertie!

La voix du jeune homme s'était faite suraiguë et, tandis que Tristano reprenait ses allées et venues à grands pas, Benno se dit qu'il avait le comportement d'un dément. Peut-être Ariana aurait-elle mieux fait de le prendre au sérieux. À cet instant, Tristano avait l'air non seulement capable d'avoir engagé un assassin pour la tuer, mais même de s'en être chargé lui-même.

— Ô Ariana, Ariana, pourquoi ne m'as-tu pas écouté ?

Il se jeta alors parmi les coussins de velours disposés sur le banc ménagé dans l'embrasure de la fenêtre et, enfouissant son visage dans ses mains, éclata en sanglots. Sigismondo, les paumes sur les genoux, demeura silencieux et, au bout de quelques instants, s'enquit d'une voix que Benno trouva très douce :

— Pourquoi pensiez-vous que la princesse allait au-devant de sa mort en se rendant à Borgo ?

Tristano, curieusement, répondit presque aussitôt. Il refoula ses sanglots et, se hissant sur ses bras tendus, le visage pas plus enlaidi par les larmes que ne l'est une fleur par la rosée, lança :

— Elle m'avait trahi ! La déesse de l'Amour ne permet pas aux traîtres de vivre !

Sigismondo n'eut pas le temps de répondre à cette remarquable déclaration. La porte s'ouvrit devant Bonifaccio Valori, qui, les mains grassouillettes posées sur l'estomac, découvrit la scène d'un air désapprobateur.

— J'ai appris, mon fils, que tu étais sorti. Était-ce bien avisé ? Messire Sigismondo, vous honorez notre demeure. Que nous vaut le plaisir de votre visite ?

Les deux hommes s'étaient levés. Sigismondo s'inclina devant le maître de maison et Tristano, tout en essuyant les larmes de ses joues, s'approcha pour embrasser son père. Benno s'aplatit contre le mur lorsque Bonifaccio avança dans la pièce et, comme d'habitude, personne ne le remarqua. Tristano observa Sigismondo par-dessus l'épaule de son père qui l'étreignait.

— Je suis venu à la demande de votre fils, mon seigneur, afin de lui parler de la princesse de Borgo.

— Vraiment ? fit Bonifaccio en repoussant Tristano à bout de bras avant de poursuivre avec une tendre sévérité : Ne t'ai-je pas dit de ne rien faire qui puisse aggraver ton chagrin ? Le médecin t'a prescrit le repos, la musique et la distraction. Tu ne dois pas t'obstiner à ruminer ce qui ne peut plus être changé. Tu ne peux pas faire revivre le passé...

— Si, je le peux ! Je peux *vivre* dans le passé ! C'est là que je veux vivre, car le présent m'est insupportable !

Rejetant ses boucles en arrière, Tristano s'enfuit de la pièce, heurtant Benno avec le rideau de la porte lorsqu'il le repoussa pour sortir. Son père, immobile, écarta les mains comme pour l'excuser.

— Les déceptions de la jeunesse, messire. Nous savons qu'elles finissent par passer, même si cela paraît difficile à croire sur le moment.

— Peut-être que le jeune homme ne veut pas y croire.

Bonifaccio acquiesça d'un hochement de tête.

— Mon fils est impétueux mais il ne veut de mal à personne.

« Pourquoi dit-il cela ? » s'étonna Benno. Bonifaccio s'approcha de la fenêtre où son fils s'était affalé en pleurs. Ses mains courtaudes croisées dans le dos, il présentait une silhouette massive contrastant avec la sveltesse de Tristano, et sa prestance lui conférait une sorte de dignité, un poids et une gravité qui devaient impressionner le duc. Benno, toutefois, remarqua que son œil était tourné de côté, comme pour juger de l'effet de sa présence silencieuse sur Sigismondo.

— Mais qui donc aurait pu vouloir du mal à la princesse ?

En formulant à son tour la question que s'était posée Tristano, Sigismondo n'espérait sans doute pas que Bonifaccio lui fournisse une liste de noms, mais il n'est pas impossible que lui-même ait été surpris par la réaction qu'il obtint. Bonifaccio fit volte-face, les joues tremblantes, montrant la même intensité dont son fils avait fait preuve.

— Qui, messire ? Beaucoup de gens, messire, beaucoup de gens ! En raison de ce qu'elle était.

Il s'approcha tout près de Sigismondo et, plongeant son regard dans le sien, l'agrippa fortement par un bras, heureusement pas celui qui était blessé. Avant de parler, par instinct, il fit le tour de la pièce du regard comme pour vérifier qu'il ne s'y trouvait pas quelque oreille indiscrète, et Benno, faisant appel à ses réserves d'idiotie, laissa tomber sa mâchoire en perdant son regard dans le vague. Bonifaccio ne remarqua pas les yeux vifs de Biondello parmi les plis du pourpoint de Benno, et, rassuré, poursuivit à voix basse :

— Si vous rapportiez au duc que je vous ai dit cela, il ne vous croirait pas, mais cette fille était mauvaise. Si mon fils l'avait épousée, elle l'aurait conduit à sa perte.

Sigismondo fredonna sur un ton interrogateur, et Bonifaccio, pour souligner ses propos, secoua le bras qu'il emprisonnait.

— Je l'ai mis en garde. Je l'ai averti mais il a refusé de m'écouter. Je sais que je l'ai bien trop gâté ; ce qu'il désirait, il l'a trop souvent obtenu. Mais vouloir cette femme pour épouse, c'était attirer sur soi le désastre.

— Et pourtant vous avez conseillé à Monsieur le duc de la donner pour épouse au prince Galeotto ? fit Sigismondo avec une pointe d'ironie.

Les traits de Bonifaccio se détendirent et son visage se fendit d'un sourire appréciateur et rusé. Il lâcha le bras de Sigismondo.

— Le comportement d'une princesse est soumis à de plus grandes contraintes que celui d'une femme ordinaire. Et que sont les ennuis pour les princes ? Ils sont nés pour les ennuis. À la cour, elle n'aurait pu laisser toute liberté à son caractère diabolique.

Sigismondo haussa les sourcils et souffla de l'air entre ses lèvres.

— *Diabolique*, dites-vous ? À propos d'une fille de quinze ans élevée dans un couvent ?

Le sourire de Bonifaccio s'élargit.

— Demandez parmi la cour et vous verrez que je ne suis pas le seul à le dire. Demandez au seigneur Tebaldo. Demandez à Madame la duchesse elle-même.

— Mais toujours à condition, rétorqua Sigismondo à l'adresse du sourire, que je ne précise pas que vous me l'avez dit.

Le sourire rayonnant de Bonifaccio lui masqua presque entièrement les yeux, mais ceux-ci restèrent fixés sur le visage de Sigismondo.

— Oh, de toute façon personne ne vous croirait. Vous vous apercevrez que toute la cour a été ravie quand Ariana est partie pour Borgo, et vous en trouverez bien peu pour regretter qu'elle ne soit plus de ce monde. À part son père, bien entendu.

— Et votre fils.

— Il croit qu'elle a été punie pour avoir rompu le serment qui les unissait. Un serment ! Ils n'étaient que deux enfants jouant dans le jardin, deux innocents dans l'Éden. Car Tristano est encore un enfant, hélas.

— Vous ne craignez pas qu'il attente une nouvelle fois à sa vie ?

Le sourire déserta le large visage.

— J'espère qu'il oubliera toutes ces sottises, fit-il d'une voix qui prit un ton réprobateur pour ajouter : Et je souhaite surtout qu'on ne ravive aucun souvenir douloureux devant lui.

Il frappa dans ses mains et un serviteur ouvrit la porte en s'inclinant.

— Je ne voudrais pas apprendre que vous lui avez à nouveau parlé.

Le sourire réapparut sur son visage tandis qu'il raccompagnait ses hôtes, mais la voix uniforme avait exprimé une menace aussi tangible qu'une arme.

CHAPITRE XXX

Prières pour une tante

Le duc Vincenzo n'ayant pas l'habitude d'essuyer des revers dans ses jeux d'intrigue, la destruction de son fort lui avait porté un coup dur. Il venait d'apprendre de surcroît que non seulement Brunelli était vivant, mais que l'homme qu'il avait envoyé pour le tuer était mort : le corps d'un inconnu, que l'on supposait être un de ces voleurs qui rôdent autour des chantiers de construction pour y chaparder ce qu'ils peuvent, avait été enterré aux frais de la ville. Le duc était mécontent. Il n'avait aucune envie de se montrer bien disposé à l'égard de l'envoyé d'Altamura. Certes, le duc Ippolyto pouvait avoir quelques raisons de lui en vouloir s'il était convaincu que l'attaque contre la duchesse — qui par bonheur n'avait souffert aucun mal — avait été préparée à Venosta. Mais lui-même était très contrarié que son fort ait été détruit par un agent secret agissant sur instructions de cette même duchesse.

Avec une politesse infinie, l'envoyé déclara que le fort n'avait de toute façon aucune raison d'être construit à cet endroit. Il se trouvait sans conteste sur le territoire d'Altamura. Et puis quelles raisons avait le duc de penser que la duchesse Violante était en quoi que ce soit mêlée à cette affaire ?

Le duc, avec sa voix qui évoquait de l'huile coulant sur du verre brisé, pria l'envoyé d'admettre que ce qu'il appelait territoire d'Altamura s'était trouvé rattaché, par la volonté de Dieu et les caprices de la rivière Larno, au territoire de Venosta.

L'envoyé rétorqua avec délicatesse que le fort, érigé en toute hâte avant que l'on ait pu débattre de manière approfondie de la souveraineté du territoire sur lequel il se dressait, avait peut-être également été détruit par un acte de Dieu. Évoquer des agents secrets pouvait être une tentative de trouver un coupable dans une situation où il n'y en avait pas; alors que l'enlèvement de la duchesse sur le territoire d'Altamura, au prix de la vie de plusieurs sujets d'Altamura, par un brigand à qui l'on avait laissé établir son repaire en territoire venostan, ne faisait hélas aucun doute.

D'une voix dans laquelle on sentait encore un peu plus de verre brisé sous l'huile, le duc répliqua que l'architecte de son fort lui avait signalé qu'un certain Sigismondo, qui accompagnait la duchesse lors de son retour de Borgo, avait visité le chantier sous un faux prétexte en se faisant passer pour l'ingénieur du duc de Venosta, et qu'il s'était informé du lieu de stockage des barils de poudre qui avaient explosé d'aussi mystérieuse façon pendant la nuit suivante.

— Or qui, demanda le duc, est en mesure d'ordonner un tel acte? Ne devons-nous pas considérer — et là le duc s'empara de la main de sa propre épouse, assise très droite à son côté —, ne devons-nous pas considérer qu'un homme et son épouse, dont on dit qu'ils ne forment qu'une seule chair, ne sont aussi qu'un seul esprit?

Si la duchesse Violante avait ordonné la destruction du fort, c'est parce qu'elle savait que son époux aurait eu la même réaction. Ce Sigismondo se trouvait parmi son équipage; elle lui avait donc certainement confié cette mission. Sinon, quel profit cet homme aurait-il pu retirer d'une telle offense faite à un État souverain?

À cet instant, l'envoyé d'Altamura, avec d'élégantes circonlocutions, pria le duc d'admettre que la visite de ce Sigismondo au fort n'était attestée que par le témoignage d'un architecte qui, sans cela, aurait été tenu comme personnellement responsable du désastre. Rien, à part ces déclarations, ne prouvait la présence de Sigismondo sur les lieux. D'ailleurs, ce même Sigismondo, un homme aux talents multiples et tout à fait digne de confiance — qui avait rendu des services aux ducs de Rocca et de Nemora, au prince de Viverra et, sans aucun doute, à beaucoup d'inconnus —, cet homme avait tiré la duchesse Violante des griffes du vil brigand que Venosta avait laissé s'installer sur ses terres.

Ce brigand ! La voix du duc faisait à présent penser à des vipères luisant sous la soie. Monsieur le duc d'Altamura se rendait-il compte à quel point il était difficile de déloger un brigand et sa bande quand ceux-ci avaient établi leur repaire dans des montagnes escarpées d'où ils étaient en mesure de lancer leurs raids en toute impunité ?

La main de la duchesse se raidit sous celle de son époux ; elle avait raison d'estimer que c'était là une question que le duc aurait mieux fait de ne pas poser, car l'envoyé demanda alors si Sa Grandeur ignorait que le père du duc Ippolyto avait réussi à expulser de chez lui ce même chef de bande, qu'il avait donc été possible, avec un peu de détermination, de débarrasser Altamura de ce brigand, lequel avait alors demandé et obtenu de pouvoir se réfugier à Venosta. L'on pouvait par ailleurs douter du caractère inexpugnable de son nid d'aigle, puisque aussi bien Sigismondo avait réussi à en délivrer la duchesse Violante.

Le duc garda le silence quelques instants, puis demanda du vin. L'envoyé comprit que l'on s'accordait une petite pause à mi-chemin des négociations. Il but avec plaisir. En dépit des rumeurs disant que le duc Vincenzo avait recours au poison à l'encontre de ceux qui étaient en désaccord avec lui, l'envoyé était convaincu qu'il le laisserait rapporter ses récriminations à Altamura ; et puis le vin de Venosta était excellent.

Ce fut alors la duchesse Dorotea qui prit la parole, laissant ainsi un peu de temps à son époux pour préparer sa manœuvre suivante. Elle souhaitait exprimer ses condoléances à titre personnel, d'abord au duc Ippolyto pour avoir perdu sa fille dans des circonstances aussi tragiques, mais aussi à la duchesse Violante pour la terrible épreuve qu'elle avait subie entre les mains de Rodrigo Salazzo. Comme si elle était restée naïvement aveugle devant les différents coups de la partie d'échecs qui venait de se dérouler sous ses yeux, elle exprima ce que l'on pourrait qualifier de point de vue féminin, en disant sa sympathie au père endeuillé et — elle fit allusion à cela avec une telle délicatesse que Vincenzo dut être fier d'elle — à l'épouse enlevée.

Après avoir confié sa coupe à un page, le duc se joignit aux épanchements de son épouse. Quel destin cruel et mystérieux !

— Et que dit le prince Galeotto de la tragédie qui a frappé son épouse ?

L'implication était tangible dans le ton employé par le duc : si le prince Galeotto choisissait de parler, le mystère serait éclairci. La réponse de l'envoyé, formulée sur un ton imperceptiblement interrogateur, laissa transparaître une très légère surprise :

— Le prince est aussi peiné que mon maître, bien entendu.

— La famille du duc Ippolyto, remarqua le duc Vincenzo d'un ton rêveur, semble destinée à de telles tragédies. Sa sœur n'a-t-elle pas été assassinée ? Et la première épouse de son père, Béatrice de Borgo, n'a-t-elle pas connu elle aussi une fin soudaine ?

C'était là un coup génial, et ce fut au tour de l'envoyé de boire son vin en silence, comme s'il en appréciait les saveurs, alors qu'il réfléchissait à sa réponse. Lorsqu'il la formula, il évita de répondre à la question pour aller tout de suite au cœur du problème.

— Le traité scellant l'alliance entre Altamura et

Borgo doit être ratifié cette semaine. Les deux souverains y ont apposé leur sceau et l'on procède ces jours-ci à l'échange des documents.

Le duc considéra ces propos sans abandonner la feinte expression de chagrin qu'il avait prise pour évoquer la princesse Béatrice.

— Eh bien, je me réjouis qu'il n'y ait aucun sujet de discorde entre Son Altesse et votre maître. Ce serait un grand malheur si certains soupçons venaient à troubler leur alliance, fit-il avant de se pencher en avant et d'ajouter : Sait-on qui a engagé l'étrangleur ?

— Monsieur le duc a chargé messire Sigismondo de le découvrir. Il ne fait aucun doute pour moi qu'il s'acquittera de cette tâche avec le même succès dont il a fait preuve en d'autres occasions.

Le duc Vincenzo en était tout aussi convaincu. Il rétorqua qu'un homme capable de faire sauter son fort était capable de n'importe quoi.

Lorsque l'envoyé reprit le chemin d'Altamura, porteur de divers messages pour le duc Ippolyto, d'une caisse du meilleur vin de Venosta pour lui-même et de plusieurs longueurs d'un beau brocart noir dont la duchesse Dorotea faisait cadeau à la duchesse Violante — comme si elle risquait d'être à court d'habits de deuil —, le duc et lui étaient d'avis que les négociations s'étaient plutôt bien déroulées. Aucune des deux parties n'avait rien concédé, chacune avait exposé clairement ses griefs. C'était à présent au duc Ippolyto de jouer.

Pendant ce temps, ignorant qu'à Venosta l'on mettait sérieusement en doute son intégrité, le prince Galeotto, assis dans la chapelle du palais de Borgo, assistait d'un air sombre à une nouvelle messe en mémoire de la princesse Ariana. La nécessité de préserver les apparences avait sérieusement réduit les divertissements dont Galeotto était coutumier. Il était hors de question d'aller chasser et ses chiens, que l'on s'efforçait pourtant de maintenir en forme, commençaient à souffrir du manque d'exercice. Guerrier, dont on n'avait toujours pas retrouvé le collier clouté, était redevenu si sauvage qu'il avait mordu le maître-chien — lequel, moins important que le mastiff, n'avait obtenu aucune réparation pour ses blessures. Les faucons s'ennuyaient et dépérissaient. Le prince s'était vu par ailleurs privé d'autres sources de distraction : la mort de dame Leonora, due, avait-on réalisé avec horreur et angoisse, au même étrangleur qui avait tué la princesse, paraissait prouver aux yeux des courtisans que les proches du prince étaient, comme lui-même, la cible d'une hostilité malveillante. Cédant à leurs conseils, le prince ne s'aventurait plus qu'en de rares occasions en dehors du palais et portait sous son pourpoint, malgré la chaleur de l'été, une cotte de mailles qui ajoutait son poids physique au fardeau moral que tout le monde pouvait lire sur son visage. Privé de Leonora, il avait songé à se consoler dans les bras de Zima. Mais à sa consternation, la théorie généralement partagée à la cour selon laquelle l'étrangleur frappait peu à peu l'entourage intime du prince, avant de s'en prendre à sa personne elle-même, avait inspiré une telle crainte à la dame qu'elle avait fermé son exquise petite villa pour chercher refuge dans un couvent, où elle était en train de faire perdre la tête aux nonnes avec ses exigences de confort et de repas luxueux. D'autres dames de la cour, aux yeux desquelles pourtant tout prince est généralement séduisant, montraient une dévotion inexplicable envers leur mari. Galeotto ne pouvait donc espérer retrouver une femme dans son lit tant que l'on ne pourrait accuser quelqu'un, et peu importait qui, d'être l'étrangleur et le châtier de manière spectaculaire. Zima n'accepterait de revenir que lorsque les mains de l'étrangleur, ou en tout cas, songea Galeotto, une paire de mains ressemblantes, seraient clouées au-dessus d'une des portes de Borgo.

Tandis que la messe tirait à sa fin, Galeotto remua inconfortablement dans sa cotte de mailles et décida qu'il lui fallait très vite arrêter un étrangleur. Devant lui se trouvait la plaque commémorative en porphyre dédiée à la défunte princesse de Borgo, qui n'avait guère régné plus d'une journée. Mais son regard préféra s'arrêter sur la plaque de marbre poli fixée au mur en souvenir d'une princesse de Borgo qui était morte duchesse d'Altamura. Il lui faudrait faire dire des prières pour tante Béatrice ; il était certain qu'elle l'observait depuis le Purgatoire.

CHAPITRE XXXI

La flèche

Le père du duc Ippolyto avait transformé deux étages d'appartements du palais d'Altamura en une bibliothèque meublée de rayonnages de cèdre façonnés par les plus habiles menuisiers de Milan, mais comme Ippolyto étoffait sans cesse sa collection de manuscrits, il songeait depuis quelque temps à agrandir et embellir les pièces dans lesquelles ils étaient entreposés. Il voulait quelque chose de classique et l'homme à qui il pensait confier ce travail était Pietro Brunelli, qui pour l'heure, d'après ce qu'il savait, travaillait à Venosta. Bien entendu, on avait remisé ces projets lorsqu'on avait appris la mort d'Ariana, et durant la maladie subséquente du duc, mais à présent qu'il avait recouvré la santé et retrouvé la duchesse, une occasion exceptionnelle se présenta sous la forme de Brunelli en personne.

C'était toujours la même histoire. Brunelli avait impétueusement entrepris l'embellissement de la maison de Ristoni à Venosta, sans se laisser intimider par quelques accidents comme celui qui avait causé simultanément la mort de son assistant et celle d'un voleur. À tel point que ses ouvriers s'étaient mis à chuchoter entre eux que l'architecte avait le mauvais œil. Ce dernier avait toutefois buté contre un obstacle physique : la mère de son employeur. Brunelli avait prévu, une fois qu'il en aurait terminé avec le remaniement classique de l'extérieur de la maison et de son entrée, de faire en sorte que l'intérieur soit à la fois harmonieux et symétrique. Ainsi, les pièces du *piano nobile* devaient être de même nombre et de même taille des deux côtés de la maison.

Ce qui impliquait de démolir un mur séparant les deux pièces dans lesquelles vivait Madonna Ristoni, laquelle refusa tout net sa permission.

Son fils lui expliqua longuement, mais en vain, que cette rénovation permettrait de gagner de l'espace, et qu'ainsi elle habiterait dans un endroit plus digne d'elle que son appartement actuel. La vieille femme occupait ces deux pièces depuis son mariage. C'est dans l'une d'elles qu'elle avait donné naissance à son fils et à ses autres enfants, et elle était décidée à y mourir en paix. Brunelli, qu'on avait maladroitement appelé à la rescousse pour tenter de la convaincre, avait fini par échanger des bordées d'invectives avec la douairière et était ressorti furieux après avoir déchiré ses plans en mille morceaux. Il avait quitté Venosta juste avant que le duc Vincenzo ne requière contre lui les services d'un assassin plus efficace.

Si le duc Ippolyto hésita à engager Brunelli, ce n'était pas en raison de la réputation qu'avait l'architecte de se quereller violemment avec ses employeurs, car chacun se flatte de connaître mieux que le voisin la façon de s'y prendre avec le tempérament artistique. Il hésita car tout travail entrepris dans la bibliothèque dérangerait nécessairement le cousin de son épouse, qui y passait le plus clair de son temps et pour qui ces pièces constituaient un refuge contre le monde. Depuis qu'il avait été repoussé par la dame de compagnie de sa cousine quelques mois auparavant, le seigneur Tebaldo avait rarement paru à la cour et l'on disait qu'il passait non seulement ses journées mais aussi ses nuits dans la bibliothèque.

Ippolyto n'était jamais à l'aise avec lui. Poggio pouvait s'amuser d'être un nain, et il avait fait d'un handicap apparent son plus grand atout. On pouvait apprécier sa compagnie. Tebaldo, en revanche, souffrait presque sans arrêt, et même si le jeune homme était infirme depuis sa naissance, Ippolyto regrettait de ne pouvoir l'aider et en concevait même une certaine culpabilité.

C'est pour cette raison qu'il ne rendait guère visite à Tebaldo, sauf quand ses agents — car le duc déployait d'incessants efforts pour enrichir la bibliothèque — apportaient un nouveau manuscrit, ou des nouvelles d'un autre volume pour l'achat duquel ils devaient demander l'approbation du duc. Il redoutait donc d'annoncer à Tebaldo les travaux qu'il envisageait, car s'il laissait le champ libre à Brunelli la bibliothèque allait devenir un lieu d'activité intense, un endroit plein de bruit, de poussière et de monde — bref, un lieu équivalant, pour le pauvre Tebaldo, à l'un des cercles de l'Enfer. Mais d'un autre côté, il était logique que les efforts de Tebaldo pour étoffer la collection du duc trouvent une bibliothèque apte à la recevoir.

Il ne souhaitait pas discuter de ce problème avec Violante, car le médecin lui avait conseillé le calme et le repos après son épreuve entre les mains de Rodrigo Salazzo, dont Ippolyto se refusait à lui demander les détails ; Violante ne les lui avait pas racontés et il était certain qu'elle ne le ferait jamais. Sigismondo lui avait assuré que le scélérat était mort, de sorte qu'il était dans l'impossibilité de se vanter de sa félonie, et si ses hommes avaient été les témoins de quelque chose, Ippolyto n'avait aucun recours pour les réduire au silence tant qu'ils demeuraient sur le territoire venostan. Tout membre de la bande de Salazzo qui s'aventurerait du côté d'Altamura perdrait ses yeux et sa langue avant d'aller nourrir les corbeaux sur un gibet. Si seulement Sigismondo pouvait découvrir l'assassin de la malheureuse Ariana et éliminer du même coup le danger qui planait sur Violante et lui-même !

Toutes ces pensées agitaient l'esprit d'Ippolyto lorsque Brunelli, trapu, désagréable et enthousiaste, parut devant lui. L'idée de remanier la bibliothèque lui plaisait. Il aurait voulu s'y mettre sur-le-champ. Brunelli, en se privant si souvent de la possibilité de terminer un projet quelconque, possédait d'immenses réserves d'énergie latente. Il aimait déjà Altamura. Le duc Ippolyto séduisait son sens esthétique en ce qu'il était beaucoup plus jeune et plus beau que Galeotto ou Vincenzo. Il était également impatient de rencontrer la duchesse Violante, dont la beauté était célèbre. Il était même possible qu'on lui demande de faire son portrait. Il savait que Leone Leconti l'avait peinte, et si cet idiot insipide les avait trompés avec sa technique tape-à-l'œil, ils verraient avec lui ce qu'était l'authentique qualité. Sur quoi, il considéra Ippolyto d'un air renfrogné qui plut au duc.

Brunelli fut engagé et quitta aussitôt la pièce pour aller commencer ses plans tandis qu'Ippolyto élaborait les siens pour annoncer la nouvelle au cousin de la duchesse. Ippolyto chercha à se rassurer en se disant que les travaux ne pourraient commencer avant que les plans aient été dessinés et approuvés, ce qui laisserait à Tebaldo le temps de s'habituer à l'idée — d'ailleurs, pour mieux se le concilier, on lui demanderait aussi son avis sur les plans. De plus, il pourrait toujours trouver refuge dans la petite étude attenante à la bibliothèque, dans laquelle il passait déjà beaucoup de temps à compulser des manuscrits et même, lui avait confié Violante, à rédiger quelque thèse ou réflexion érudite sur la philosophie. Il est bien connu que les lettrés ont une grande aptitude à se couper du monde.

Pendant que le duc parvenait à cette décision, Benno laissait au contraire entrer le monde dans la chambre de Sigismondo en repoussant les volets. C'est le bruit que fit son maître en se lavant dans la cuvette qui avait réveillé Benno. Celui-ci, en bâillant et en s'étirant, replia les volets et les attacha. On n'avait pas demandé à Biondello son opinion sur le temps que devrait durer une sieste : il le fit bien comprendre en continuant à dormir à poings fermés, le nez enfoui sous la queue.

Il n'avait pas échappé à Benno que Sigismondo s'accordait plus de délassement que d'habitude, afin de laisser sa blessure cicatriser et son corps récupérer toutes ses forces. Après tout, il n'avait pris aucun repos entre le moment où il avait entassé les barils de poudre contre la muraille du fort jusqu'au retour de leur périple à Roccanera. En repensant à tout cela, Benno se demanda quelles péripéties les attendaient encore. La petite brise estivale leur apporta les effluves de la rivière, marqués d'une légère odeur de poisson pourri, mais ce n'est pas cela qui glaça la nuque de Benno lorsqu'il se rappela que l'assassin qui avait tenté de tuer Sigismondo était encore en vie. Benno espérait qu'il était toujours à Borgo et qu'il avait renoncé à ses funestes projets.

Sigismondo ramassa sa chemise et passa devant Benno pour aller à la fenêtre. Il se planta devant et enfila le vêtement tandis que Biondello, alerté par l'odeur de poisson ou réveillé par Benno lorsqu'il avait vidé l'eau de la cuvette, sautait à bas du lit et allait voir ce que Sigismondo observait. Le rebord de la fenêtre était bas, et Biondello sauta d'abord sur une chaise, puis sur la fenêtre, où il faillit perdre l'équilibre. Benno vit Sigismondo se pencher brusquement et tendre la main entre le petit chien et le vide.

Il y eut un scintillement et un choc sourd. Sigismondo se laissa tomber à terre au moment même où une flèche se fichait en vibrant dans le volet.

CHAPITRE XXXII

« J'ai besoin de temps pour réfléchir »

Biondello avait été balayé du rebord de la fenêtre lorsque Sigismondo s'était tapi au sol, et comme il avait l'avantage de posséder quatre pattes, il fut le premier à se relever. Sigismondo l'imita aussitôt, en refermant le volet d'une poussée du bras. Lorsque Benno le rejoignit, il se tenait debout derrière le panneau, l'avant-bras plaqué sur son crâne. Après avoir jeté un coup d'œil à la flèche et à son angle de tir, il écarta légèrement le second volet et glissa un regard entre les deux, vers le bas et vers la gauche.

— C'était lui ?

Benno avait ramassé Biondello et le serrait contre sa poitrine comme s'il lui fallait d'une manière ou d'une autre exprimer son soulagement. Une fois encore, Sigismondo en avait réchappé. Le bruit de la flèche l'avait choqué, c'était la première fois que Benno entendait siffler un projectile si près.

— Lui ? Donne-moi cette serviette.

Benno attrapa la serviette qu'on leur avait apportée avec l'eau chaude.

— L'homme de Borgo. Il doit vous avoir suivi ici et vous en veut toujours.

Il regarda Sigismondo ôter son bras de son crâne et y plaquer la serviette. Du sang lui coulait dans le cou. Benno savait que les blessures au cuir chevelu saignaient d'abondance mais il trouvait que son maître perdait beaucoup trop de sang depuis quelque temps. Quant à ce qui se serait passé si Sigismondo ne s'était pas penché pour empêcher Biondello de tomber dans la rivière, il préférait ne pas y penser. Peut-être devrait-il retrouver le collier du mastiff afin que son maître le porte à nouveau. Le médecin du duc avait dit que Sigismondo avait une chance extraordinaire ; grâce à Dieu, c'était vrai. Une pensée lui traversa soudain l'esprit.

— Comment savait-il que vous vous trouviez dans cette chambre ? Il devait surveiller la fenêtre. Avez-vous vu d'où venait la flèche ?

Dans la pénombre, Sigismondo avait le visage pâle et l'air furieux. Échapper à la mort d'un cheveu peut vous remplir d'allégresse, ou au contraire de colère quand vous songez que la mort rôde autour de vous en attendant la prochaine occasion.

— *Deux* questions, Benno. *Deux questions.*

Il ôta la serviette de son crâne et l'examina avec un sourire lugubre : elle était déjà à moitié imbibée de sang.

— Mais au fond, il est plus facile de supporter tes questions que certaines autres choses. Alors, commençons par la seconde : non, je ne sais pas au juste d'où la flèche a été tirée. Tout ce que je peux dire, c'est qu'elle provenait d'une maison de la rive opposée, en aval, à ce qu'il me semble. Quant au fait qu'il sache quelle fenêtre surveiller, n'importe qui au palais a pu lui dire où je logeais. Qui s'est tenu devant cette fenêtre pas plus tard que ce matin ?

— Le *médecin* ? Vous ne pensez quand même pas...

— Qui peut distinguer entre le coupable et les innocents ? Dieu seul. Le médecin a accès à toutes sortes de secrets et pourrait faire un espion précieux. Quelqu'un était disposé à payer dame Leonora pour qu'elle espionne à Borgo. Quelqu'un serait sans doute très heureux que le médecin du duc lui vende certains renseignements.

— Un médecin complice d'un assassin ? Il pourrait agir à sa guise, pourquoi pas empoisonner le duc et la duchesse ?

— Bien sûr qu'il le pourrait, mais dans ce cas, pourquoi avoir en plus recours à un assassin ?

— Pour vous tuer, rétorqua Benno. Vous avez bu la potion du médecin. Il aurait pu y mettre du poison.

Sigismondo fredonna.

— Il aurait déjà produit son effet — et il me semble que j'en aurais senti le goût. Et puis n'importe quel serviteur du palais aurait pu indiquer la fenêtre à l'assassin pendant notre absence, ou lui expliquer où nous logeons. Mais en attendant, il nous faut nous renseigner sur ce médecin. Aide-moi.

Sigismondo désigna son pourpoint à Benno.

— Vous ne voulez pas votre sacoche d'herbes pour soigner votre crâne ? Imaginez que cette flèche soit empoisonnée ?

L'esprit de Benno, qui ne s'était pas remis de ses émotions, bouillonnait d'idées sinistres. S'efforçant de passer son bras bandé dans sa manche tout en maintenant la serviette sur son crâne, Sigismondo éclata de rire.

— Cette flèche n'était pas censée m'empoisonner. Elle devait me transpercer l'œil. Et oublie mes herbes, j'ai l'intention de consulter un spécialiste.

Benno, qui trottinait à la suite de Sigismondo en serrant Biondello sous son bras, se demanda qui son maître avait l'intention d'aller voir. Ce n'était certainement pas le médecin. Pourtant c'eût été bien dans la manière de Sigismondo : s'aventurer dans la tanière du lion et demander à examiner ses dents.

C'est en réalité la gouvernante que son maître entendait consulter. Ils la trouvèrent dans une alcôve attenante à la chambre des enfants, en train de plier du linge qu'elle rangeait au fur et à mesure dans un placard.

— Vous m'avez dit que tout le monde ne s'y connaît

pas en herbes, mais je sais que c'est votre cas. N'êtes-vous pas la personne la mieux indiquée pour examiner cette blessure ? fit Sigismondo en ôtant la serviette de son crâne avec un sourire engageant.

Benno, qui ignorait encore que montrer aux gens qu'on les flatte est flatteur en soi, espérait que la gouvernante était de bonne humeur. Sigismondo et elle n'avaient pas eu l'air de voir les choses tout à fait de la même façon la dernière fois où ils avaient conversé, à Borgo, quand il l'avait interrogée au sujet de la potion qu'elle avait portée à la princesse.

— Sainte Mère de Dieu ! Mais vous saignez comme un porc, messire. Que vous est-il arrivé ?

Écartant délicatement la serviette, elle examina l'estafilade laissée par la flèche.

— C'est à cause de ce qui m'est arrivé à Roccanera, fit Sigismondo en baissant les yeux sur son bras en écharpe avec un battement de cils digne d'une fille amourachée. Cette blessure me rend maladroit. Je me suis cogné au volet, rien de plus, mais comme la peau est entaillée je me suis dit que vous pourriez me conseiller.

Sa voix était un doux ronronnement et Benno s'attendait à ce que la gouvernante, pour ajouter à ses souffrances, lui flanque une gifle sur l'oreille ; pourtant, comme aurait dû le savoir Benno, la femme comprenait et appréciait cette approche enjôleuse. Elle émit quelques *tut-tut-tut*, creusa ses fossettes, remit la serviette dans la main de Sigismondo et la lui appliqua de nouveau sur le crâne. Ensuite, en souriant, elle alla jusqu'au grand placard ouvert et passa le bras sous un des rayons. Elle revint vers Sigismondo avec un sourire triomphal.

— Tenez, messire. Ces toiles d'araignée arrêteront le saignement.

Sigismondo écarta la serviette et pencha la tête vers la gouvernante, qui déposa les toiles sur la chair à vif avant de pouffer.

— Ah, les hommes ! Vous ignorez les remèdes qui sont à portée de votre main. Si vous étiez allé voir le médecin du duc, il vous aurait laissé perdre votre sang pendant qu'il dressait votre horoscope pour savoir s'il pouvait vous donner sans dommage une de ses saletés de drogues. Tenez, regardez, ça s'arrête déjà.

Benno tendit le cou et constata sans surprise que la blessure, exposée à l'air et recouverte des toiles gluantes, avait séché. Lui-même utilisait souvent les toiles d'araignée. Ce qui était surprenant, c'est que son maître soit venu ici se les faire appliquer.

La gouvernante se mit à fouiller dans une boîte. Une odeur de renfermé se répandit dans la petite pièce tandis qu'elle en dérangeait le contenu. Sigismondo, l'air de rien, interrogea la femme au sujet du médecin. Il était évident que ses nombreux diplômes ne l'impressionnaient guère.

— Il est plus habile à soigner les livres que les gens. Ce n'est pas parce qu'on sait lire qu'on est forcément un savant. Il a beau avoir étudié à Padoue, à Salerne et dans des villes étrangères dont personne n'a jamais entendu parler, ses patients meurent autant qu'avec un autre médecin.

— Où vivait-il avant d'entrer au service de Monsieur le duc ? Dans une de ces villes étrangères ?

La gouvernante marmonna quelque chose en emportant un morceau de papier dans la chambre des enfants. Devant une fenêtre de la vaste pièce, la nourrice était en train de donner le sein au jeune seigneur Andrea. On entendait la voix joyeuse de dame Camilla en provenance de la loggia où elle jouait. La gouvernante emplit une coupe de vin, enflamma le papier à une bougie brûlant devant la statuette de la Vierge placée dans une niche et recueillit les cendres dans la coupe.

— Il a été partout, comme je vous ai dit — Castelnuovo, Borgo, Venosta. Ce qui m'étonne, c'est qu'il ne reste jamais au même endroit, poursuivit-elle en tendant la coupe à Sigismondo dans une odeur âcre de papier brûlé. Je suppose qu'il déménage une fois qu'il a tué son compte de patients.

Sur quoi elle pouffa une nouvelle fois, et Benno s'étonna de voir à quel point elle était gaie depuis qu'elle avait retrouvé le palais et ses deux bambins. Mais ce qui inquiétait Benno, c'est la possibilité que le médecin soit l'espion, si espion il y avait, de mèche avec l'assassin, comme dame Leonora l'avait été à Borgo. Si le médecin avait su ce qui était arrivé à cette dame, il y aurait peut-être réfléchi à deux fois.

Sigismondo avait bu sans la moindre trace de méfiance le vin contenant le papier consumé.

— Hé, vous m'avez fait le plus grand bien, fit-il d'une voix ronronnante.

Les fossettes de la femme se creusèrent à nouveau et elle releva la tête.

— Dorénavant, je saurai à qui m'adresser pour me soigner, ajouta Sigismondo avant de lui prendre la main pour la porter à ses lèvres.

Tandis qu'ils traversaient le palais pour regagner leur chambre, Benno déclara :

— La gouvernante est de votre côté, à présent. Mais a-t-elle été vraiment utile? Ce médecin a beaucoup voyagé, il pourrait être au service de n'importe qui, pas vrai? Est-ce que ça ne serait pas lui, l'espion, comme dame Leonora l'était à Borgo?

— Pourquoi engager comme simple espion un homme capable de tuer? rétorqua Sigismondo avec une pointe d'impatience inhabituelle dans la voix. Les médecins ont à leur disposition de meilleures armes que le lacet ou la flèche.

Sous la compresse grisâtre des toiles d'araignée, le sang s'était coagulé sur le côté de son crâne et ceux qu'ils croisaient se retournaient à son passage. Le héros du jour, le sauveur de la duchesse, était donc reparti en guerre?

— C'est vrai, à l'heure qu'il est, le duc et la duchesse seraient morts tous les deux, et chacun penserait qu'ils ont succombé à des causes naturelles. La gouvernante a dit qu'il changeait de ville une fois qu'il avait atteint son compte.

Soudain Benno sursauta.

— Mais... mais le duc a été malade, pas vrai? reprit-il. Vous croyez que le médecin y était pour quelque chose?

Comme Benno avait oublié de baisser la voix, Sigismondo se tourna vers lui et lui assena une taloche qui lui fit tinter les oreilles tandis que Biondello, secoué par le choc, émettait un petit jappement. Sigismondo avait le visage sombre, un visage très différent de celui qu'avait vu la gouvernante.

— Ça suffit, Benno. J'ai besoin de temps pour réfléchir.

Pendant qu'ils gravissaient les marches de marbre jusqu'à l'étage où était située leur chambre, Benno se dit que personne n'aimerait être une cible passive. Sigismondo devait avoir une forte envie de se lancer à la poursuite de l'homme qui tenait tant à le tuer. Son maître savait à quoi il ressemblait, mais le trouver à Altamura, ma foi, ce pouvait être comme de se piquer à l'aiguille qu'on cherche dans la meule de foin. Sans compter que Sigismondo ne pouvait pas filer assouvir sa soif de vengeance, car le duc comptait sur lui pour protéger la duchesse et retrouver l'assassin de sa fille, ce qui voulait dire identifier celui qui avait *engagé* le meurtrier. Benno doutait que Sigismondo lui-même parvienne à extorquer cette information à l'assassin, lequel ne paraissait pas le genre d'homme à passer aux aveux sous la simple menace d'une épée. En fait, c'est Sigismondo qui donnait à Benno le sentiment que cet homme, quel qu'il fût, était presque de la même valeur que lui. L'esprit de Benno refusait en effet d'admettre que quiconque puisse être son égal. Car quiconque le pourrait serait capable de le tuer.

D'ailleurs, à bien y penser, affronter cet homme ne serait pas une très bonne idée de la part de Sigismondo, blessé comme il l'était. Se remémorant la flèche vibrant dans le volet, Benno se dit qu'il serait peut-être utile de prier saint Sébastien afin qu'il évite tout nouveau malheur à son maître, puisque celui-ci, eût-on dit, n'avait qu'à attendre pour qu'ils lui pleuvent dessus.

En silence, mais en remuant les lèvres, Benno se mit à prier.

CHAPITRE XXXIII

De haute position

Après le départ de Sigismondo, la gouvernante vaqua à ses occupations, s'assura que les enfants ne manquaient de rien et gratifia les servantes de ses réprimandes habituelles. Celles-ci avaient appris à ne pas se laisser surprendre en train de cajoler les enfants ducaux, car la gouvernante était très jalouse de toute manifestation d'affection envers une autre personne qu'elle-même. Elle gazouilla à l'intention du seigneur Andrea dans son berceau doré orné des armes d'Altamura et surveilla l'installation de dame Camilla pour sa sieste d'avant-dîner. Ensuite elle rassembla son nécessaire dans un panier : fines serviettes de lin, boules de laine et huiles parfumées. Les servantes qui cousaient des ourlets aux draps l'observaient en échangeant regards et sourires. La gouvernante se préparait à son petit plaisir quotidien.

C'était également un plaisir pour Tebaldo. Une fois par jour, il savait qu'il allait être un peu soulagé de ses douleurs et bénéficier d'une petite part du réconfort et de la consolation qu'il n'avait jamais reçus de sa mère, morte à sa naissance — certaines langues cruelles prétendaient qu'elle avait succombé en le découvrant. La gouvernante avait une âme maternelle et, à sa façon, était une femme intelligente. Elle ne laissait jamais voir à Tebaldo qu'elle avait pitié de lui. Ses visites, auxquelles elle veillait à conserver une apparence purement pratique, étaient destinées à soulager les douleurs dorsales du jeune homme, et elle ne manquait jamais de lui marquer le respect dû à sa haute naissance. Après le massage qu'elle lui prodiguait, il s'endormait, apaisé, pendant quelques heures. Du fait qu'il s'employait à fuir le monde, il ignorait bien souvent ce qui se passait à la cour, et les conversations qu'il avait avec la gouvernante lui permettaient de l'apprendre. Ce jour-là, elle avait une foule de choses à lui raconter.

— Je suis très heureux que vous soyez revenue sans encombre, déclara-t-il.

Le serviteur de Tebaldo l'aida à ôter son pourpoint et sa chemise et à s'allonger sur le divan. Les attentions et la compagnie d'une des deux seules personnes qui, semblait-il, l'aimaient, lui avaient manqué. L'expédition à Borgo aurait certes pu le priver d'elles, mais comme elle avait eu pour résultat la mort d'Ariana, il ne pouvait tout à fait la déplorer.

— À un moment, j'ai eu peur de ne pas vous revoir, poursuivit-il. Madame la duchesse m'avait confié avant son départ que dame Ariana — ou plutôt, devrais-je dire, la princesse — avait demandé à ce que vous restiez auprès d'elle à Borgo.

— Oui, elle a eu cette gentillesse.

Le ton de la gouvernante exprimait ce qu'elle pensait : la défunte princesse avait été assez cruelle pour envisager de la séparer de ses précieux petits afin de satisfaire ses propres caprices égoïstes.

— Madame pensait que je pourrais lui adoucir la vie.

— Comme vous le faites pour la mienne, soupira Tebaldo en fermant les yeux.

Il sentait ses muscles, en permanence noués par la douleur, se détendre, et une partie de la souffrance disparaître, remplacée par une douce chaleur.

— Ne plus vous avoir auprès de moi aurait été une perte irréparable.

Aucun d'eux n'évoqua la mort de la princesse, qui eût dû être une plus grande perte à leurs yeux. La gouvernante s'essuya les mains et déboucha un nouveau flacon qui embauma d'une odeur de lavande la petite pièce aux murs couverts de livres. Tout en versant de l'huile dans ses paumes, elle aborda un sujet dont elle savait que Tebaldo ne se lassait jamais.

— Grâce à Dieu, la santé de Madame la duchesse s'améliore.

Elle s'abstint d'ajouter que cela n'était pas grâce aux efforts de son médecin, car c'était inutile. Peu de gens avaient des médecins une opinion plus mauvaise que Tebaldo, qui était leur victime depuis sa naissance. Les cuistres l'avaient examiné cent fois de la façon la plus humiliante qui soit ; ils l'avaient bourré de coups de poing, étiré, enserré dans des corsets métalliques, suspendu à des poutres ; et bien entendu, pour le maintenir en bonne santé malgré sa condition physique, ils l'avaient saigné, purgé et gavé de potions infectes depuis sa naissance jusqu'au jour où il avait été en mesure de s'y opposer. D'ailleurs, la gouvernante elle-même n'attendait aucun *Amen* pour ses attentions. Comme quelques autres personnes de son entourage, elle savait que Tebaldo ne croyait pas en Dieu. C'était une raison supplémentaire pour laquelle elle avait pitié de lui : être affligé à ce point et n'avoir aucune consolation ! Elle était certaine toutefois qu'après cette vie — si ses prières étaient entendues ! — Dieu pardonnerait à Tebaldo et qu'un ange viendrait à sa rencontre pour lui faire don de deux ailes dorées qui compenseraient toutes les souffrances qu'il avait endurées en ce monde.

En lui massant les épaules, elle se souvint de l'homme qui venait de lui rendre visite.

— Monsieur le duc doit beaucoup à ce messire Sigismondo, fit-elle sans pouvoir s'empêcher d'ajouter : Il est venu me voir pour ses blessures il y a à peine une demi-heure.

Tebaldo garda le silence, mais elle ne fit pas le rapport entre ce silence et sa remarque, ni avec la brusque tension qui saisit les muscles du jeune homme.

Lorsqu'il était arrivé à Altamura avec sa cousine Violante qui venait y épouser le duc, de nombreuses rumeurs avaient circulé dans la ville au sujet du passé du seigneur Tebaldo, mais on avait vite décidé qu'un jeune homme qu'on ne voyait qu'en de rares occasions n'offrait guère d'intérêt, et, à l'exception d'un regain de rumeurs au moment où il avait courtisé dame Giulietta, le scandale ne l'avait jamais effleuré. Personne n'avait même suggéré que sa passion pour la connaissance et les vieux ouvrages s'appliquait en fait à la magie noire, théorie que son apparence physique aurait pu étayer. Tebaldo était décidément inintéressant. Mais la gouvernante, elle, ne prêtait aucune attention à ce qu'on racontait. Les gens sont toujours méchants à l'égard d'un infirme... Tandis qu'elle parlait, ses mains massaient les muscles douloureux le long de la colonne vertébrale tordue. Quelle chance que messire Sigismondo ait été là pour sauver Madame la duchesse ! À la surprise de la gouvernante, Tebaldo l'interrompit.

— Peut-être, mais il n'a pas été capable de sauver la princesse, remarqua-t-il d'un ton acide.

— Et il ignore toujours qui l'a tuée.

Absorbés par leurs pensées, tous deux retombèrent dans le silence. Alors que la gouvernante lui frottait la peau à l'aide d'une serviette de lin pour en ôter l'excès d'huile, Tebaldo reprit la parole :

— Racontez-moi encore. Vous a-t-il vraiment soupçonnée ?

Elle sourit avec assurance.

— Pendant un moment, peut-être. Mais ma potion digestive était restée sur la table, Ariana ne l'avait pas touchée. Elle avait bu le sédatif qui avait permis à l'étrangleur de l'approcher. Personne ne pouvait croire que j'avais apporté les deux boissons.

Pendant qu'elle renouait les lacets de son pourpoint, Tebaldo examina sa tête penchée, les plis de son bonnet amidonné. Il avait l'air pensif.

— Et vous dites que ce Sigismondo ignore toujours qui a engagé l'assassin ? Serait-il possible qu'il dissimule quelque chose ? Il se pourrait qu'il taise son identité si la personne en question était... de haute position.

La gouvernante noua le lacet doré et ouvrait la bouche pour répondre quand des coups frappés à la porte annoncèrent l'entrée du serviteur de Tebaldo, qui s'excusa de les interrompre. Il déclara que son maître voudrait sans doute savoir que maître Polidoro Tedesco et quelques-uns de ses élèves demandaient à Sa Seigneurie s'ils pouvaient consulter certains manuscrits de la bibliothèque, suite à l'autorisation qu'il leur avait accordée dans leur échange de correspondance.

— Déjà ?

On pouvait constater à l'expression de Tebaldo que l'irruption d'étrangers dans sa vie serait toujours un embarras pour lui. Cependant, la fierté que lui inspirait la bibliothèque et les devoirs dont il se sentait investi à l'égard de ses trésors l'emportèrent sur son désir de se cacher du monde. La gouvernante, en lui tirant sa révérence, se dit que c'était vraiment dommage : son visage, aussi pâle et tiré fût-il, était à sa manière aussi beau que celui de sa cousine Violante.

S'appuyant d'une main à sa canne et de l'autre à l'épaule de son serviteur, l'infirme alla à la rencontre du philosophe.

CHAPITRE XXXIV

Un agent vient d'arriver

— Il peut être n'importe où. Il vous cherche. Si ça se trouve, il vous *épie.*

Cette idée coupait presque, mais pas tout à fait, l'appétit à Benno. Le plat d'œufs brouillés au fromage et aux herbes était quasiment vide. Sigismondo n'avait pas mangé sa part et, l'air sombre, faisait tourner entre ses doigts son gobelet de vin tout en observant les passants dans la rue. Répartis sur les bancs devant l'auberge, d'autres clients se restauraient et, surtout, buvaient; sans pouvoir s'offrir le plaisir de déguster de grandes cuvées, ils parvenaient toutefois à oublier leur labeur de l'après-midi.

— Benno, à t'écouter j'ai l'impression d'entendre un prêcheur parler de la Mort, fit Sigismondo qui était sorti de son apathie et souriait.

Mais Benno persista avec un hochement de tête.

— C'est exactement ce que je fais, rétorqua-t-il. Ne serait-il pas plus sûr de rester au palais? Il ne pourrait certainement pas y entrer. En plus, s'il se sert d'un arc...

— Hé, n'est-ce pas de l'hérésie que de prétendre que la Mort reste à la porte des palais? Les princes dormiraient tranquilles si tu avais raison. Non, Benno, c'est une question de choix.

Benno attendit. Il sauça le plat à l'aide d'un morceau de pain qu'il fourra dans sa bouche. Sigismondo avait déjà donné le sien à un enfant en guenilles et au visage ratatiné qui se tenait accroupi sur le pavé au coin de la rue.

— Une question de choix ? répéta Benno la bouche pleine. Vous voulez dire que vous pouvez choisir de ne pas vous faire tuer ? Dans ce cas, que faisons-nous ici, assis dehors alors qu'il vient juste de vous rater ?

— C'est mon choix, Benno. Si je choisis de rester en sécurité, je risque de mettre en danger ceux que j'ai entrepris de protéger.

« La duchesse, songea Benno avec une pointe de ressentiment. Il lui a déjà sauvé la vie trois fois, ne peut-il laisser les gardes de son propre palais veiller sur elle ? Il s'est fait blesser en allant la chercher dans la tanière de ce brigand. On ne peut tout de même pas lui demander de s'exposer une nouvelle fois aux coups de cet assassin. S'il meurt, cela aidera-t-il la duchesse ? »

— Moi, j'ai l'impression que c'est prendre des risques pour rien, rétorqua-t-il en mâchonnant le reste de son pain.

Le fredonnement interrogateur de Sigismondo le poussa à ajouter :

— Et même si vous l'attrapiez, il ne parlerait pas, n'est-ce pas ? Il ne va pas vous dire que c'est tel ou tel qui l'a engagé.

Il claqua des doigts pour rappeler Biondello qui était en train de sympathiser avec l'enfant déguenillé. Un petit chien peut faire un gros repas pour un affamé.

— Je ne comprends pas pourquoi vous prenez toute cette peine, conclut-il.

Sigismondo rit et se servit un nouveau gobelet de vin.

— C'est toute la question de ma vie, dit-il avant d'avaler une longue gorgée.

La lumière de l'après-midi, qui dorait les têtes comme une bénédiction, avait avec la sienne une plus grande surface sur laquelle briller. Benno remarqua que l'estafilade causée par la flèche s'était assombrie et était presque indiscernable dans l'ombre.

— Je devrais assister à plus de cours de philosophie, peut-être cela me permettrait-il d'obtenir une réponse. Mais en fait, je crois que je le fais pour m'amuser.

Benno était prêt à le croire. Ce n'était certainement pas pour l'argent que Sigismondo mettait ainsi sa vie en danger ; il avait déjà reçu assez de récompenses de la part de princes et de ducs reconnaissants pour être en mesure de vivre sur un grand pied s'il le souhaitait. Il y avait par ailleurs cette confiance désinvolte avec laquelle son maître affrontait les risques, or Sigismondo, à cet instant, paraissait démoralisé. Benno supposait, ou plutôt espérait, que cela était dû au fait qu'il était blessé.

Trouver l'étrangleur était une entreprise déconcertante. À cet instant, il pouvait demeurer à plusieurs dizaines de lieues d'Altamura. Il était possible que la princesse fût morte parce que quelqu'un avait engagé un assassin en raison d'une rancune personnelle à son égard, comme en entretenaient le jeune Tristano ou même le seigneur Tebaldo. La possibilité existait également que quelqu'un ait voulu se venger du duc Ippolyto, ainsi que l'avaient tenté les frères Malgardo, ces spécialistes de la fronde. Comme l'avait suggéré Sigismondo, l'un d'eux avait pu réussir à s'enfuir et à prévenir le brigand Rodrigo que la duchesse ferait une proie facile ; peut-être cet individu se trouvait-il en ce moment même à Altamura, bien décidé, malgré ses échecs, à éliminer l'homme responsable de la mort de ses frères. Car depuis qu'ils étaient à Altamura, Sigismondo n'avait pas revu le lanceur de cordon lesté.

Néanmoins, Benno fut heureux de constater que son maître portait au cou le collier du mastiff.

— Je dois féliciter Votre Seigneurie de l'enrichissement de cette bibliothèque depuis ma dernière visite. Ces manuscrits rendent hommage à votre savoir.

Ces paroles flatteuses furent prononcées par Polidoro Tedesco avec sa brusquerie coutumière, mais elles n'en étonnèrent pas moins le groupe de jeunes gens sagement rassemblés autour de lui, car ils étaient plus habitués à l'entendre dénigrer les puissants en leur absence ou, quand ils étaient face à lui, à le voir les traiter sans grand respect. Ils en déduisirent donc que le savoir méritait considération quel que fût le rang de l'érudit. Ce seigneur infirme, qui évitait leurs regards comme s'il craignait les remarques qu'il viendrait à y lire, ne pouvait être un objet de moquerie; tous les instincts chevaleresques s'y opposaient. Onorio Scudo, le robuste blond, avait même fait mine de vouloir accompagner le malheureux jusqu'à son fauteuil avant que son serviteur intervienne. Onorio donnait toujours trop aux mendiants, un jour il avait même risqué sa vie pour sauver un chaton de la noyade. Sa fascination devant les manuscrits qu'on avait sortis des rayons et déroulés sur la table afin que les jeunes gens puissent les examiner reflétait plus son admiration pour Polidoro que sa compréhension des textes. Souriant, il regarda ce dernier prendre la loupe que lui tendait le serviteur attaché à la bibliothèque et se pencher sur un parchemin pendant que Tebaldo repoussait timidement le compliment.

— Ces ouvrages sont un hommage au savoir et à l'ouverture d'esprit de Monsieur le duc. Mon seul rôle est de vérifier que ses ordres sont suivis. Ses agents voyagent dans toute l'Europe. Je ne fais que décider lesquels, parmi les manuscrits qu'ils rapportent, sont dignes d'intérêt pour Monsieur le duc et méritent d'être conservés.

— Et quel bon choix que celui de Monsieur le duc ! Voici un Statius, un Marilius, là un superbe Lucrèce. On m'a dit que vous possédiez un Thomas d'Aquin complet, ainsi qu'un Albert le Grand, lui aussi complet. Quels trésors ! Monsieur le duc est-il versé dans une branche de connaissance particulière ?

Penché au-dessus d'une enluminure, Polidoro avait parlé avec un tel enthousiasme que Tebaldo, dont le pâle visage s'était empourpré, ne put que réagir.

— Les soucis de l'État contraignent Monsieur le duc à me confier l'essentiel du choix. Je m'efforce de couvrir un large domaine, répondit-il.

Il indiqua d'un geste quelques manuscrits empilés à côté de lui, mais un muscle douloureux lui arracha une grimace.

— Nous en avons beaucoup en grec — surtout de Sophocle, Pindare et Ménandre. Quelques ouvrages de médecine, des traductions de l'arabe en latin... Avicenne. Dante et Boccace, bien sûr. Quelques comédies de Plaute. Nous acquérons sans cesse de nouveaux livres.

— N'avez-vous pas peur des faux ? D'après ce que j'entends, ils sont monnaie courante. Ce qui n'est d'ailleurs pas étonnant, quand tant de nobles protecteurs des arts s'arrachent ces manuscrits.

Polidoro referma un volume de Cicéron, *De oratore*, et en caressa la reliure.

— Il y a toujours un risque, mais j'ai appris à déceler quand une pièce est douteuse.

Soudain, Tebaldo passa en revue les visages des jeunes gens qui l'observaient et fut déconcerté de découvrir qu'il en connaissait un : Tristano Valori ; exactement le genre de jeune homme, du même âge que lui, dont il aurait aimé se faire un ami si les choses s'étaient passées autrement. Ariana l'avait maltraité, lui aussi.

— On le sent parfois à la nature du parchemin, ou même au genre de personne qui le propose à la vente...

— Quelle chance a Monsieur le duc de vous avoir avec lui ! Certains princes ne s'intéressent qu'aux romans de chevalerie français, d'autres ne dépenseront jamais un sou pour un manuscrit. Et cette méthode d'imprimerie ; je crains que cela n'aboutisse à vulgariser les livres. J'ai entendu dire que le duc d'Urbino avait déclaré qu'il aurait honte de posséder un ouvrage imprimé.

— Nous-mêmes n'en avons qu'un, à vrai dire, un

Lucrèce imprimé en latin, à titre de curiosité. Monsieur le duc emploie cinq copieurs à plein temps, et j'ai trouvé deux *scrittori* qui savent recopier le grec.

Enhardi par une fierté légitime et conscient qu'il s'adressait à des gens à même d'apprécier la valeur de ce qu'il disait, Tebaldo adressa un sourire à la ronde et se sentit encouragé en constatant qu'on le lui retournait.

— Deux *scrittori ?* fit Polidoro. Le duc d'Urbino en a trente. Mais il faut dire que, d'après ce que je sais, il aurait déjà consacré trente mille ducats à sa collection. Le duc d'Altamura pourrait se permettre de dépenser autant, mais Monsieur le duc n'a jamais placé l'érudition avant toutes choses.

La plupart des présents étaient habitués au ton sarcastique sur lequel il fit sa remarque, et seul Tebaldo ouvrit de grands yeux en se demandant s'il n'avait pas rêvé. Personne ne lui avait dit — rares d'ailleurs étaient les gens qui lui disaient quoi que ce fût — que Polidoro avait eu autrefois l'honneur d'être le tuteur du jeune seigneur Ippolyto avant son accession au pouvoir. Mais nul ne comprit la raison de son amertume, qui semblait fondée sur l'expérience. Pour mettre fin au silence pénible qui suivit ces paroles, Tebaldo prit sur lui de se tourner vers les élèves du philosophe.

— Quels ouvrages préférez-vous étudier? Votre maître a demandé à voir le *Catilina* de Salluste. On va l'apporter. Vous aussi, vous appréciez les satiristes?

Il regardait Tristano, mais c'est le jeune homme que Benno avait surnommé Face-de-rat, Atzo Orcagna, qui répondit :

— Nous admirons leur combat pour la liberté, mon seigneur. Ils se moquent de ceux qui ne voient pas les chaînes qui les emprisonnent; qui croient que l'État et l'Église sont des parents bienveillants; qui ne réalisent pas que ce sont en fait des tyrans et des hypocrites.

C'était là une rhétorique osée, mais les oreilles de ses compagnons n'y reconnurent que les paroles de leur maître, dépourvues toutefois de l'énergie mordante qu'il y mettait. Poussé par le vague sentiment qu'il était impoli d'évoquer les tyrans devant un homme qui était lié de si près à l'un d'eux, Onorio Scudo voulut excuser son condisciple :

— Tous les tyrans ne sont pas mauvais, mon seigneur, et certains religieux sont sincères. Mon confesseur en est un exemple.

Sur quoi il adressa à Tebaldo un grave hochement de tête qui agita ses boucles blondes sur ses épaules. Polidoro lui donna une claque dans le dos avec plus de force que d'affection.

— Nous ne sommes pas là pour faire perdre son temps à Sa Seigneurie avec des histoires de confessionnal. Sa Seigneurie voudra bien nous excuser si nous allons à présent étudier ce que nous sommes venus voir, fit-il en montrant le serviteur bibliothécaire qui venait de déposer avec précaution deux ouvrages sur une table proche de la fenêtre.

Tebaldo regretta de les voir s'éloigner et se regrouper autour de la table tandis que Polidoro ouvrait le premier livre et se mettait à en commenter le texte à voix basse. Le jeune seigneur infirme venait presque d'avoir une conversation avec des jeunes gens de son âge sur les sujets qui l'intéressaient le plus — la main de fer que les tyrans de l'Église faisaient peser sur les pauvres et les ignorants, et la nécessité de libérer les esprits des idées préconçues qui justifiaient cette oppression. Peut-être pourrait-il parler à Tristano Valori un autre jour. Après tout, il lui arrivait de venir à la cour. La difficulté pour Tebaldo était d'y paraître lui-même, chose dont il s'était abstenu depuis le jour où Giulietta, sur l'instigation d'Ariana, l'avait couvert de ridicule.

Une autre pensée l'arrêta : Tristano avait déclaré sa flamme à Ariana, ce qui signifiait qu'il était un imbécile, ou sa dupe. Tebaldo préférait opter pour la seconde solution.

Pendant que Polidoro commentait le *Catilina*, et qu'Onorio avait les yeux embués de larmes à force de réprimer ses bâillements, un serviteur interrompit les réflexions de Tebaldo en lui glissant quelques mots à l'oreille. Un agent venait d'arriver, non pas un des agents personnels d'Ippolyto mais un étranger, qui désirait vendre un manuscrit de grande valeur provenant d'Allemagne du Nord. Sa Seigneurie souhaitait-elle le recevoir ?

Tandis que Tebaldo, qui préférait mener cette sorte de transaction en privé, se préparait avec lenteur et précaution à transporter son corps jusqu'à son étude, l'agent qui attendait de le voir regardait autour de lui avec amusement. L'un des *scrittori* qui le croisa alors qu'il allait satisfaire un besoin naturel se dit que l'homme devait être étonné de découvrir une aussi splendide bibliothèque. Il n'avait pas dû en voir beaucoup de semblables.

En cela il ne se trompait pas. L'individu que certains connaissaient sous le nom de Pyrrho n'avait jusqu'ici jamais eu l'occasion d'exercer ses activités dans une bibliothèque, et son œil de professionnel s'attachait à en repérer les entrées et les sorties. Tout en promenant son regard alentour, il fredonnait une chanson d'amour qui le hantait depuis plusieurs jours.

CHAPITRE XXXV

Un rendez-vous avec le destin

Brunelli avait accompli consciencieusement son travail ; ce n'est pas pour rien qu'on disait de lui, entre autres, qu'il était perfectionniste. Il avait étudié les plans de la bibliothèque que lui avait transmis le conducteur de travaux du duc, jusqu'à les connaître par cœur et pouvoir les consulter de mémoire. Le moment était à présent venu d'étudier la bibliothèque elle-même, d'en éprouver l'espace, d'observer la distribution de la lumière et de parcourir les pièces adjacentes concernées par son extension. Il en prit donc le chemin à travers le palais, oublieux des avertissements qui lui avaient été faits — et qu'il avait à peine entendus — de ne pas déranger le seigneur Tebaldo, cousin du duc. Ippolyto n'avait pas pensé à mentionner qu'il avait l'intention d'annoncer lui-même la nouvelle de l'imminence des travaux — jusqu'ici envisagés du seul point de vue théorique — au seigneur Tebaldo, et l'idée ne lui avait même pas traversé l'esprit que l'architecte devancerait ses projets. D'ailleurs, même si le duc lui en avait fait part, Brunelli les aurait jugés absurdes, et c'est sans les respecter qu'il aurait déboulé dans la bibliothèque comme il le fit, sans prendre la peine de se faire annoncer.

Il entra par une porte latérale proche de l'endroit où se tenaient Polidoro et ses élèves, qui tournèrent la tête pour le dévisager, puis traversa le sol de marbre pour examiner les fenêtres, jeter un coup d'œil à la rivière et observer les maisons sur la rive opposée. L'angle de la lumière était excellent; l'éloignement de ces constructions, dû à la largeur du cours d'eau, les tassait quelque peu, les rendant en quelque sorte plus respectueuses. Une fois les fenêtres élargies, il obtiendrait exactement l'effet qu'il avait envisagé. Il cracha par la fenêtre, manquant de peu le batelier assis sur les marches de l'embarcadère, puis décrocha la règle fixée à sa ceinture afin de mesurer le rebord et la profondeur de l'embrasure. Tout en prenant ses repères et en notant des chiffres, à l'aide d'un morceau de fusain inséré dans un embout d'argent terni, sur des tablettes malpropres également suspendues à sa ceinture, il chantait, fort et faux, la même chanson que Pyrrho fredonnait tout à l'heure. Cette ballade mélancolique, qui commençait à connaître un certain succès cette année-là, racontait l'histoire de deux amants qui, victimes de la jalousie d'un mari cruel, finissaient par expirer dans les bras l'un de l'autre. Brunelli ne remarqua pas que le batelier, sur la berge, reprenait le refrain avec un sens de la mélodie bien meilleur que le sien.

Mais c'en fut trop pour le groupe occupé à étudier le *Catilina*. Polidoro roula le manuscrit et s'éloigna. Ses élèves s'étonnèrent de ne pas l'entendre ordonner à l'intrus de se taire, mais Polidoro avait observé le visage et le comportement de Brunelli lorsqu'il était passé près d'eux. Aucun professeur ayant appris à reconnaître du premier coup d'œil les individus intransigeants et insensibles à l'autorité n'aura l'inconscience de les provoquer; avec eux, il optera au besoin pour d'autres stratégies. Dans le cas présent, Polidoro se contenta de demander au serviteur de transmettre ses remerciements au seigneur Tebaldo et de lui exprimer son espoir de pouvoir, lors d'une prochaine visite, découvrir d'autres trésors de sa bibliothèque, après quoi il accompagna ses élèves jusqu'à la porte. Onorio, qui depuis un moment observait Brunelli avec grand intérêt, entonna à son tour la ballade, se joignant gaiement à la voix sonore montant de la berge.

Brunelli, qui ne s'était même pas rendu compte de leur présence, ne remarqua pas plus leur départ. En ayant terminé avec les fenêtres, il gagna le grand mur qui leur faisait face, et au-delà duquel était prévue l'extension. Le regard concentré sur ses pieds et occupé à compter tout haut ses pas, il passa entre deux hauts rayonnages de livres et fut surpris d'entendre soudain bruire et gratter autour de lui, dans un bourdonnement colérique semblable à celui d'une ruche qu'on dérange. Il continua de compter ses pas jusqu'au mur, puis se tourna, l'air menaçant, et se retrouva face à plusieurs visages renfrognés.

Il ne faut pas attendre d'hommes occupés à copier du latin, et plus encore du grec, qu'ils accueillent avec bienveillance un individu qui compte à voix haute et passe sans égard parmi leurs bureaux. Les erreurs représentaient beaucoup de complications, il fallait gratter soigneusement le vélin, accomplir tout un travail aussi fastidieux que frustrant. Plusieurs copistes ainsi qu'un *scrittore* avaient déjà taché leur page à l'apparition du bruyant architecte. Celui-ci, tournant le dos au mur où s'ouvrait une niche décorée d'un buste en marbre d'Apollon, les considéra d'un air furieux.

— Vous devez partir. Tous. Personne ne doit rester ici.

Brunelli avait complètement oublié que l'agrandissement prévu était également destiné à ménager plus de place aux copistes. Il ne voyait en eux qu'une bande de scribouillards qui le gênaient dans son travail.

L'un d'eux, un *scrittore* qui venait de rater un epsilon en recopiant *L'Éthique à Nicomaque* d'Aristote, parla en leur nom à tous en raison du salaire plus élevé qu'il gagnait.

— Le seigneur Tebaldo ne le permettra pas. Demandez-lui, fit-il en désignant une porte ménagée entre les rayonnages.

Brunelli, qui n'était pas homme à gaspiller ses paroles ni à perdre son temps, s'en approcha à grands pas et l'ouvrit d'un geste brusque.

— Ils vont devoir partir, tous ces gratte-papier. Si le duc veut agrandir sa bibliothèque, il faut qu'ils partent !

Brunelli, face à un homme au teint pâle et à l'épaule tordue, et à un autre individu de haute taille debout à côté de lui, s'était adressé à celui qui était assis. Il avait d'emblée reconnu en lui une personne d'autorité.

Aucun des deux hommes ne manifesta de réaction à l'intervention de l'architecte car ils étaient habitués l'un et l'autre à ne pas dévoiler leurs émotions. D'instinct, Tebaldo tut sa contrariété et ne laissa rien paraître de l'horreur qui le saisit devant le chaos qui s'ouvrait dans sa vie. Quant à Pyrrho, qui avait dû réprimer sa colère en découvrant que ses plans n'avaient pas prévu la présence de copistes dans la bibliothèque, il dissimula un sourire de triomphe en constatant que cet obstacle allait peut-être, en définitive, être levé.

— Il sera fait selon les souhaits de Monsieur le duc, déclara Tebaldo d'une voix à peine brisée.

L'homme debout à son côté nota avec satisfaction que le maudit infirme venait de signer l'arrêt de mort de son cousin.

— Votre Grandeur doit réagir avec fermeté. C'est uniquement à cause de la négligence du duc Vincenzo qui n'a pas su chasser de ses terres le brigand Salazzo que nous avons failli perdre Madame la duchesse.

Bonifaccio Valori énonçait sans conteste la vérité, mais cette vérité-là déplaisait au duc Ippolyto. Sigismondo lui avait juré que Salazzo était mort, mais ceux qui avaient pris part à la capture de la duchesse et assisté à son humiliation étaient encore en vie et continuaient à lui échapper. Une rumeur assurait que Vincenzo recrutait déjà certains des hommes de Salazzo afin de les intégrer à sa garde personnelle, alors que la simple décence aurait dû l'inciter à les pendre pour leur participation à l'enlèvement. D'autre part, des complices de Salazzo prétendaient avec insistance que leur chef avait survécu et qu'il serait bientôt de nouveau à leur tête. Violante se refusait à parler de lui, et ce seul fait suffisait à Ippolyto ; Vincenzo en avait fait trop et il le paierait.

— Vous rédigerez la lettre, Bonifaccio, et ensuite nous l'examinerons, fit Ippolyto qui hésita un instant avant d'ajouter : Si la guerre devait éclater...

— Le prince Galeotto nous soutiendrait, Monsieur. Le traité a été signé et ratifié.

Ippolyto ne répondit pas. Galeotto n'était guère plus fiable que Vincenzo ou Salazzo. Bien qu'il ne crût pas vraiment que Galeotto fût impliqué dans la mort d'Ariana, il le tenait obscurément pour responsable, et les grotesques efforts du prince pour paraître chagriné ne faisaient que renforcer cette conviction. De plus, une guerre contre Vincenzo entraînerait pour sa ville et son État des ravages et des souffrances que l'appui de Galeotto ne compenserait jamais.

— Quels sont les condottieri disponibles ? s'enquit-il tout de même.

C'était un point essentiel. Choisir un mauvais condottiere vous faisait perdre non seulement l'argent que vous lui aviez donné, mais la guerre, et parfois votre État et votre vie même. Ippolyto se tourna vers l'homme en noir debout à côté de lui, qui avait jusqu'ici gardé le silence, mais ce fut Valori qui posa la question. Formulée avec tact, elle consista à demander à Sigismondo si, en vertu de ses qualités de soldat de fortune et de mercenaire, il connaîtrait un chef de guerre capable de représenter une menace pour Venosta. Vincenzo n'était pas homme à se laisser aisément impressionner, et s'il avait vraiment l'intention d'entrer en guerre — la construction d'un fort était un gant jeté à la face d'Altamura —, alors il était probable qu'il avait déjà négocié avec un condottiere.

Sigismondo ne put proposer aucun nom pour l'instant. Le grand Scala était mort, de la propre main de Sigismondo. On ne pouvait pas non plus songer à Gatta, qui pouvait se targuer d'une série impressionnante de victoires, mais qui, occupant depuis quelque temps une fonction douillette, ne serait pour l'heure certainement pas disposé à exposer la vie de ses hommes. Il Lupo, dont on disait qu'il venait de terminer une petite guerre fort rentable dans le Sud, serait peut-être prêt à louer à nouveau son épée, mais il était fort loin. Il y en avait d'autres, bien sûr, cependant... Sigismondo ne précisa pas plus sa pensée, mais Ippolyto et son conseiller eurent tous deux l'impression que la diplomatie valait encore mieux qu'aucun d'entre eux. Venosta était riche, Vincenzo imprévisible. Une lettre élégamment tournée pouvait éviter la ruine d'Altamura.

Valori commença à rédiger un brouillon, Sigismondo se retira, et c'est avec soulagement qu'Ippolyto put se consacrer à une question plus civilisée : l'extension de la bibliothèque du palais. Il avait sous les yeux les ordres écrits pour l'embauche des ouvriers et l'achat des matériaux. Brunelli insistait pour que le sol soit pavé de marbre de Carrare. Ippolyto repoussa bien vite dans un recoin de son esprit l'idée que si la guerre avec Vincenzo éclatait, non seulement la bibliothèque ne serait jamais construite, mais le palais lui-même risquait d'être détruit. Il ordonna que le sol de sa bibliothèque soit fait de marbre de Carrare. Tandis qu'il signait le dernier papier et que le secrétaire s'inclinait devant lui avant d'emporter la petite table, un serviteur arriva, justement porteur d'un message en provenance de la bibliothèque. Ippolyto lut avec intérêt la note de Tebaldo.

— Un Quintilien complet ! Le seigneur Tebaldo me

dit qu'il ignorait jusqu'ici qu'il en existât un exemplaire, mais qu'il estime le manuscrit authentique.

— Une pièce de choix pour votre bibliothèque, fit Valori tandis que son large visage se plissait d'un sourire.

Lui aussi préférait la paix à la guerre.

— Le seigneur Tebaldo l'a-t-il acheté, Votre Grandeur ?

— Non. Le prix en est si élevé qu'il voudrait d'abord me montrer l'ouvrage. Cependant, s'il est authentique, on ne peut guère chicaner sur son coût. Un Quintilien complet !

— Sa Seigneurie mentionne-t-elle sa provenance ?

Ippolyto relut la note.

— Allemagne du Nord. L'agent qui l'a découvert doit revenir demain avec le manuscrit.

Il réfléchit aux audiences et autres obligations prévues le lendemain, puis se tourna vers le serviteur bibliothécaire.

— Dites au seigneur Tebaldo que je serai à la bibliothèque demain à onze heures. Qu'il demande à cet agent d'être là.

Le serviteur s'inclina et se retira. Ni lui, ni Valori, ni le duc ne savaient qu'un rendez-vous venait d'être fixé avec le destin.

CHAPITRE XXXVI

Que pourrait-il se passer ?

À Salerne ni à Padoue, où maître Valentino avait étudié, aucun cours n'enseignait au médecin la façon de se comporter avec les grands personnages. C'était là une technique que maître Valentino avait apprise seul, très vite, et qui variait bien entendu en fonction de la personne à qui il avait affaire, car il n'avait jamais commis l'erreur de se lier les mains en devenant le médecin attitré d'un seul. Il était à ses yeux beaucoup plus intéressant d'être un docteur itinérant à qui l'on faisait appel en cas de besoin. Outre les honoraires plus élevés qu'il pouvait demander, cela lui permettait de satisfaire sa curiosité naturelle en observant différentes cours et coutumes.

La cour de Venosta ressemblait à toutes les autres sur un point au moins : la convocation soudaine d'un médecin célèbre auprès de son duc suscita des rumeurs selon lesquelles Vincenzo, à qui certains, prétendant qu'il errait certaines nuits dans la campagne sous la forme d'un loup-garou, prêtaient depuis longtemps un intérêt morbide pour les tombes, était peut-être bien en train de vaciller au bord de son propre sépulcre. Pourtant, maître Valentino était déjà venu à plusieurs reprises au palais, et le duc n'avait pas paru avoir besoin de ses services avant ses visites, ni souffrir d'un manque d'énergie ou d'activité ensuite. Certains à la cour étaient convaincus que maître Valentino était un espion ; et certes il avait des facilités que tout espion lui aurait enviées.

Rares pourtant auraient-ils été à envier sa position actuelle, penché au-dessus de Vincenzo, l'oreille collée à sa poitrine, tandis que le regard sombre et brûlant du duc fixait son bonnet de fourrure qui oscillait à quelques centimètres de son visage.

— Eh bien ? Voyez-vous une différence avec la dernière fois ?

— Monsieur le duc, je n'ai pas fini de vous examiner.

De manière surprenante, Vincenzo ne broncha pas sous la réprimande, esquissant même un léger sourire tandis que maître Valentino bougeait la tête pour appliquer son oreille en un autre endroit de la poitrine du duc, en la frappant à petits coups secs de ses doigts joints.

— Toussez, je vous prie, Votre Grandeur.

Vincenzo s'exécuta, faisant voleter les poils du bonnet. Maître Valentino se redressa et saisit une des mains du duc comme pour la baiser, en réalité pour en examiner avec attention les ongles.

— Monsieur aurait-il la bonté de marcher jusqu'à cette porte et de revenir ? demanda-t-il ensuite.

Docilement, Vincenzo se leva du lit de repos et, sous le regard fasciné de son page qui n'avait jamais eu l'occasion jusqu'ici de voir son duc obéir à quiconque, alla jusqu'à la porte et revint. Maître Valentino l'observa également avec attention. En dépit du bourdonnement des abeilles butinant un plant d'origan dans un pot posé sur la fenêtre, la respiration rauque de Vincenzo était nettement audible, et le docteur hocha la tête.

— Très bien, Votre Grandeur. À présent je peux prescrire.

Sur un signe du médecin, le page fit entrer l'assistant qui attendait devant la porte avec la boîte à médicaments. Pendant que maître Valentino manipulait ses flacons, Vincenzo se rassit avec une pointe de précipitation sur le lit de repos et, d'une voix où crissait le verre pilé, demanda :

— Pensez-vous que je vais mourir ?

Le docteur s'autorisa un sourire sardonique, ou plutôt, dirons-nous, une expression plus sardonique encore que celle inhérente à sa nature et à son visage.

— Bien entendu, Monsieur. Mais moi aussi, je mourrai, tout comme cet enfant, fit-il avec un hochement de tête en direction du page qui parut d'abord offensé, puis horrifié. Mais Dieu seul sait à quel moment. Si Monsieur le duc prend mes médicaments et veille à éviter fatigue, excitation et excès de boisson, l'ange de la Mort devra repousser sa visite de nombreuses années.

Pendant que maître Valentino prononçait ces paroles, son auditoire s'était accru. La duchesse Dorotea était apparue sans bruit dans l'embrasure de la porte derrière son mari. Vêtue de velours noir comme si elle portait déjà le deuil du duc, elle se tenait, le dos droit comme une pique, les mains jointes devant elle, et son pâle visage encadré de deux tresses noires présentait une expression aussi imperturbable qu'à l'accoutumée. Prenant conscience de sa présence, Vincenzo se retourna et elle pénétra dans la pièce, répondant à la courbette du médecin par une inclinaison de tête.

— Tout sera fait selon vos instructions, maître Valentino. Combien de temps pouvez-vous rester auprès de Monsieur le duc ?

Le médecin, qui venait de mesurer la digitale, s'immobilisa, le flacon à la main, et réfléchit.

— Pas longtemps, je le crains, Votre Grandeur. Quoique la duchesse d'Altamura soit sur la voie du rétablissement, j'ai promis de retourner la voir bientôt.

— Vous serez confortablement logé à Venosta durant le temps que vous y passerez.

La duchesse était avant tout une femme pratique. Elle assista à la prise du médicament par son mari, ordonna à un page de conduire le médecin jusqu'à la chambre que lui avait allouée le chambellan, puis ferma elle-même les volets tandis que Vincenzo se radossait à ses coussins. Sans se départir de son calme, elle posa quelques instants sa main sur l'épaule de son époux, puis se retira dans ses appartements. Elle ne retourna pas à son chevalet de broderie et à la tapisserie où elle avait entrepris de figurer au fil écarlate la peau lacérée de Marsyas, accrochée négligemment à ses épaules tel un manteau tandis qu'un Apollon triomphant brandissait le couteau. Elle ouvrit son bureau et tira devant elle une feuille du vélin le plus fin — car tout autre support eût été indigne du prince à qui elle s'adressait. Ce n'était en outre pas une lettre à soumettre aux yeux indiscrets d'un secrétaire. Elle trempa la plume dans l'encre et, posant la main sur une mince plaque d'ivoire, commença à écrire.

— *Très cher cousin, nous ne vous avons pas encore fait part de notre sympathie dans votre grand chagrin...*

Si le chagrin rôdait autour de la duchesse Dorotea, elle se préparait à en éprouver les douleurs.

Si les grands souffraient à Venosta, ceux d'Altamura n'étaient pas épargnés. Le jeune seigneur Andrea se mit à pleurer et à s'agiter pendant qu'on lavait et habillait sa sœur. Une servante se hâta d'aller le sortir de son berceau, de peur que la gouvernante, occupée à tresser les cheveux de dame Camilla, la réprimande si les hurlements continuaient, mais tous ses efforts pour le calmer furent vains. La gouvernante laissa donc dame Camilla et prit à son tour le bébé dans ses bras. En entendant ses pleurs, Ippolyto et Violante, qui effectuaient leur visite matinale à la chambre afin d'admirer leur progéniture, espoir d'Altamura, vinrent lui prodiguer leurs roucoulades. Les cris cessèrent instantanément et les parents échangèrent un sourire tandis que la gouvernante recouchait le bébé; mais ensuite ils prirent un air horrifié en voyant le petit corps se raidir et s'arquer tandis que sa peau virait au bleu dans ses vêtements de nuit brodés d'or.

La gouvernante réagit aussitôt. Consciente que ces spasmes pouvaient être mortels, elle s'empara du bébé et, écartant sans ménagement la duchesse, se précipita hors de la chambre tout en le déshabillant. Tétanisés, le duc et la duchesse se regardèrent tandis que les servantes attachées à la garde des enfants poussaient des hurlements aigus afin de compenser leur impuissance. Et maître Valentino qui était à Venosta !

Le duc et la duchesse se comprirent sans avoir besoin de parler. Leur enfant, leur héritier se mourait et sa gouvernante avait perdu la tête. Après un instant de paralysie, Violante remonta ses robes et se lança à sa poursuite. Rendue folle de douleur, la gouvernante était capable de tout — jeter l'enfant par la fenêtre dans la rivière, lui cogner la tête contre un mur... Ippolyto emboîta le pas à son épouse, suivi des servantes et des pages.

La gouvernante descendit en courant une volée de marches, traversa plusieurs pièces et arriva enfin dans la buanderie ; jetés çà et là, les habits de l'enfant marquaient son passage ; un page qui avait tenté de l'arrêter était encore à quatre pattes par terre. Elle déboula dans la vaste pièce résonnant d'une cacophonie de cris, de chants, de lessive qu'on battait, d'éclaboussures, de glouglou et d'une activité de ruche que l'on distinguait à peine dans la vapeur. Elle écarta quelques servantes assemblées autour d'un bassin et trempa son coude dans l'eau pleine de chemises ; l'instant d'après, elle immergeait le bébé parmi le lin juste au moment où Violante et le duc faisaient à leur tour irruption dans la buanderie et, plissant les yeux, cherchaient le rejeton qu'on leur avait enlevé. Ippolyto avait à l'esprit que la gouvernante se trouvait à Borgo avec sa fille, et qu'il était connu que certaines femmes rendues folles de chagrin à la suite d'un décès s'en prenaient aux êtres qui leur étaient les plus chers. C'est à cet instant qu'il aperçut, à travers les nuages de vapeur, la gouvernante en train de noyer son fils.

Première à l'atteindre, Violante bouscula les lavandières avec encore plus de vigueur que n'en avait montré la gouvernante. Elle glissa sur le sol humide et se rattrapa au rebord du bassin.

— *Que fais-tu ?*

Tournant vers elle un visage rayonnant sous les larmes, la transpiration et les éclaboussures, la gouvernante lui montra le bébé flottant dans l'eau chaude. Elle lui soutenait la tête, sa peau n'était plus bleue mais d'un beau rose, et il agitait les jambes en gazouillant. Souriant à son tour, Violante prit son fils dans ses bras sans se préoccuper de l'eau qui lui mouillait les manches et ruisselait sur sa robe de satin. Quand Ippolyto la rejoignit, elle pressait son visage contre la poitrine et le ventre rond du bébé, couvrait de baisers ses genoux, ses joues et son front.

— Regardez ! fit-elle en fourrant son fils entre les bras de son père sans égard pour son brocart d'or. Il est vivant ! Il se porte bien !

Elle se tourna alors vers la gouvernante, dont les sanglots de réaction au choc résonnaient contre le plafond voûté et se répercutaient dans toute la vaste pièce. De tous côtés le travail cessait et les femmes s'approchaient en réalisant que quelque chose d'extraordinaire venait de se passer. Deux jeunes servantes en train de tordre un drap se figèrent comme des statues. Derrière elles, des femmes en jupons plissés qui foulaient des draps dans un bassin de pierre interrompirent leur chant et s'immobilisèrent.

— Comment as-tu fait ? s'enquit Violante en étreignant la gouvernante.

— Oh, Madame, c'est grâce à la Sainte Vierge. J'ai vu ça quand j'étais petite et elle me l'a rappelé : quand un bébé a une crise, il faut le plonger dans l'eau chaude.

J'ai eu l'impression de voir dans ma tête la Sainte Vierge elle-même tremper ce bébé dans l'eau. Elle m'a fait comprendre que je devais venir ici et c'est comme ça qu'elle a ramené le seigneur Andrea à la vie.

Ippolyto rendit à la gouvernante le bébé qui gigotait dans ses bras, heureux de reconnaître sa dette envers elle, et heureux surtout de pouvoir remercier la Sainte Vierge qui avait eu pitié non seulement de son fils, de son épouse et de lui-même, mais de tout Altamura. Un duc privé d'héritiers se trouve à la merci des comploteurs, de ces ennemis dont il ne connaissait que trop bien l'existence. Sa gratitude se mua en décision.

— Je vais me rendre de ce pas à l'église de l'Annonciation pour remercier la Vierge Marie. Nous ferons dire une messe d'action de grâces.

Qui savait à la suite de quelle négligence de ses devoirs religieux il avait encouru tous les désastres qui semblaient l'accabler depuis quelque temps ? Il n'avait pas assez remercié Dieu de lui avoir rendu son épouse bien-aimée. Les saints qui l'avaient sauvée devaient s'étonner de son ingratitude et risquaient à l'avenir de lui refuser tout secours dans ses affaires. La théologie du duc était fondée sur une compréhension solide des devoirs et des faveurs.

Violante, qui était en train d'embrasser le petit poing de son fils avec lequel il entendait apparemment remodeler le nez de la gouvernante, leva la tête.

— Je viens avec vous, fit-elle. Nous irons ensemble prier la Vierge Marie. J'ai tant de remerciements à lui adresser !

Elle ne regarda pas la gouvernante, qui savait ce que le duc ignorait. Ce matin-là, Violante lui avait confié que sa plus grande frayeur n'avait plus d'objet : son prochain enfant, au moment où Dieu choisirait de le lui envoyer, n'aurait pas pour père un brigand. Violante rayonnait de soulagement et de joie. Ippolyto hésita.

— Et votre santé ? Maître Valentino a été très ferme.

Il vous a enjoint de rester chez vous et de vous reposer. À son retour, il nous dira s'il juge que vous pouvez sortir sans danger.

Ces derniers mots lui rappelèrent la mise en garde que lui avait prodiguée un autre homme.

— Et Sigismondo. Ne nous a-t-il pas conseillé de ne pas nous aventurer hors de la ville ?

— Nous l'avertirons pour qu'il nous accompagne. Et nous emmènerons des gardes. Que pourrait-il se passer ?

Cette question ne devait pas obtenir de réponse immédiate. Pour l'instant, tout se déroula selon ce qu'avait ordonné le duc. Celui-ci informa Valori du lieu où il se rendait et expliqua pour quelle raison il s'y rendait ; on convoqua également le capitaine des gardes pour lui demander que ses hommes escortent le duc et la duchesse jusqu'à la petite église de la Vierge de l'Annonciation située sur la place derrière le palais. La duchesse refusa de prendre une litière fermée pour parcourir une si courte distance. Un page fut envoyé à la recherche de Sigismondo afin de le mettre au courant. Personne, et surtout pas le duc Ippolyto, ne songea à prévenir le seigneur Tebaldo que sa visite à la bibliothèque en vue d'examiner le manuscrit devait être reportée. En vérité, l'agent qui l'apportait avait déjà débarqué sur le petit quai situé sous les fenêtres de la bibliothèque.

CHAPITRE XXXVII

La voix de Il Toro

Le page chargé de dire à Sigismondo de suivre le duc et la duchesse à l'église ne le trouva pas. Il le chercha longtemps mais, sans doute abusé par l'idée erronée que Sigismondo n'était qu'un chasseur de brigands, ne songea pas à pousser jusqu'à la bibliothèque. De plus, il n'ignorait pas que le seigneur Tebaldo refusait autant que possible de recevoir des visiteurs. Seuls avaient accès à la bibliothèque les agents qui apportaient des manuscrits, les copistes et les *scrittori*, ainsi que le duc lorsqu'il venait découvrir et admirer les nouvelles acquisitions. Mais même alors, comme chacun le savait, il venait seul afin de ne pas déranger le seigneur Tebaldo. C'est pourquoi le page ne pensa même pas à chercher Sigismondo dans la bibliothèque.

Biondello, lui, eut plus d'initiative. Le serviteur qui avait aidé le seigneur infirme à passer son plus beau pourpoint et à peigner ses cheveux en vue de la visite du duc avait laissé ouverte la porte de son étude, ce que Biondello, qui était doté d'une curiosité aussi vive que celle de son maître, ne manqua pas de remarquer. Avant de suivre Benno et Sigismondo qui, en bavardant, traversaient l'antichambre pour regagner leur logement, le petit chien alla glisser le museau par l'entrebâillement.

Tebaldo venait de reposer le miroir qui lui renvoyait

l'image désolante de sa personne lorsqu'il croisa le regard intelligent d'un animal qui, au moins, ne le jugeait pas à son aspect. Les chiens de chasse le révulsaient en raison de leur taille, de leur férocité et de leur maladresse ; il avait toujours peur que l'un d'eux le renverse et que tous les témoins éclatent de rire ou feignent le respect ; d'autre part, il ne pouvait guère adopter le genre de chiens que les femmes affectionnaient, si minuscules qu'ils pouvaient se glisser dans une manche, parce que c'eût été ridicule. En revanche, celui qu'il avait sous les yeux était petit, plutôt malpropre et, avec son unique oreille, aussi peu parfait qu'il l'était lui-même.

Benno éprouvait toujours la plus grande panique lorsque Biondello disparaissait, même s'il était peu probable qu'il fût volé dans un palais où les dames tenaient à ce que leur chien disposât du nombre obligé d'oreilles.

— Vous vous souvenez comment nous avons trouvé Biondello dans le village de Poggio[1] ? dit-il à Sigismondo. Eh bien, Poggio m'a raconté que c'est une dame de la cour qui le lui avait donné, et qu'ensuite on le lui avait volé et qu'il l'avait retrouvé avec une oreille en moins. Poggio m'a dit aussi que quand il était bébé, sa vieille mère le nourrissait de pâquerettes afin qu'il ne grandisse pas et puisse ainsi être envoyé à la cour. Vous croyez qu'on fait la même chose pour les chiens ?

À ces mots, il chercha des yeux le chien miniature et ne le vit nulle part.

Comme son serviteur entendait chasser le répugnant animal qui donnait des coups de patte à ses chaussures brodées, Tebaldo le congédia et ramassa Biondello sans prêter attention à la douleur qui lui zébra le muscle de l'épaule. Toujours prêt à se montrer amical avec les gens chez qui il sentait de la bonté, Biondello gratifia Tebaldo d'un généreux coup de langue sur le menton. Ayant dans sa jeunesse reçu plus de coups de pied que

1. Voir *Mort d'une duchesse, op. cit.*

de caresses, il profitait de la moindre occasion pour se rattraper. Benno, qui furetait lui-même de droite et de gauche, entendit soudain la voix d'un homme qui s'adressait sur un ton amusé à un animal et, alors que le serviteur sortait, aperçut dans la petite pièce Biondello en train d'embrasser un inconnu.

— Pardonnez-moi, messire, mon chien vous importune ?

Ce n'est qu'une fois à l'intérieur de la pièce — longue, étroite et garnie de rayonnages de livres, d'un bureau et d'un divan de forme curieuse — que Benno reconnut le jeune homme vêtu de fin brocart. Bien qu'ayant vieilli de quelques années, il était resté le même, avec les mêmes yeux tristes. Benno lui fit la révérence.

— Seigneur Tebaldo ! Vous avez été très bon avec moi autrefois, à Rocca, le jour où j'ai dû enterrer un chien.

Tebaldo, qui avait oublié depuis longtemps l'épisode, serra Biondello contre sa poitrine comme s'il craignait que le pauvre chien soit lui aussi destiné à être enterré. Mais il reconnut, sans aucun plaisir, l'homme qui s'encadra dans l'embrasure derrière Benno.

— Sigismondo !...

Ce fut plus une exclamation d'horreur que de surprise. La gouvernante l'avait informé de la présence de Sigismondo au palais et de la raison pour laquelle il s'y trouvait, et Tebaldo s'était rassuré à tort en pensant qu'il n'aurait jamais l'occasion de le rencontrer. Il resterait hanté toute sa vie par les images douloureuses de la mort de son père à Rocca. Or voici que Sigismondo les ravivait une nouvelle fois.

Lâchant Biondello et éparpillant au sol les manuscrits qu'il avait devant lui, il parvint non sans difficulté à se lever. Pendant que Benno récupérait son chien, Sigismondo se baissa aussitôt pour ramasser papiers et rouleaux de parchemin.

— *De genealogica deorum*, fit-il en regardant un rouleau qu'il venait de poser sur la table. Quelle belle copie, mon seigneur ! Et vous possédez aussi des manuscrits grecs ; Andronikos Kallistos m'avait montré celui-ci à Florence, je crois.

— Kallistos en personne ? fit Tebaldo d'un ton incrédule.

Ce spadassin vêtu de cuir savait donc distinguer le grec du latin, il conversait avec des érudits ? Abasourdi, l'infirme s'appuya gauchement à la table.

— J'ai eu la chance de m'entretenir avec lui, et plus tard de rencontrer également Manuel Chrysolatas et Demetrios Chalcondylas. Ils étaient de passage à Florence. J'ai appris que dans cette ville on apprécie le grec et son enseignement plus que partout ailleurs.

— Ici à Altamura, bien que nous ne soyons pas une ville de la taille de Florence, nous avons aussi un centre d'apprentissage. Tenez, mon serviteur est capable de me faire la lecture en latin — même s'il n'entend rien au grec.

« Serais-je en train de m'excuser auprès de cet homme ? » se surprit-il à penser.

— Mon seigneur, j'ai été stupéfait d'apprendre ce qui avait été rassemblé ici. Le prince-évêque Gioffré, abbé de Borgo, me parlait encore la semaine passée de la réputation qu'avait acquise cette bibliothèque. Un manuscrit de Pline, l'un des meilleurs... est-ce exact ?

— Les agents du duc me rapportent de nombreux documents exceptionnels.

En ébauchant un geste qui évoquait à la fois l'étendue du travail de recherche et la richesse du contenu des ouvrages collectés, Tebaldo remarqua le brocart d'argent qui ornait sa manche et se souvint soudain de l'occasion pour laquelle il avait revêtu l'un de ses meilleurs pourpoints.

— Nous sommes sur le point d'acquérir un Quintilien complet, messire, que Monsieur le duc doit justement venir examiner.

Tebaldo espérait d'une part que l'homme serait impressionné — et il disposait d'assez de connaissances pour l'être — et que d'autre part il saisirait l'allusion et s'en irait avant l'arrivée d'Ippolyto. Ses entrevues avec le duc se déroulaient toujours en tête à tête et la présence d'un tiers, même connu de lui, le plongeait dans l'embarras. C'est avec une sensation désagréable qu'il s'aperçut que l'homme s'était rapproché et le dévisageait avec attention. Quoiqu'il le fixât droit dans les yeux, sans un regard pour son corps, Tebaldo se rétracta intérieurement.

— Un Quintilien complet, mon seigneur ? C'est en effet extrêmement rare. Puis-je savoir où votre agent l'a obtenu ?

— Dans une abbaye d'Allemagne du Nord, d'après ses dires.

Tebaldo avait hâte d'être débarrassé de cet individu et de ses questions, et si lui fournir des réponses pouvait hâter son départ, il était tout disposé à les lui donner.

— Nos propres agents n'ont guère exploré cette région, et je ne connais pas cet homme, fit-il en jetant un regard plein d'espoir vers la porte.

Le page n'allait-il donc jamais annoncer l'arrivée du duc ?

— Vous avez le manuscrit ici ? M'autoriseriez-vous à le voir ?

Que cet homme était donc envahissant, et, quoique impersonnel, combien son comportement était troublant ! Mais Tebaldo s'efforça de ne pas s'emporter, et surtout de ne pas laisser voir à quel point cet interrogatoire l'importunait. Tebaldo agrippa le rebord de marbre de la table et tendit la main vers sa clochette.

— Non, messire. L'agent n'a pas voulu s'en dessaisir. Il doit l'apporter à onze heures ce matin afin de le montrer au duc.

Tandis que Tebaldo prononçait ces mots, la cloche de la cathédrale égrena de sa voix grave onze coups qui se propagèrent entre les berges de la rivière coulant sous la fenêtre.

— Il est déjà onze heures, mon seigneur. Cet agent doit-il arriver en bateau ?

Quelles questions ennuyeuses et inutiles ! C'est le serviteur de Tebaldo qui, appelé par la clochette, répondit à la dernière.

— Mon seigneur, Pyrrho vient de débarquer. Dois-je le faire entrer à la bibliothèque ou lui dire d'attendre dans l'antichambre ?

— À la bibliothèque, à la bibliothèque.

Cette consigne suscita une réaction des plus étranges de la part de Sigismondo. Sans un mot, il fit signe à Benno de le suivre et emboîta le pas au serviteur puis, une fois qu'ils furent sortis, récupéra la clé de l'étude dont il referma et verrouilla la porte de l'extérieur au nez de Tebaldo interloqué.

L'antichambre était déserte. Benno, dont la bouche béait sans que, pour une fois, cela fût une pose étudiée, vit Sigismondo dégainer son épée et se diriger vers la bibliothèque.

Ils débouchèrent dans la partie encombrée de tables et de lutrins d'où Brunelli avait chassé les copistes. Le sol de marbre constellé de taches d'encre s'étendait jusqu'à deux rayonnages reliés par une grande arche qui séparaient cette section de la bibliothèque proprement dite, avec ses étagères, placards, tables et pupitres, ainsi qu'un divan jonché de coussins. À son extrémité, deux hautes fenêtres donnaient sur la rivière, dont l'une avait son battant inférieur ouvert contre le volet replié. L'espace vide qui s'ouvrait devant les deux hommes était éclairé par une série de lucarnes ménagées près du plafond.

Sigismondo chercha un moyen de bloquer les portes ouvrant sur l'antichambre mais n'en trouva pas.

— Reste ici, Benno. Si quelqu'un vient, dis que le duc a ordonné que personne n'entre.

Bien que vêtu de ses plus beaux habits, Benno n'avait l'air ni d'un serviteur du palais ni de quelqu'un investi de la moindre autorité. Son visage et son allure restaient incorrigiblement négligés. Sigismondo posa sa main sur son épaule.

— Fais pour le mieux, lui dit-il.

Il referma la porte sur Benno et prit position près d'une des étagères formant cloison, une position d'embuscade, l'épée à la main. Un agent entrant dans une bibliothèque où il s'attendait à trouver un duc et un seigneur devrait, pour les rejoindre, soit passer sous l'arche, soit traverser l'espace vide occupé la veille encore par les copistes.

La porte de l'escalier montant de l'embarcadère était située près des fenêtres. Elle s'ouvrit, et la voix d'un serviteur se fit entendre. La porte se referma. Des pas légers traversèrent la pièce. Puis ils s'arrêtèrent. On posa quelque chose sur une table — un livre ? un porte-documents ? — puis les pas, à peine audibles, repartirent vers la fenêtre ; s'y arrêtèrent quelques instants ; ensuite un pied pivota sur le marbre et les pas revinrent.

La double porte s'ouvrit à la volée. Écartant Benno d'un bras, Brunelli fit son entrée. Ce qu'il vit, encadré par l'arche mais à quelques pas au-delà, fut un érudit barbu enveloppé d'un ample tabard gris et, tapi de ce côté-ci des rayonnages, un individu patibulaire et armé. Pointant un doigt accusateur, il s'écria :

— Que diable faites-vous ici avec une épée ?

Aussitôt l'érudit leva son bras gauche et se débarrassa de son tabard en plongeant son bras droit dans les plis du vêtement. Lorsqu'il le ressortit, il brandissait une longue dague.

Stupéfait de l'effet produit par ses paroles, Brunelli se figea sur place.

Son stratagème éventé, Sigismondo franchit l'arche d'un bond pour affronter Pyrrho. Quoique privé de l'avantage de la surprise par l'irruption de Brunelli, il disposait d'une épée contre la simple dague de son adversaire. Se servant de son tabard comme du filet d'un gladiateur romain, Pyrrho tenta de l'enrouler autour de la lame de Sigismondo en esquivant ses coups. Pyrrho était rapide et habile. Tout en feintant et en reculant devant Sigismondo, il remarqua que le bras gauche de ce dernier suivait ses manœuvres avec un temps de retard. Les lèvres pincées, il esquissa un bref sourire. Il lança son habit dépenaillé en direction de l'épée et tenta de la tirer à lui, mais la lame glissa et se dégagea.

Brunelli crut assister à l'agression d'un brigand contre un érudit, qu'il avait pu par bonheur avertir du piège, mais qui paraissait manier la dague avec une étonnante dextérité. La nature belliqueuse de l'architecte le poussa à chercher aussitôt un moyen de se joindre au combat.

Reculant toujours, Pyrrho buta contre la table de marbre où il s'assit, en continuant à se défendre. Sigismondo bondit sur le plateau et abattit son épée. Un sablier lancé par Brunelli le rata de peu et alla se fracasser contre une porte située à côté de celle de l'escalier descendant à l'embarcadère, et qui s'ouvrit juste à ce moment-là. Tebaldo, qui venait de traverser péniblement son étude, fut accueilli par une volée de sable et de fragments de verre brisé. Il recula un instant, prêtant l'oreille à l'entrechoquement du métal, au frottement des pieds et à la respiration rauque des deux combattants. Lorsqu'il glissa à nouveau un œil dans la pièce, il vit que les deux adversaires s'étaient éloignés vers le fond. Il revint en titubant jusqu'à sa table, s'empara de sa clochette et l'agita frénétiquement. Personne ne vint. Des cris confus s'élevèrent quelque part dans le palais. Il reconnut dans les deux combattants Sigismondo et l'agent Pyrrho, dont le vêtement gris tourbillonnait en produisant un son semblable aux ailes d'un oiseau géant. D'un coup de pied, Pyrrho expédia un tabouret dans les jambes de Sigismondo, qui l'évita mais fut momentanément déséquilibré; Pyrrho se glissa derrière un pupitre et tenta une feinte avec son tabard tout en portant un coup dangereux de l'autre bras. Sigismondo para et lui entailla l'épaule, mais Pyrrho eut le temps de s'esquiver pour éviter d'être acculé dans un coin.

Tebaldo était affolé : d'un instant à l'autre le duc allait paraître, seul et désarmé.

Brunelli prit sur une étagère un grand et mince volume et, le tenant à deux mains, s'approcha de Sigismondo par-derrière. Benno hurla pour avertir son maître mais, au même instant, Pyrrho précipita sur Sigismondo un gros globe céleste fixé sur un pied à roulettes. Sigismondo fit un bond de côté et le globe, poursuivant sur sa lancée, cueillit de plein fouet Brunelli, qui lâcha le lourd in-folio, et fut emporté à califourchon sur le globe jusqu'au mur qu'il percuta avec violence. Biondello, qui observait la scène entre les rayonnages du bas, préféra se retirer.

Mais la lutte se poursuivit. Tebaldo, complètement dérouté par la tournure des événements, continuait d'agiter avec frénésie sa clochette en s'étonnant que personne ne réponde à ses appels.

Brunelli tomba du globe mais ne resta inerte que quelques secondes avant de se remettre debout et de saisir une échelle appuyée contre une étagère. Pendant ce temps, les deux adversaires, absorbés par leurs feintes, implacables dans leur détermination, continuaient à s'affronter. Lorsque Brunelli souleva l'échelle et la brandit pour la lancer en direction de Sigismondo, Benno s'empara de l'autre extrémité et tenta de l'arracher aux mains de l'architecte.

Tebaldo avait déjà vu de jeunes courtisans s'affronter à l'épée en échangeant des insultes, en se livrant à d'élégantes esquives et à des passes fantaisistes. Mais le combat auquel il assistait se déroulait en silence; après chaque assaut, les deux hommes se tournaient autour en s'épiant avant de se livrer à une nouvelle attaque. Tebaldo s'appuya contre sa table, agitant si fort sa clochette inutile que la poignée se brisa ; la petite poire de bronze et son battant tombèrent au sol en cliquetant. Le duc allait arriver ! Et ce Sigismondo, dont il apercevait le sombre visage contracté, avait sans doute l'intention de s'emparer du Quintilien pour le compte de quelque prince rival inconnu. Tebaldo appela à l'aide ses serviteurs. Où étaient-ils donc passés ? Soudain Brunelli et l'échelle, propulsés par un Benno frénétique, vinrent heurter la table et précipiter Tebaldo au sol. Au même instant, un son assourdissant roula sur la ville, un fracas métallique et strident qui se répercuta entre les hautes murailles du palais et les berges de la rivière : c'était le double battement du tocsin, sonné par la grosse cloche qu'on appelait Il Toro.

Pyrrho bondit par-dessus la table de marbre et gagna la fenêtre ouverte. Sigismondo lui avait entaillé le front, sa tunique et son visage dégoulinaient de sang. Il posa un pied sur le rebord et sauta dans le vide. Sigismondo, qui l'avait rejoint aussitôt, passa la tête par l'embrasure. On n'entendit aucun bruit de plongeon ni aucun autre son que le mugissement éperdu du tocsin.

Benno avait réussi à abattre l'échelle sur Brunelli et à lui coincer les épaules entre les barreaux. Il se jucha dessus tandis que l'architecte, écrasé sous le double poids, beuglait d'une voix étouffée. Sigismondo ordonna d'un geste à Benno de le suivre et courut vers la porte. Ni l'un ni l'autre n'avait encore entendu Il Toro, mais ils savaient fort bien ce que signifiait son grondement terrible. La cité était en danger.

CHAPITRE XXXVIII

Liberté !

Lorsque Bonifaccio Valori entendit le duc proclamer son intention de remercier Dieu pour la guérison miraculeuse de son fils, il fit aussitôt parvenir un message à son propre rejeton pour l'informer qu'il lui était impossible de l'accompagner à la propriété qu'il projetait d'acquérir. Il demanda au serviteur de préciser à Tristano le nom de l'église ; une fois n'est pas coutume, celui-ci accepterait peut-être de descendre de son nuage et d'agir raisonnablement en assistant à la messe.

C'est pourquoi, après s'être signé devant l'autel dans la petite église de la Vierge de l'Annonciation, il se retourna pour voir si Tristano, par le plus grand des hasards, avait eu le bon sens de venir. Bien entendu, tous ceux qui, à la cour, avaient appris la décision subite de leur duc avaient aussitôt renoncé à leurs occupations pour le suivre. Un courtisan agit comme il le faut au moment où il le faut, et pour l'heure, cela signifiait rendre grâce à la Vierge. Or, Bonifaccio fut aussi heureux que surpris d'apercevoir Tristano au fond de l'église. Le garçon était à ce point tombé sous l'influence anticléricale de Polidoro Tedesco qu'il avait même cessé d'aller à la messe. Le plus surprenant pour Bonifaccio fut de reconnaître également ses amis Atzo Orcagna et Cola Borsieri, qui devaient quant à eux avoir joué des coudes puisqu'ils se trouvaient dans les premiers rangs, les yeux fixés sur l'autel. Et voici même qu'arrivait, d'une façon qui démontrait comment les autres avaient atteint leurs places, ce jeune et beau lourdaud d'Onorio Scudo qui se frayait un chemin, souriant, s'excusant, s'empêtrant les pieds dans les robes des dames, se faufilant entre les épaules, jusqu'à se trouver à côté de ses amis, à un pas à peine de l'endroit où le duc était agenouillé sur les marches montant au chœur. La petite église ressemblait quelque peu à un théâtre, avec son autel surélevé comme une scène. Quelques ecclésiastiques continuaient d'arriver en hâte en ajustant leurs habits, pris de court par l'impétuosité du duc, et gagnaient leur place dans les ailes de chaque côté des marches. Valori ne fut pas surpris que son fils n'eût pas suivi Onorio; Tristano était trop sensible à l'opinion d'autrui pour s'autoriser à fendre ainsi la foule.

La messe commença. Bonifaccio Valori se mit précautionneusement à genoux. C'était une position malaisée pour un individu de sa corpulence. Afin de se distraire, il se mit à réfléchir à la raison pour laquelle il se trouvait là. Si le petit seigneur Andrea avait succombé à sa crise, l'un des avantages que possédait Altamura sur ses voisines aurait disparu avec lui : Borgo n'avait pas d'héritier — Galeotto avait épousé Ariana dans l'espoir qu'elle lui donne des fils; le prince, comme Vincenzo, n'avait que des filles. Les fils de la duchesse Dorotea n'avaient pas survécu. Altamura, elle, avait un héritier mâle, et une duchesse qui pouvait fort bien en donner d'autres... Valori jeta un regard approbateur à la nuque de la duchesse, avec ses boucles blondes tressées de perles sous un voile de gaze noire. En dépit de son tempérament passionné et d'une propension à se mêler parfois des affaires de l'État, Violante constituait un atout pour Altamura.

Un atout d'une importance dont il n'avait encore aucune idée.

La messe se poursuivait. Comme à leur habitude, les

courtisans se mirent bientôt à remuer, à chuchoter, à bouger leurs genoux pour les soulager et à regarder autour d'eux. Ceux qui étaient entassés au fond de l'église et n'avaient pas la place de s'agenouiller avaient la meilleure vision du duc et de la duchesse. Ceux qui se trouvaient devant étaient obligés d'afficher une pieuse concentration. Conscient de sa propre dissipation, Valori remarqua le regard fixe et absorbé des étudiants de Polidoro Tedesco. Il vit en eux des jeunes gens aux prises avec une expérience qui les dépassait. Cela le surprit au plus haut point. Leur cœur avait-il changé ? Avaient-ils été touchés par le doigt de Dieu ?

Le doigt de Dieu, en tout cas, aurait pu tancer Onorio. Il avait joyeusement suivi ses amis, qui, de façon inexplicable, étaient partis en courant jusqu'à l'église après que Tristano eut reçu le message du vieux Valori, et à présent, le vin qu'il avait bu le matin et le chant monotone des prêtres commençaient à produire leur effet sur lui. Malgré ses efforts pour rester attentif, ses paupières se faisaient de plus en plus lourdes. Il commença à piquer du nez.

Pour une fois, ses amis ne veillaient pas à l'empêcher d'attirer l'attention dans un endroit public. Car ils étaient eux-mêmes sur le point de le faire.

Le menton d'Onorio reposait sur sa poitrine lorsque le prêtre éleva l'hostie tandis que la cloche retentissait pour signaler l'élévation ; mais ce ne fut pas le seul signal qu'elle donna. Dans le froissement général de tissu qui se fit entendre lorsque tous les assistants se signèrent, Onorio sursauta, perdit l'équilibre et s'affala de tout son long, en essayant de se retenir d'une main à la cheville du duc. Au même instant, Atzo, qui se trouvait à côté de lui, bondit, un couteau à la main, en criant : « Liberté ! », mais il trébucha sur Onorio à quatre pattes devant lui et s'étala, lâchant le couteau qui tomba en cliquetant sur les marches de l'autel. C'est alors que Cola, mieux placé pour franchir l'obstacle des deux corps enchevêtrés de ses compagnons, se précipita et pointa son poignard sur le duc en criant à son tour :

— Liberté ! Mort au tyran !

La Chance n'était toutefois pas du côté de la Liberté. Le duc, surpris de sentir une main autour de sa cheville, eut un mouvement de recul et, se retournant sans comprendre ce qui se passait, crut voir un jongleur exécuter son numéro avec un couteau, un acrobate rater sa cabriole et deux jeunes gens se livrer à une lutte confuse. À son côté, la duchesse eut de meilleurs réflexes. Dès qu'elle vit le couteau tomber des mains d'Atzo, elle sortit son propre poignard et, se levant d'un bond, se jeta devant son époux pour faire barrage de son corps.

Peut-être Cola Borsieri avait-il seulement l'intention de tuer le duc et non la duchesse, peut-être ne la considérait-il pas comme un tyran, ou bien se trouva-t-il incapable de frapper une femme. Toujours est-il qu'il eut un instant d'hésitation qui lui fut fatal. La duchesse le poignarda avant qu'il ait pu faire un geste. Si Cola revendiquait la liberté, sans doute n'avait-il pas prévu que son âme la trouverait si vite. Il s'effondra à son tour, entraînant dans sa chute la duchesse qui fut propulsée dans les bras de son époux. Un assistant servant la messe, un jeune prêtre aux yeux flamboyants, dévala les marches en brandissant la grande croix processionnaire ornée de pierres précieuses et fixée au bout d'un bâton sculpté, et il la leva devant le couple ducal comme pour empêcher toute nouvelle tentative tyrannicide.

Des cris et des hurlements emplirent l'église. Sans avoir compris ce qui venait de se passer, Onorio se releva et aida Atzo à se remettre debout. Il fut abasourdi de voir celui-ci le repousser d'un geste brusque et, après un ultime regard à Cola qui agonisait sur les marches, se retourner et prendre la fuite.

Alertés par le vacarme, les gardes en faction à l'entrée accoururent ; les épées sortirent de leur fourreau ; la confusion devint générale. Atzo aurait pu en profiter pour s'éclipser, mais, comme bien souvent, les femmes causèrent sa perte. Alors qu'il jouait des coudes et se faufilait entre les bancs pour tenter de gagner une porte latérale donnant sur une étroite ruelle par où il espérait filer, il se prit le pied dans les robes de quelques fidèles encore agenouillées. Il glissa sur le satin et atterrit entre les mains des gardes du duc qui s'étaient frayé un chemin à travers la foule.

Ayant aussitôt saisi que le duc et la duchesse étaient indemnes, Bonifaccio Valori chercha frénétiquement son fils des yeux. Ces deux jeunes meurtriers étaient des amis à lui. Que Dieu protège son garçon ! Était-il impliqué ? Était-il de mèche avec eux ? Dieu tout-puissant ! Si c'était le cas, toute l'influence de son père ne pourrait lui épargner une mort atroce.

CHAPITRE XXXIX

Le leurre

— Le duc est mort ! On a tué le duc ! entendait-on de tous côtés.

Sigismondo fendit la foule qui convergeait vers l'église et Benno, qui peinait à le suivre, se dit que son maître devait être furieux. Il était en train de se battre avec un inconnu dans la bibliothèque — d'ailleurs, comment avait-il deviné qu'il y serait ? — au moment même où l'on assassinait le duc... Diantre, cette église était-elle encore loin ? Qui avait pu y tuer le duc ? Le faux agent de la bibliothèque était-il une diversion destinée à éloigner Sigismondo de ses complices mêlés aux fidèles ? Et le tueur de la bibliothèque avait réussi à s'enfuir — une fois de plus.

Benno rattrapa Sigismondo sur le seuil de l'église, où la foule s'écarta devant un groupe de gardes portant un homme. « Le sang est impie, songea Benno. Ils ne veulent pas que le duc meure à l'intérieur du saint édifice. » C'est alors qu'il remarqua l'attitude de ses gardiens envers l'homme. Sous leur poigne, il avait la tête et les bras qui ballottaient comme ceux d'un pantin, puis il fut jeté à terre. Certes élégants, ses vêtements n'étaient pas ceux du duc.

Un prêtre en habit de messe alla s'accroupir près de l'homme étendu. Sigismondo entra dans l'église, et ce n'est qu'en se tenant sur ses talons que Benno put y pénétrer aussi.

— Votre Grandeur, êtes-vous blessé ?

Le duc n'avait pas du tout l'air assassiné. Il était pâle, certes, et serrait dans les siennes les mains de son épouse, mais, comme il en informa Sigismondo, il en avait réchappé sans une égratignure.

— C'est grâce à la Sainte Vierge. Où étiez-vous, Sigismondo, en un moment pareil ? Je vous ai envoyé un message vous demandant de nous rejoindre.

Le duc et la duchesse le considéraient d'un regard plein de reproche. « C'est toujours la même chose, songea Benno, ils sortent de chez eux alors que vous les avez prévenus que c'était dangereux, et ensuite ils espèrent que vous allez déployer vos ailes d'ange et accourir pour les sauver du pétrin où ils se sont mis. »

— J'en expliquerai la raison à Votre Grandeur dès que vous aurez un peu de temps pour m'entendre, répliqua Sigismondo sans chercher à s'excuser. Qui sont les auteurs de ce forfait ?

Le duc désigna trois jeunes gens aux mains des gardes. Tous paraissaient étourdis par leur infortune. Benno éprouva un choc en reconnaissant Tristano Valori, qui semblait aussi peu dangereux qu'un faon apeuré, et Onorio, à qui on avait l'air d'avoir soumis de manière impromptue un problème mathématique difficile. Le troisième faisait aussi partie des élèves du philosophe puisqu'il s'agissait de Face-de-rat. À la différence des deux autres, ce dernier avait effectivement brandi un couteau contre son duc. Son visage ravagé trahissait ses pensées : non seulement il avait échoué, mais sa tentative aurait pour lui des conséquences terribles, qu'il eût sans doute affrontées avec plus d'héroïsme s'il avait réussi dans son entreprise. Tout seigneur avait à son service des tortionnaires, dont certains dotés d'un esprit ingénieux, et il venait leur fournir l'occasion d'exercer leurs talents. Atzo Orcagna savait que sa mort serait publique et horrible, et qu'il l'appellerait de ses vœux bien avant qu'elle survienne.

Dans quelle mesure ses compagnons étaient-ils impliqués ? On avait arrêté Tristano Valori et Onorio Scudo parce qu'on savait que le groupe d'amis faisait tout ensemble. Ce serait la tâche des ingénieux bourreaux du duc de déterminer quelle part exacte chacun avait prise dans la conspiration. Grâce à son influence, Bonifaccio Valori parviendrait peut-être à sauver son fils, à moins que ses ennemis ne l'accusent d'être lui aussi partie prenante du complot.

Autour du duc, un groupe de courtisans le pressaient de se montrer en ville afin que la population, dont on percevait les vociférations à l'extérieur, sache qu'il était vivant, qu'il n'était ni blessé ni à l'agonie. Le capitaine des gardes du palais se demandait si cela était bien prudent. Qui pouvait dire si des complices n'étaient pas postés dehors ? Une bande de rebelles ne se tenait-elle pas prête à prendre le parti de ces scélérats ? N'était-il pas probable qu'ils aient des complices dans la ville ?

Personne ne fut surpris, même si peu s'en réjouirent, lorsque la duchesse se tourna vers Sigismondo pour solliciter son opinion. Il répondit sans hésiter.

— Je suis de l'avis du capitaine, Madame, fit-il de sa voix grave. Il serait trop dangereux de sortir à l'heure qu'il est.

La vision désagréable d'un cordon lesté tournoyant traversa l'esprit de Benno.

— Si Votre Grandeur retourne sur-le-champ au palais, la population comprendra vite que tout va bien.

À ce moment, un homme de forte carrure et au teint assez sombre pour être celui d'un Maure intervint. Ses hommes, déclara-t-il, ne lui avaient pas signalé le moindre désordre dans la cité, et les guetteurs postés au sommet des tours n'avaient aperçu aucun mouvement de troupes suspect. Dans le cas où elle procéderait des ambitions de quelque voisin cupide, la tentative d'assassinat du duc était intervenue à un mauvais moment si elle était censée accompagner une invasion. Benno se dit que l'homme devait être le chef de la police, un poste qui n'avait jamais valu la moindre popularité à quiconque. Mais il paraissait savoir de quoi il parlait.

On se mit en marche. Le duc s'était donc rangé à l'avis de Sigismondo. Précédés du capitaine tenant son épée à la main et suivis de Sigismondo et du chef de la police, les gardes formèrent un rempart autour du duc et de la duchesse. Même le meilleur tireur du monde, qu'il choisît l'arc, la fronde ou le cordon lesté, aurait eu quelque peine à trouver une faille dans ce groupe compact.

Se réjouissant d'une voix sonore ou échangeant des ragots à mi-voix, la foule des courtisans les suivit. Personne n'adressa la parole à Bonifaccio Valori, que l'on avait empêché de parler à son fils lorsque les prisonniers avaient été emmenés sous bonne escorte par une porte latérale. Vu l'humeur de la foule, qui acclamait son duc par des vivats assourdissants, les malheureux étaient sans doute en plus grand danger que le duc lui-même.

La vision du cadavre de leur ami Cola gisant sous le porche de l'église leur fut donc épargnée. Les gardes ne virent aucune raison de préserver son corps des fureurs de la foule, et se moquaient bien qu'il fût mis en pièces avant que le bourreau ait accompli son office. Lorsqu'une foule se trouve dans un tel état, il lui faut un objet sur lequel se venger, et celle-ci en avait un à sa portée.

Bousculé par des individus qui exultaient d'un rire féroce en brandissant un morceau de chair de Cola, Benno pressa le pas, l'estomac retourné, et, pour se réconforter, posa une main sur Biondello caché sous son pourpoint. Ce qui l'intriguait était la raison pour laquelle les conspirateurs avaient pu espérer s'en tirer sans dommage. Comment avaient-ils pu envisager qu'ils sauraient convaincre cette populace que c'était une bonne idée d'avoir tué son duc ?

Lequel duc avait pour sa part quelques questions à formuler. Une fois arrivé dans la petite salle d'audience et après avoir congédié tout le monde sauf son épouse et Sigismondo, il posa la première, qu'il avait déjà formulée sans obtenir de réponse.

— Où étiez-vous au moment où je vous ai envoyé chercher ?

— Aucun message ne m'est parvenu dans la bibliothèque, Votre Grandeur. Je m'y étais rendu car vous deviez y retrouver le seigneur Tebaldo à onze heures.

Le visage d'Ippolyto montra brièvement qu'il avait oublié ce rendez-vous ; et quoique duc, il n'en était pas moins homme ; se sentir coupable le mit en colère.

— Qu'aviez-vous à faire là-bas ? Ai-je besoin de protection avec un...

Il eut un instant d'hésitation.

— ... avec le cousin de ma femme ?

— Pas du tout, en effet, fit la voix grave avec douceur. C'est parce que j'ai compris que votre vie serait en danger que je vous y ai attendu.

Voilà qui méritait réflexion. Pendant quelques instants, Ippolyto et Violante se répétèrent mentalement les paroles de Sigismondo. Puis Ippolyto manifesta quelque impatience. Le choc de l'épreuve qu'il venait de vivre ne l'incitait guère à goûter les mystères.

— Le danger était dans l'église ! Quel risque aurais-je couru dans la bibliothèque ?

Sigismondo fredonna, émettant un long son cynique semblable à celui d'une abeille dépourvue d'opinion sur le monde.

— Bah, ces jeunes gens à l'église, Votre Grandeur, n'étaient que des *amateurs*. L'homme qui avait l'intention de vous tuer dans la bibliothèque était un *professionnel.*

— Tebaldo ! s'écria la duchesse.

— Il n'en voulait pas à la vie du seigneur Tebaldo, Madame.

— Un assassin... dans ma bibliothèque ?

Le duc se pencha en avant et la duchesse, dans un mouvement involontaire, l'imita ; tous deux fixèrent Sigismondo du regard.

— En effet, oui. Il savait que vous seriez là, et que vous y seriez seul puisque le seigneur Tebaldo déteste la compagnie.

— Mais je devais y aller pour examiner un manuscrit. Qui pouvait être au courant ?

— L'homme qui devait vous apporter ce manuscrit.

Ippolyto parut interloqué. C'est Violante qui parla, et elle le fit avec colère.

— Accuseriez-vous mon cousin ?

En s'inclinant, Sigismondo leva les mains pour démentir.

— Je n'y songerais pas, Madame. Le seigneur Tebaldo ne pouvait pas se douter que l'homme qui apportait le manuscrit avait été engagé pour assassiner Monsieur le duc.

— Dans ce cas, comment l'avez-vous deviné ?

— J'ai compris de quel manuscrit il devait s'agir lorsque le seigneur Tebaldo m'en a parlé.

— Vous le connaissiez déjà ? On m'a dit qu'il venait d'Allemagne.

— Du monastère de Lübeck. Je ne l'ai jamais vu. C'est le prince Gioffré, l'évêque de Borgo, qui m'en a parlé — il s'agit du seul Quintilien complet existant, et il se trouvait dans ce monastère. Je me suis donc dit qu'il ne pouvait y en avoir deux exemplaires.

Les yeux couleur ambre du duc et ceux, bleus, de la duchesse, dévisagèrent l'homme debout devant eux.

— Je ne comprends toujours pas ce qui a pu vous alerter.

— Sachez, Votre Grandeur, que ce manuscrit, le seul Quintilien complet, a été acheté au monastère de Lübeck il y a quelques mois.

— Et alors ?

— L'agent qui l'a acheté l'a rapporté au duc Vincenzo, désireux de l'acquérir pour sa bibliothèque de Venosta. Il a déboursé, m'a dit le prince-évêque, plusieurs milliers de ducats pour l'obtenir. De toute évidence, il a pensé qu'il s'agissait d'une dépense justifiée si elle lui fournissait un leurre capable de vous attirer dans un piège mortel.

CHAPITRE XL

La promesse

— Vincenzo.

La surprise du duc fut telle qu'il prononça ce nom d'une voix dépourvue d'expression.

— Il m'a donc fait porter le Quintilien par un assassin à sa solde.

— Ses informateurs ont dû lui dire que vous avez pour habitude d'être seul quand vous rendez visite au seigneur Tebaldo, et d'examiner vous-même les manuscrits exceptionnels dont il estime que vous devriez les acquérir. L'achat de celui-ci en particulier entraînerait des frais que vous devriez nécessairement approuver.

— Ses informateurs ! J'aimerais bien savoir... Mais cet assassin, fit Violante avec des yeux brillants d'excitation, il est mort ? Vous l'avez tué au milieu des livres ?

Le visage de Sigismondo s'assombrit.

— Non, Votre Grandeur. Il s'est enfui lorsque le tocsin a retenti. Il doit être encore dans la ville.

Ippolyto abattit ses mains sur les têtes de lions rugissants qui ornaient ses accoudoirs.

— Dans ce cas, il ne peut s'échapper. On ferme les portes dès que sonne le tocsin. Nous devons fouiller chaque maison, chaque recoin de bâtiment. Mon chef de la police le débusquera. Oh, Vincenzo va me le payer cher !

Il chercha des yeux un visage familier, un homme

dont il avait coutume d'écouter les avis, puis grimaça en se souvenant que Bonifaccio Valori, à cause de son fils, était consigné chez lui. Il y avait d'autres conseillers, bien sûr, mais Ippolyto comptait depuis si longtemps sur la sagesse de Bonifaccio, sur sa prudence, sa perspicacité, son expérience... Il en ressentait la perte avec acuité. Valori était pour lui un roc inébranlable. Il était impossible qu'il soit impliqué.

Venosta. Il reporta son attention sur l'urgence immédiate. Où pouvait-il trouver un condottiere prêt à se battre pour lui s'il partait en guerre contre Venosta ?

— Votre Grandeur, si vous me permettez une suggestion.

Le duc leva à nouveau les yeux sur Sigismondo. Cet homme aussi était un roc, un roc contre lequel les vagues les plus violentes s'étaient brisées sans laisser la moindre trace — Ippolyto préféra oublier pour l'instant la blessure dont lui avait parlé maître Valentino et les bandages qu'il ne pouvait voir. C'était là l'homme qui avait délivré Violante d'un destin qu'il se refusait à imaginer.

— Sigismondo. Nous vous écoutons.

— Je suggère que Monsieur le duc s'abstienne de montrer au duc Vincenzo qu'il est conscient de son hostilité. Qu'il lui fasse savoir qu'il a échappé à une tentative d'assassinat dans l'église, afin que le duc de Venosta puisse s'en réjouir avec lui.

La voix grave était mêlée d'une pointe d'amusement, et, pour la première fois, Violante éclata de rire en battant des mains.

— Oui ! Il ne saura rien jusqu'à ce que nous soyons en mesure de prendre notre revanche. Nous agirons avec tant de subtilité qu'il...

— Ma fille, Ariana... Était-ce là encore l'œuvre de Vincenzo ?

Les yeux sombres de Sigismondo redevinrent sérieux.

— Je le crois, Votre Grandeur. L'homme contre qui

je me suis battu dans la bibliothèque est le même que celui qui m'a attaqué à Borgo.

— Mais pourquoi ? Je n'ai causé aucun tort à Vincenzo. Il n'agit certainement pas par ambition, car sinon il aurait expédié une armée à nos portes en attendant l'annonce de ma mort, remarqua Ippolyto en martelant à nouveau l'accoudoir de son fauteuil. C'est de la pure malfaisance ! Faire assassiner ma malheureuse enfant ! Et attenter à ma vie !

— Et aussi, Votre Grandeur, apprendre à Rodrigo Salazzo que Madame votre épouse passerait non loin de son repaire en regagnant Altamura. Il l'en a probablement informé sitôt connue la nouvelle de la destruction de son fort.

À ce souvenir, Violante partit d'un nouveau rire ; elle était encore exaltée à l'idée que son époux ait échappé à la mort. Celui-ci, pourtant, fronça les sourcils.

— Ma fille était déjà morte. Il n'avait aucune raison d'ordonner son assassinat.

Sigismondo haussa une épaule.

— Certains hommes naissent mauvais. Il suffit de peu de chose pour exciter leur haine. Votre Grandeur n'a pas oublié que le duc Vincenzo avait proposé au prince Galeotto la main de sa propre fille avant que celui-ci ne lui préfère dame Ariana.

— Pourquoi ne s'est-il pas vengé du prince plutôt que de s'en prendre à mon enfant ?

— Hum... Peut-être que, souhaitant conclure une alliance avec Borgo, il a été contrarié de la voir s'allier avec Altamura. Je suis persuadé qu'il projetait de ruiner définitivement tout projet d'entente entre vous et Borgo. Dame Leonora, un agent de Venosta, ne s'est pas seulement chargée de faire ingurgiter une potion somnifère à la princesse et d'adresser un signal à l'assassin dès qu'elle a produit son effet, elle s'est également employée à laisser croire que c'était le prince lui-même qui avait étranglé votre fille.

— Comment cela? Comment s'y est-elle prise? Vous ne nous en avez rien dit.

Le froncement de sourcils d'Ippolyto creusa des sillons sur son beau visage.

— En arrachant quelques boutons à la manche du prince — ce qui, lors d'une étreinte, n'est pas très difficile — et ensuite, lorsqu'elle s'est trouvée seule dans le pavillon avec dame Ariana endormie, en les glissant dans les bracelets de la princesse afin que l'on croie qu'ils s'y étaient coincés pendant qu'elle se débattait.

— Les mêmes bracelets dont il avait fait cadeau à dame Zima, dit Violante d'un ton qui traduisait la façon dont elle aurait réagi à cette méprisable offense.

Comme pour la calmer, son époux lui prit la main d'un geste distrait avant de demander :

— Tout cela a-t-il un quelconque rapport avec l'acte de ces jeunes traîtres à l'église?

Le fredonnement de Sigismondo fut presque empreint de regret.

— Je crois, Votre Grandeur, que le duc Vincenzo ignorait tout d'eux et ne comptait que sur ce Pyrrho pour parvenir à ses fins. Aucun prince n'est à l'abri de traîtres dans son propre entourage, et les jeunes gens se sont toujours comportés comme des idiots. Votre chef de police a envoyé des hommes arrêter leur inspirateur; il est bien entendu possible que celui-ci soit au service de Vincenzo.

Le froncement de sourcils d'Ippolyto s'accentua.

— Ils seront interrogés. Nous finirons bien par connaître la vérité.

Il se tut et, se surprenant à chercher une nouvelle fois le visage familier de son fidèle conseiller, remarqua d'un ton abattu :

— Comment Valori a-t-il pu me trahir? Il m'a aidé à réprimer un soulèvement autrement plus grave à la mort de mon père. Je pensais qu'il me resterait loyal entre tous.

— Monsieur le duc pourrait bien se voir confirmé dans son appréciation, répliqua Sigismondo d'un ton à la fois calme et convaincu. Il est possible qu'en dépit des apparences ni lui ni son fils ne soient impliqués. Puis-je prier Votre Grandeur de ne pas hâter votre jugement ? De laisser tous ces écervelés en prison jusqu'à ce que le temps nous en apprenne plus ? J'ai souvent remarqué que ne rien faire oblige nos ennemis à des initiatives qui rendent bientôt les choses parfaitement claires. C'est en guettant le trou de souris que le chat finit par attraper la souris.

Aux yeux du duc et de la duchesse, Sigismondo, avec son air affable, son crâne luisant et son pourpoint de cuir noir, parut en effet ressembler à quelque gros et patient matou. Malgré la gravité de la situation, un sourire finit par se dessiner sur leurs lèvres.

— Entendu. Mes bourreaux attendront ; leurs instruments ne rouilleront pas, fit Ippolyto, qui ajouta après quelques instants : Vous me conseillez prudence et circonspection. Je dois m'abstenir de défier Venosta, et de punir ceux qui ont tenté de me tuer. En tendant l'autre joue d'une manière si chrétienne, devons-nous aussi attendre que l'assassin qui vous a échappé vienne se livrer de lui-même ?

Ippolyto remarqua l'étincelle — était-ce de la colère ? — qui brilla dans les yeux sombres, mais la voix qui lui répondit était parfaitement calme.

— Je prie Votre Grandeur de me laisser régler cette question. Je vous promets qu'avant que les portes de la ville soient rouvertes, de Pyrrho ou de moi, l'un de nous aura péri.

CHAPITRE XLI

Prêt à tout ?

— Il faut le retrouver, n'est-ce pas ?

Benno n'attendait pas vraiment une réponse, et il n'en obtint pas. Ils avaient regagné leur chambre par les couloirs d'un palais bruissant d'excitation et de rumeurs, au milieu des allées et venues des courtisans qui se racontaient les événements de la matinée tout en se réjouissant que leur duc fût indemne et que les scélérats qui l'avaient attaqué fussent soit morts, soit emprisonnés en attente d'un châtiment exemplaire.

Benno se demanda ce qu'il aurait subsisté de cette bonne humeur générale si les courtisans avaient su qu'un autre assassin, autrement plus dangereux car capable de parvenir à ses fins, était toujours en vie et libre de ses mouvements. Même si l'on avait fermé les portes de la ville pour l'empêcher de s'échapper, comment faire pour le retrouver parmi une population si nombreuse ? Alors qu'il attendait devant la salle d'audience pendant que Sigismondo s'entretenait avec le duc et la duchesse, Benno avait entendu les courtisans se livrer à toutes sortes de spéculations, mais n'avait pas surpris la moindre allusion à ce qui s'était passé dans la bibliothèque. En entendant retentir le tocsin, Sigismondo et lui s'étaient précipités dans la rue. Ils avaient croisé le serviteur du seigneur Tebaldo qui gravissait en hâte l'escalier pour répondre à la clochette que le malheureux seigneur avait secouée en vain avant d'être précipité à terre. Sigismondo lui avait crié de courir auprès de son maître car il avait besoin d'aide. Benno espéra que le seigneur Tebaldo n'avait pas souffert au-delà de ce qu'il avait déjà subi ; son corps n'était pas fait pour endurer de telles brutalités. Enfin il y avait Brunelli, qui, la dernière fois que Benno l'avait vu, vociférait, les épaules coincées entre les barreaux de l'échelle de la bibliothèque. Comme c'était Benno qui l'avait mis dans cette fâcheuse posture, ce dernier jugea préférable d'éviter désormais toute rencontre avec lui.

— Mieux vaut ne pas trop rester près de la fenêtre.

Benno s'en approcha avec prudence et ferma les volets pour protéger la pièce de la chaleur et de la lumière du dehors, de sorte qu'il n'y eut plus que les caissons du plafond qui chatoyèrent sous l'effet des disques d'or pâle qu'y projetaient les remous de la rivière. Le reste de la chambre se trouva plongé dans une agréable pénombre qui reposait les yeux après la clarté aveuglante régnant à l'extérieur. Même les bruits de la ville — les appels des marchands ambulants, les cris des enfants qui jouaient, le braiment d'un âne récalcitrant, le chant d'un coq et les piaillements des oiseaux se disputant des entrailles de poisson sur les rochers de la rive opposée — parurent s'estomper dans l'éblouissement de midi tandis qu'Altamura se préparait à la sieste.

Sur cette rive-ci, le luxe régnait. Le palais avait beau résonner de conversations animées concernant la tentative d'assassinat sur la personne d'Ippolyto, le *maestro di casa* tenait bien en main son personnel et ne négligeait pas les hôtes du duc. Tout d'abord, un garçon avait apporté à Benno et à son maître une cruche d'eau chaude pour emplir la cuvette en majolique sur son trépied, puis peu après deux autres jeunes gens s'étaient présentés avec une carafe de vin, un plat couvert garni de viandes froides, et un autre débordant de pêches, de raisin et de melons. Même si les poignards jaillissaient à l'église de l'Annonciation, l'hospitalité du palais ne devait souffrir aucun fléchissement. Benno, à qui l'excitation n'avait jamais coupé l'appétit, mangea avec voracité, mais remarqua que son maître, après s'être lavé de la sueur et de la poussière accumulées au cours de ses pérégrinations matinales, s'assit sur le lit, tête baissée, l'air sombre, tenant dans la main un morceau de poulet que Biondello, à une distance respectueuse de quelques centimètres, fixait d'un air fasciné.

Soudain Sigismondo revint à la vie. À la déception évidente de Biondello, il engloutit le morceau de viande, prit une coupe de vin, but et parut disposé à poser lui-même quelques questions.

— Dis-moi, Benno. Que ferais-tu si tu voulais éviter d'être arrêté ?

Inutile de réfléchir pour répondre à cela.

— Je me cacherais, répondit aussitôt Benno.

Sigismondo hocha la tête.

— Si tu avais tenté d'assassiner le duc, quel serait l'endroit où il y aurait le moins de chance que l'on te cherche ?

Ça, c'était plus difficile. Benno vida sa coupe avant de répondre, et lorsqu'il le fit, ce fut d'un ton peu assuré :

— Ici ?

Nouveau hochement de tête. Sigismondo souriait.

— Qui irait penser que tu es au palais, surtout si on t'avait vu en train d'en partir ?

Benno se remémora la fuite spectaculaire de Pyrrho, lorsque celui-ci avait gagné la fenêtre en quelques enjambées, grimpé sur le rebord et disparu. Il avait dû traverser la rivière à la nage et se fondre dans le tumulte de la ville, dont les habitants couraient de-ci de-là comme des fourmis dérangées pendant qu'Il Toro sonnait à toute volée au-dessus de leurs têtes. Imaginer l'assassin dans les parages suscita chez Benno une extrême nervosité. Il alla jusqu'à baisser la main qui tenait la pêche dans laquelle il allait mordre.

— Dans... le palais, dites-vous ? Mais on y connaît tout le monde, n'est-ce pas ? Les serviteurs repéreraient vite une tête inconnue, même sous une livrée volée.

Benno chercha à se montrer convaincant, mais Sigismondo secoua la tête.

— Personne ne te verrait si tu te cachais, Benno. Hé, ce drôle est un professionnel ! Que ferais-je si j'étais à la place de Pyrrho ? Il y a toujours moyen d'entrer dans un palais — comme dans n'importe quel endroit devant être approvisionné chaque jour. Je chercherais à y entrer en apportant quelque chose. On ne te pose jamais de questions si tu as l'air de savoir ce que tu fais.

Benno, qui avait appris cela depuis longtemps, acquiesça d'un hochement de tête.

— Ensuite, hum... je chercherais un endroit où me cacher jusqu'à ce que l'occasion se présente.

— L'occasion ?

Sigismondo rit et tendit sa coupe pour se faire resservir. De la berge opposée de la rivière leur parvenaient les aboiements des chiens qui s'élevaient à mesure que les hommes du chef de la police passaient de porte en porte en se renseignant sur la présence éventuelle d'étrangers.

— L'occasion de tuer le duc. Hé, cet homme a été payé pour l'assassiner, une partie d'avance, le restant une fois le travail accompli. S'il échoue, non seulement il perd une partie de son argent, mais également sa réputation. Irais-tu engager un homme qui a échoué ?

Benno demeura silencieux. Il avait du mal à croire que le duc ne fût pas en sécurité dans son propre palais. Surtout si Sigismondo l'avertissait que Pyrrho s'y cachait peut-être... Benno scruta les coins d'ombre de la pièce. Absurde. Si Pyrrho en surgissait, c'est que Sigismondo aurait failli et, donc, que son maître et lui seraient déjà morts.

Curieux comme cette idée ne le rassurait pas.

— Voilà, mon seigneur, cela vous soulagera.

La gouvernante remit le bouchon sur son flacon d'huile parfumée et le rangea avec les autres dans son panier. Tebaldo, qui détestait qu'un serviteur assistât aux soins que lui prodiguait la gouvernante, parvint à remonter lui-même le drap. Après s'être retourné seul sur le dos, il accepta son aide pour se radosser aux coussins de soie ornés de broderie et de pompons. Une légère surprise se peignit sur son visage.

— Vous savez, gouvernante, je me sens vraiment mieux, fit-il en levant vers elle ces yeux tristes qu'elle trouvait si touchants. Depuis ma chute de ce matin, j'ai l'impression de me mouvoir avec plus de facilité. Il y a quelque chose dans mon dos qui paraît fonctionner différemment. Bien entendu, j'ai toujours mal, et vous me dites que je suis couvert d'ecchymoses, mais cette douleur aiguë que je ressentais en permanence, elle est partie.

La gouvernante eut un sourire ravi.

— Alors c'est que mes prières n'ont pas été vaines, mon seigneur. Vous l'avez échappé belle, ce matin. Presque personne ne le sait au palais, tout le monde ne parle que de la tentative d'assassinat du duc à l'église. La Vierge et les saints ont veillé sur nous aujourd'hui, mon seigneur, conclut-elle d'un air épanoui.

Elle était impatiente de relater à ses amis ce qui était arrivé au seigneur Tebaldo dans la bibliothèque. Certes, il s'était montré aussi peu disert que d'habitude, et elle ne se serait jamais permis de colporter le moindre détail susceptible de porter atteinte à sa dignité, mais d'après ce qu'elle avait appris, Sigismondo avait attaqué, apparemment sans motif, un des agents du seigneur Tebaldo, et il s'était ensuivi un combat féroce auquel seul le tocsin avait mis un terme — à la suite de quoi l'agent avait plongé dans la rivière et messire Sigismondo s'était éclipsé. Tout en marquant son étonnement devant ces événements, la gouvernante fut en mesure d'informer Tebaldo que Sigismondo avait escorté le duc et la duchesse pendant leur retour de l'église au palais.

— Et je suis sûre qu'il n'attaquerait personne s'il ne s'agissait d'un scélérat, ajouta-t-elle. Votre Seigneurie aurait-elle été trompée par un faux agent ?

Tebaldo ne répondit pas. À vrai dire, il ne savait que penser et éprouvait quelque réticence à faire part, fût-ce à elle, de ses sentiments. La brutalité du combat dans la bibliothèque, qui avait constitué jusqu'alors un refuge pour lui, avait ravivé des images du passé dans lesquelles apparaissait aussi Sigismondo, et qui le perturbaient profondément. Mais dans le même temps, quelque chose avait changé dans sa façon de penser, de la même manière que son corps lui paraissait avoir subi il ne savait quelle modification. Au fond, la violence ne pouvait être tout à fait bannie de l'existence. Peut-être fallait-il la regarder en face. Il vivait depuis si longtemps avec ses cauchemars ; n'était-ce pas le moment de s'en éveiller ?

— Qui sont ces jeunes gens qui ont essayé de tuer Monsieur le duc ?

— L'un d'eux est le fils du seigneur Valori, et on dit que son père l'a fait prévenir lorsque le duc est parti pour l'église afin qu'il en informe ses complices. Qui pourrait croire qu'un garçon si beau puisse être aussi malveillant ? C'est certainement son père qui lui a mis ces idées dans la tête.

Tebaldo put se rendre compte une nouvelle fois à quel point on associait fréquemment la beauté à la bonté, et que par conséquent il ne devait guère s'étonner de se voir lui-même rejeté ; la gouvernante avait rassemblé ses affaires et croisait les mains devant elle dans l'intention de poursuivre ce bavardage lorsqu'un coup fut frappé à la porte. En l'absence de serviteur, elle alla ouvrir elle-même.

— Madame !

C'était la duchesse en personne, avec pour seule compagnie une curieuse dame d'honneur bardée de cuir noir. La gouvernante fit la révérence devant la duchesse et creusa ses fossettes à l'intention de Sigismondo.

— Comment se sent le seigneur Tebaldo ? Est-il en état de nous recevoir ?

— Cousine ! s'écria Tebaldo qui n'avait aucun problème d'ouïe et pouvait distinguer un murmure au loin. Entrez ! Je viens seulement d'apprendre ce qui vous est arrivé, poursuivit-il tandis que Violante entrait dans un bruissement de taffetas.

Toutefois, il se tut aussitôt en voyant qui la suivait. Sigismondo avait gratifié la gouvernante de son plus éclatant sourire, ce qui n'était pas forcément rassurant pour un jeune homme de tempérament inquiet ; mais Violante, parée de bijoux et environnée d'un nuage de parfum, se penchait déjà pour embrasser la joue de Tebaldo.

— Et moi, je viens d'apprendre ce qui vous est arrivé à vous. Avez-vous été blessé ? Êtes-vous souffrant ?

Son inquiétude fut un baume au cour de Tebaldo.

— Curieusement, cousine, j'ai plutôt l'impression de me sentir mieux.

Elle frappa dans ses mains.

— Dieu nous a tous préservés, aujourd'hui.

Comme Sigismondo, et avec moins de cynisme que d'habitude, Tebaldo l'imita et se signa. C'était peut-être bien l'intervention divine qui lui procurait cette sensation de soulagement, cette impression de s'être dénoué.

— Sigismondo, poursuivit-elle, nous a parlé de l'assassin qui a apporté le manuscrit et qui projetait de tuer Ippolyto quand il viendrait l'examiner.

— J'ai été abusé, je le crains. Je pensais vraiment que le manuscrit était authentique.

Sigismondo avança d'un pas.

— Et il l'est, mon seigneur. On ne vous a pas trompé sur ce point. C'est l'agent qui était faux. Puis-je savoir où se trouve ce manuscrit à présent ?

- J'ai ordonné qu'il soit mis sous clé dans mon étude.

Même lorsqu'il avait été bousculé au cours de ce qui lui avait paru une lutte entre deux fous, Tebaldo n'avait pas oublié sa considération pour les livres, objets à ses yeux plus réels que la plupart des hommes. On ne laissait pas traîner à terre un Quintilien complet, et après qu'on l'eut lui-même relevé, sa première pensée avait été pour le manuscrit. L'éventualité qu'il pût être un faux l'avait tourmenté — son discernement, son savoir pouvaient-ils à ce point s'égarer? À présent, il résolut d'inclure Sigismondo dans sa bienveillance et lui rendit son sourire. Violante lui serra la main et se pencha pour l'embrasser une nouvelle fois, et sa longue tresse ornée de perles tomba mollement sur le cou du jeune seigneur.

— Nous ne devons pas vous fatiguer. Ippolyto a envoyé un messager à maître Valentino pour qu'il revienne de la cour de cette vipère de Vincenzo...

Elle regarda autour d'elle et aperçut la gouvernante, dont les oreilles étaient sans doute aussi grandes ouvertes que les yeux.

— ... mais nous en reparlerons. Ippolyto a promis de venir vous voir demain...

— J'aurai quitté le lit. Si Monsieur le duc veut bien me rejoindre dans mon étude, fit Tebaldo en désignant dans un coin la porte donnant sur le monte-charge qui le descendait de sa chambre à l'étude, je lui montrerai le Quintilien.

— Une prise de guerre, remarqua Sigismondo d'un ton amusé. À présent, Monsieur le duc n'aura rien à débourser pour ce manuscrit.

Quand ils le quittèrent, Tebaldo avait l'air plus heureux que Violante l'avait jamais vu.

Benno attendait son maître dehors et, lorsque la duchesse l'eut dépassé, des aboiements jaillirent soudain de son pourpoint. Sigismondo rattrapa le panier de la gouvernante juste à temps pour empêcher les flacons d'huile de tomber et, après qu'elle se fut appuyée sur son bras vigoureux le temps de reprendre son souffle, ce qu'elle n'avait pas envie de hâter vu les circonstances, elle put à la fois admirer Biondello — qui aboyait toujours furieusement en fixant le plafond — et l'excuser.

— Les rats, voilà ce que c'est. Il y a des rats même dans les palais, et n'importe quel chien voudrait leur courir après. Celui-ci me paraît plein d'énergie, même si certains de ces rats font presque sa taille. Tenez, à l'instant, dans la chambre du seigneur Tebaldo, j'en ai entendu un qui grattait au plafond, il s'est arrêté sitôt que j'ai parlé. Drôlement malins, ces rats.

— Voilà quelque chose que nous ne devons jamais oublier, fit Sigismondo d'un ton affable en portant la main de la gouvernante à ses lèvres. Je vous suis très redevable, ajouta-t-il.

Et comme la gouvernante le considérait d'un air surpris :

— Mon crâne, grâce à vous, a vite cicatrisé. Bientôt je serai prêt à tout.

Le baiser suivant se posa sur la joue de la femme, ce qui lui arracha un petit cri et valut à Sigismondo une tape sur le visage. La gouvernante était ravie quand elle regagna son domaine, la chambre des enfants, et sa bonne humeur ne fut pas même assombrie par sa rencontre avec l'architecte Brunelli, qui se planta devant elle d'un air menaçant. La gouvernante avait appris de la bouche du serviteur du seigneur Tebaldo comment on avait dû, à l'aide d'une scie, délivrer l'architecte emprisonné par une échelle de la bibliothèque, mais elle n'avait pas demandé comment il s'était mis dans cette fâcheuse posture. Elle était d'humeur si joyeuse qu'avant qu'il ait pu ouvrir la bouche elle lui proposa de l'arnica pour ses éraflures.

— Que le diable emporte votre arnica ! Ce que je veux, c'est retrouver cet idiot barbu en pourpoint crasseux. L'avez-vous vu ?

— Comment pourrais-je savoir où il se trouve? rétorqua-t-elle, évitant ainsi à Benno une rencontre qu'il n'aurait sans doute guère goûtée.

Brunelli cherchait en effet Benno. Mais l'homme que tous traquaient ne se trouvait pas, comme l'avait prédit Sigismondo, là où on le cherchait.

Nuto Baccardi n'avait pas été surpris quand des hommes de la police étaient venus s'enquérir de son locataire. Il décrivit Lorenzo Corsini — qui était peut-être son véritable nom, mais il n'aurait pas été étonné du contraire — comme un individu au visage louche et aux yeux sournois. La femme de Nuto affirma pour sa part qu'il avait des traits aristocratiques et un regard observateur, mais tous deux convinrent qu'il avait un grain de beauté au coin de la bouche, ce qui parut suffire aux agents de la police. L'homme était recherché par la justice du duc, et chacun savait ce que cela signifiait. L'épouse de Nuto avait une grande confiance dans la police et fut désolée de songer que la prochaine fois qu'elle verrait le bel étranger il aurait une corde au cou. Quoique, avec un peu de chance, il subirait plus qu'une simple pendaison, et dans ce cas elle tâcherait de se placer au premier rang — elle serait peut-être même la dernière personne qu'il verrait !

Stefano Cipolla, en revanche, n'était pas homme à se fier à la police. L'étranger lui avait payé une somme rondelette pour avoir une chambre sur la rivière, dans laquelle les hommes d'armes eux-mêmes durent se boucher le nez. Ceux-ci ne lui indiquèrent même pas pourquoi ils le recherchaient. L'arc et le paquet que l'inconnu avait laissés dans la chambre avaient disparu, mais les envoyés du duc n'en surent rien car aucun ne songea à proposer de l'argent à Stefano, lequel n'était pas du genre à se défaire pour rien de quoi que ce fût, même d'un simple renseignement. Il ne leur dit pas non plus qu'il avait aperçu l'homme qu'ils recherchaient —

celui avec le grain de beauté — ce matin-là dans l'escalier. En bon citoyen, Stefano avait dévalé l'escalier dès les premiers coups de tocsin, et son locataire était trempé. Stefano aurait aimé en connaître la raison, mais l'autre avait une expression qui décourageait toute curiosité. Bien entendu, le fait qu'il fût trempé expliquait sans doute pourquoi il cherchait à fuir Il Toro plutôt que d'accourir à son appel. Stefano ne leur dit pas qu'il était le locataire idéal ; pas la moindre réclamation. Ce serait difficile de le remplacer.

Une fois seul dans la maison, ledit locataire s'était défait en hâte de ses habits mouillés, les avait tordus pour les égoutter, puis avait passé des vêtements secs. Il jeta l'arc dans la rivière ; c'était dommage, mais un archer se serait trop fait remarquer parmi la foule qui courait dans les rues au son assourdissant de la grosse cloche. Or c'était justement le moment de se fondre dans la foule. En entendant crier : « Le duc est mort ! », il crut un moment qu'il n'avait plus rien à faire à Altamura, sauf attendre l'occasion d'en sortir dès que les portes seraient rouvertes, mais l'explosion de joie qui salua la nouvelle selon laquelle le duc était sauf modifia son programme. Programme qu'il mettait déjà au point tandis que, à l'instar de ceux qui l'entouraient, il lançait son chapeau en l'air et applaudissait le duc qui rentrait sous bonne escorte à son palais.

Bien qu'il fasse encore grand jour, l'endroit où il étala ses affaires autour de lui était plongé dans la pénombre. Il arrangea son sac de façon à s'en servir comme oreiller, sortit du pain et de la saucisse, du vin, et enfin posa à portée de main le fourreau de cuir usé renfermant l'épée tranchante comme un rasoir qui lui était un ami plus cher que n'importe quel homme l'avait jamais été. À présent, il lui suffisait d'attendre, et cela, il en avait l'habitude.

CHAPITRE XLII

Un pas qui pouvait être fatal

Si Pyrrho en était réduit à patienter, son employeur attendait aussi des nouvelles de son tueur et de sa mission. Son épouse, ses courtisans — il n'avait pas d'amis —, tous avaient remarqué qu'il n'appréciait plus ses plaisirs habituels. Maître Valentino lui avait conseillé depuis peu de renoncer à la chasse, car l'exercice l'essoufflait et accentuait la douleur dans sa poitrine. Si pendant quelque temps il s'était fait transporter en chaise à porteurs et avait demandé qu'on rabatte le gibier vers lui afin qu'il soit mis à mort sous ses yeux, il avait dû finalement renoncer à une aussi médiocre satisfaction. C'était la poursuite, la traque de ce qui n'avait guère de chance de s'échapper qui l'avait toujours excité. Sans cela, infliger la mort perdait quelque peu de son charme.

Ses pierres gravées avaient elles aussi perdu tout intérêt à ses yeux. Il avait appris avec une quasi-indifférence que le prince Galeotto avait acquis pour une grosse somme une intaille d'onyx représentant Hercule triomphant du lion de Némée, une pièce provenant de la collection d'un cardinal romain et pour laquelle il avait lui-même proposé une offre. D'un autre côté, la nouvelle selon laquelle Brunelli, qui avait réussi à échapper aux tentatives d'assassinat dont il avait fait l'objet à Venosta, serait en train, disait-on, d'agrandir la bibliothèque du duc Ippolyto, ne réussissait qu'à arracher un pâle sourire à Vincenzo. Avec un peu de chance, Brunelli serait sur place lorsque Ippolyto mourrait ; et même s'il ne l'était pas, il se retrouverait une fois de plus sans travail et sans protecteur.

Maître Valentino prodiguait des soins à Vincenzo lorsqu'on annonça l'arrivée d'un envoyé d'Altamura. Le médecin s'apprêtait à prendre le pouls du duc et eut juste le temps de constater qu'il était emballé avant que son propriétaire ne retire son poignet.

— Faites-le entrer.

Vincenzo vit aussitôt que l'envoyé ne portait pas le deuil. L'envoyé ne manqua pas de remarquer que le duc avait un médecin — il connaissait maître Valentino — à son côté et qu'il avait non seulement l'air d'un loup-garou, mais d'un loup-garou malade. Il s'inclina bas en réprimant un sourire.

— Votre Grandeur. Le duc Ippolyto vous salue. Il invite Votre Grandeur à se réjouir avec lui qu'il ait miraculeusement échappé à un attentat. Son agresseur a été tué...

L'envoyé ne put en dire plus.

Le duc Vincenzo s'était levé, avait fait un pas en avant et était tombé à genoux devant lui comme pour le supplier de démentir son message, de lui annoncer une tout autre nouvelle...

Maître Valentino fut aussitôt au côté du duc, mais il avait été devancé par l'ennemi que tous les médecins combattent. S'il avait jamais été un loup-garou, le duc Vincenzo était à présent un loup-garou mort.

— Quelle drôle d'écriture...

Benno avait paru très intéressé lorsque Sigismondo avait demandé à un page de lui apporter du papier, une plume et de l'encre. Il avait observé avec fascination son maître tailler la plume et se penchait à présent par-dessus son épaule pour le regarder écrire. Il aimait voir son maître tracer ces signes incompréhensibles qui formaient des mots. Il savait bien qu'il n'en saisirait jamais le sens, mais cette fois-là il était sûr qu'ils n'avaient pas le même aspect que dans les courriers qu'il avait l'occasion d'examiner. Sigismondo fredonnait tout en écrivant.

— Tu es donc un expert ? s'enquit-il.

Puis, lorsqu'il eut fini sa lettre, il la sabla à l'aide de la salière en argent posée sur le pupitre et ajouta :

— Mais tu as de bons yeux, Benno. C'est du grec.

Benno se demanda si chaque langue avait sa propre écriture, et si son maître les connaissait toutes. Malgré l'explication de Sigismondo, il n'osa pas poser la question que celle-ci suscitait. À qui donc son maître écrivait-il en grec ? L'idée lui traversa l'esprit que c'était à Polidoro Tedesco, mais il la récusa aussitôt en se disant que le philosophe avait probablement été arrêté.

Sigismondo appela le page et lui tendit la lettre.

— Pour le seigneur Tebaldo. Remets-la-lui en main propre.

Benno comprit pourquoi il insistait sur ce point. Les serviteurs du seigneur infirme auraient pu vouloir lui épargner tout souci tant qu'il était affaibli, et mettre de côté la missive jusqu'à ce qu'ils le jugent suffisamment rétabli pour la lui transmettre. Benno, qui avait l'habitude de se faire intercepter à la porte des gens, se demanda si le page saurait se montrer assez persuasif au cas où le serviteur du seigneur voudrait lui refuser l'entrée... Mais ce qui l'intriguait le plus, c'était le contenu de la lettre. Sigismondo avait vu Tebaldo en compagnie de la duchesse il y avait une demi-heure à peine, alors pourquoi ne lui avait-il pas dit à ce moment-là ce qu'il avait à lui dire, et surtout, *pourquoi le lui dire en grec* ?

Sigismondo retira son bras de sa manche et accepta l'aide de Benno pour ôter son pourpoint. Craignant que la blessure se soit infectée, Benno le regarda avec appréhension défaire ses bandages. Le combat que son maître avait mené le matin contre Pyrrho ne lui avait sans doute fait aucun bien. Pourtant, lorsqu'il releva la tête, Sigismondo souriait.

— Hé, inutile de réciter tout de suite la prière des morts. Ce que j'ai dit à la gouvernante est la vérité : la cicatrisation se fait bien. Et j'ai laissé un joli souvenir à Pyrrho — il aura envie de me rendre la pareille.

Benno sentit un frisson glacial lui parcourir l'échine en repensant à ce qu'avait dit Sigismondo : Pyrrho se trouvait peut-être à l'intérieur du palais. N'allait-il pas d'un instant à l'autre surgir à la porte ?

Celle-ci, justement, s'ouvrit. Benno se raidit en retenant son souffle et Sigismondo posa la main sur son épée, mais presque aussitôt, les deux hommes durent abaisser légèrement leur regard.

C'était Poggio, qui exhibait un sourire entendu.

— Je voulais savoir comment vous alliez, fit le nain dont les petits yeux noirs remarquèrent simultanément les bandages de Sigismondo et sa main qui s'éloignait de l'épée. Vous êtes sur vos gardes, on dirait ? Si j'étais entré avec une hache, je me demande ce que vous auriez fait, vu votre état.

Poggio esquissa un sourire de côté en refermant la porte derrière lui.

— Vous voulez que je la ferme à clé ? Quoiqu'il puisse toujours escalader le mur depuis la rivière, pas vrai ?

Benno dut faire un effort sur lui-même pour ne pas bondir vers la fenêtre et rabattre les volets.

— Tu es venu nous dire quelque chose, fit Sigismondo en tendant son pourpoint à Benno pour qu'il l'aide à le remettre. Raconte-nous d'abord ce que tu as appris, ensuite tu me rapporteras les rumeurs qui courent dans le palais.

Poggio se hissa sur le lit à côté de Sigismondo et dévisagea les deux hommes avec un sourire qui faisait presque entièrement disparaître ses yeux.

— Toute la journée, le palais a bruissé comme une ruche renversée. J'ai raté l'histoire de l'église, fit-il en abaissant de façon comique les coins de sa bouche. Je devrais aller prier plus souvent...

Son visage s'illumina.

— Mais j'étais là quand ils ont ramené les traîtres pour les emprisonner. Vous auriez vu quelle allure ils avaient ! Les gens les avaient bombardés avec tout ce qui leur tombait sous la main. On aurait pu faire une omelette rien qu'en leur raclant les cheveux. Si on les prive de nourriture en prison, ils pourront toujours manger ce qu'ils ont sur eux — mais à mon avis ils n'auront pas l'occasion de prendre beaucoup de repas avant d'être envoyés au gibet.

Il cessa de balancer ses jambes et, se tournant vers Sigismondo, inclina la tête de côté en attendant ses questions.

— A-t-on arrêté Polidoro Tedesco ? s'enquit Sigismondo.

Poggio leva les mains.

— C'est drôle que vous demandiez ça. Mais je suis bête, vous l'avez deviné. En effet, les hommes du duc sont allés chez lui, et vous savez quoi ? Il est parti.

— Parti ? fit Sigismondo en haussant les sourcils. Alors que les portes de la ville sont fermées ?

— Oui. Enfin... il a laissé son corps ici. Il faut croire qu'il se moquait de l'au-delà. Il s'est empoisonné, à ce qu'on dit, et ce n'était pas beau à voir. Il a laissé un mot à l'intention du duc, disant qu'il était fier d'avoir insufflé un brûlant désir de liberté chez Cola Je-ne-sais-plus-qui et chez Atzo Quelque-chose. Grâce à la duchesse, Tedesco va pouvoir féliciter Cola en Enfer, à présent. Ne disait-il pas à ses élèves qu'il espérait les retrouver dans un monde meilleur ? Un monde meilleur ! Étrange espoir pour un suicidé et une bande d'assassins, vous ne trouvez pas ? Bref, ça en fait deux d'éliminés et trois autres qui ne devraient pas tarder à connaître le même sort. C'est curieux, mais il ne mentionne ni le fils Valori ni ce somnambule d'Onorio.

— Peut-être sont-ils innocents.

Poggio ricana.

— Innocents ! Attendez que les bourreaux du duc se soient occupés d'eux. Ces coquins préféreront damner leur âme plutôt que de supporter un nouveau tour de vis aux poucettes. Tristano Valori regrettera de ne pas s'être donné la mort le jour où dame Ariana est partie pour Borgo. J'étais présent ce jour-là ; il était dans tous ses états. Remarquez bien que je l'ai plaint à ce moment-là et que je le plains tout autant aujourd'hui, mais on ne peut rien pour lui, n'est-ce pas ?

La seule réponse de Sigismondo fut un long fredonnement songeur.

Poggio s'en alla, impatient de collecter l'argent que lui avaient rapporté les paris sur la blessure de Sigismondo, dont certains prétendaient qu'elle était si grave qu'elle l'avait empêché d'arriver à temps à l'église. Peu après son départ, Benno reçut de son maître l'ordre d'aller raconter un de ces mensonges dont il était coutumier. Ils avaient quitté leur logis et arrivaient dans l'antichambre de la bibliothèque.

— Va trouver le seigneur Tebaldo. Dis à son serviteur de l'informer que le duc l'attend en bas à l'étude.

Benno s'éloigna en se demandant comment Sigismondo pouvait savoir où se trouvait le duc ; alors qu'il gravissait l'escalier, Biondello sur les talons, il se pencha par-dessus la balustrade et vit son maître tourner la poignée de la porte de l'étude et y pénétrer, en saisissant la hache qu'il portait fixée à sa ceinture au bas des reins.

Chassant de son esprit l'idée que son maître était devenu fou et s'apprêtait à assassiner le duc, Benno en vint à la conclusion qu'en raison de la présence de Pyrrho au palais, il n'était rien de plus sensé que de se munir d'une hache pour entrer dans une pièce quand on ignorait qui s'y trouvait.

Il transmit son message et le serviteur, après avoir gratifié d'un regard choqué le pourpoint souillé et maculé de Benno, alla le répéter au seigneur Tebaldo, qui, pris de court, s'écria :

— Déjà ? Vite, aide-moi à m'habiller, je ne veux pas faire attendre le duc !

Benno se hâta de redescendre l'escalier. Il avait la forte impression qu'il allait se produire quelque chose de particulièrement répugnant. Quand il l'avait vu entrer dans l'étude, la hache à la main, Sigismondo lui avait paru extraordinairement calme et concentré, la tête penchée de côté, comme s'il tendait l'oreille. Oui, il se passait quelque chose. Son maître avait-il deviné que Pyrrho était caché dans l'étude ?

En fait, ce n'était pas le cas.

Sigismondo traversa la pièce jusqu'à la porte menant à la bibliothèque, que dissimulait un rideau en tapisserie.

Baignée par la lumière de cette soirée estivale, la pièce résonnait du tintement de toutes les cloches de la ville appelant la population à la messe du soir. Le carillon grave de l'église de l'Annonciation, située juste derrière le palais, dominait tout le reste comme pour célébrer joyeusement la chance qu'avait eue le duc dans ses murs le matin même. À peine perceptible au milieu de cet allègre tintamarre, un autre son se fit entendre, beaucoup plus faible, à peine plus audible qu'un grattement de souris, un petit craquement au-delà de la porte s'ouvrant dans le coin opposé de la pièce. Le monte-charge du seigneur Tebaldo descendait de l'étage supérieur.

L'appareil s'immobilisa. Un moment passa pendant qu'un homme se levait de la chaise fixée sur la plate-forme, puis la porte s'ouvrit.

Le soleil de fin d'après-midi scintilla sur son pourpoint et fit luire son épée d'une lueur dorée tandis que Pyrrho s'encadrait dans l'embrasure. Au même instant le soleil se refléta sur un objet qui fendait l'air. Tapi dans l'ombre du rideau de la porte de la bibliothèque, Sigismondo venait de lancer sa hache sur le nouveau venu.

Benno ouvrit la porte de l'étude et resta paralysé devant le spectacle qu'il découvrit.

La hache qui lui frappa la poitrine aurait dû fendre en deux le cœur de Pyrrho, mais il s'était préparé à toute éventualité. Ce n'était pas la première fois que son pourpoint doublé d'anneaux en acier, œuvre d'un maître armurier de Milan, lui sauvait la vie. Le souffle coupé, deux de ses côtes brisées, haletant, il recula et bouscula les rayonnages où étaient rangés les livres de Tebaldo. Une avalanche de rouleaux et de documents arrachés à leurs alvéoles s'abattit sur Pyrrho qui s'efforçait de recouvrer son équilibre et de reprendre souffle.

Sigismondo ne perdit pas de temps à regretter sa hache. Il fit passer dans sa main droite l'épée qu'il tenait dans la gauche et la leva haut pour frapper son adversaire à la tête pendant que celui-ci se retenait aux étagères. Afin d'éviter le coup, Pyrrho se porta de côté et la lame trancha un long rouleau de vélin qui tombait des rayons chancelants. Dans le bref temps que mit la lame à s'abattre, Pyrrho parvint à se ressaisir, et lorsque Sigismondo, entraîné un instant par l'élan de son coup, se retourna, ce fut pour constater que son adversaire avait contourné le bureau de Tebaldo et se tenait prêt à croiser le fer avec lui. Le visage de Pyrrho, qui semblait un masque doré dans les derniers rayons du soleil, ne trahissait ni peur, ni colère, ni douleur, mais dans le silence soudain qui s'instaura lorsque les cloches se turent, sa respiration rauque émit un bruit de soie déchirée.

Benno avait quant à lui pratiquement cessé de respirer. Devait-il aller chercher de l'aide ? Mais les ordres de Sigismondo étaient clairs : ne jamais intervenir dans un combat.

Sigismondo avança d'un pas, un pas qui l'amenait à portée de l'épée de Pyrrho, un pas qui pouvait être fatal à l'un ou à l'autre. Or son pied glissa sur un papier tombé des étagères.

Benno perçut un hurlement de terreur mais ne se rendit pas compte que c'est lui-même qui l'avait poussé. Pendant une fraction de seconde, l'attention de Pyrrho fut distraite par la silhouette qui se profilait à l'entrée. Son coup d'épée s'en trouva dévié et frappa non pas le cou de Sigismondo penché devant lui, mais le bord du bureau, où l'arme se ficha en faisant sauter un fragment de marqueterie. Un genou à terre, Sigismondo se relevait déjà, mais Pyrrho bondit sur la table avec une agilité diabolique et dégagea sa lame. Dans un nouveau reflet métallique aveuglant, Pyrrho leva haut son arme pour assener à Sigismondo un coup capable de lui ouvrir le crâne. Dévoré d'angoisse, Benno avança dans la pièce pendant que Sigismondo se relevait et, alors que Pyrrho abattait son épée, Sigismondo lui enfonça de toutes ses forces la sienne dans la gorge. Benno devait revoir longtemps en rêve l'air incrédule de ce visage au moment où la vie le quittait.

Sigismondo fit un pas en arrière. Pyrrho s'effondra sur le bureau, bras ballants, tandis que son épée, tombée à terre, tournoyait en cliquetant. Le halètement rauque s'était tu, on n'entendit plus que Sigismondo qui reprenait souffle et le son mat du sang gouttant sur le sol qui rougissait.

CHAPITRE XLIII

Le Quintilien complet

— Nous sommes heureux, déclara le prince Gioffré, abbé de Borgo, en tendant son anneau à baiser, de vous voir ici vivant après tout ce qu'on nous a dit des événements survenus à Altamura depuis votre départ.

Et, tandis que Sigismondo se relevait, il observa avec attention son visage. Il y décela une certaine pâleur ; on n'avait donc pas exagéré la gravité de sa blessure.

— On me dit que vous avez sauvé la vie de plusieurs personnes. Son Altesse m'a montré les lettres dans lesquelles le duc Ippolyto affirme que vous avez protégé son État et qu'il vous doit la vie.

Sigismondo haussa les épaules.

— Monseigneur, fit-il d'un ton amusé, vous n'ignorez pas que rien n'est jamais aussi simple que ce que l'on raconte. Je pourrais dire que Monsieur le duc a eu la vie sauve grâce à un jeune homme qui s'est endormi alors qu'il priait, puis grâce à des rats courant dans les combles. Ce n'est que par la volonté de Dieu et de la Vierge Marie que j'ai pu faire ce que j'ai fait.

L'abbé se signa.

— *Gratias agimus Deo...*

La chaleur du jour s'était estompée et l'on entendait dans la cour le murmure de conversations paisibles qui se mêlaient au chant strident des cigales.

— Vous avez eu bien de la chance, Sigismondo.

Vous avez réalisé de grandes choses. Le prince Galeotto est fort heureux d'être lavé de tout soupçon concernant la mort tragique de la princesse. À présent, c'est au duc Vincenzo de répondre de ses crimes devant le trône du Seigneur. Le Diable rôde partout, jusque dans les plus hautes sphères.

Surtout dans les hautes sphères, songea Benno. On avait eu l'amabilité de l'autoriser à entrer dans la pièce et se tenir près de la porte pendant que son maître s'entretenait avec l'abbé. À son avis, le duc se sentirait comme chez lui en Enfer... Benno frotta discrètement une de ses fesses contusionnée contre le jambage de la porte. Brunelli lui était finalement tombé dessus devant la salle d'audience d'Altamura. Bien qu'il ait fini par comprendre qu'il avait choisi le mauvais parti durant le combat, l'architecte n'était point homme à oublier une vexation. Par bonheur, la botte de Brunelli avait expédié Benno dans les bras de Sigismondo qui sortait à ce moment-là d'une audience avec le duc, paré de la chaîne scintillante que ce dernier venait de lui donner. Impressionné, Brunelli finit par se calmer et l'on put s'expliquer. Sigismondo s'abstint de faire remarquer à l'architecte que s'il n'avait pas éventé le piège qu'il avait tendu la première fois à Pyrrho dans la bibliothèque, tout le monde, y compris Pyrrho, aurait pu s'éviter bien des malheurs. Tout s'était terminé dans une taverne d'Altamura, où l'on avait bu à l'extension de la bibliothèque, qui semblait en passe de devenir l'une des entreprises que Brunelli mènerait à son terme.

Benno émergea de ses souvenirs alors que Sigismondo et l'abbé étaient en train d'évoquer l'Enfer.

— ... et ces jeunes écervelés ! Quel blasphème que d'attaquer leur duc en pleine église, pendant l'élévation de l'hostie. Je crains qu'ils ne paient leur geste d'un prix terrible, dans ce monde comme dans l'autre. Dante relègue les traîtres avec Judas, dans le neuvième cercle de l'Enfer.

— Peut-être, Monseigneur, seront-ils pardonnés plus vite que leur professeur, qui a avoué les avoir incités à commettre ce forfait.

— Quelle raison avait-il de faire preuve d'une telle malveillance... ?

On entendit soudain des éclats de voix dans le jardin. L'abbé se dirigea vers la fenêtre, ouvrit en grand le volet et se pencha vers l'extérieur, les mains glissées dans les manches. Le silence se fit aussitôt. Il revint vers Sigismondo, marchant sans bruit sur le sol carrelé.

— Un homme instruit, qui connaît les Écritures et a étudié l'œuvre des sages...

Sigismondo émit un long fredonnement moqueur.

— Il se prenait pour Socrate et voulait enseigner à ses élèves à révérer la vérité. En fait, c'était un homme aigri, avide de vengeance, comme le duc Vincenzo.

Benno dressa l'oreille. Cela, il l'ignorait. L'abbé contourna son bureau, s'assit sur son tabouret de bois et, d'un geste, invita Sigismondo à s'installer sur un banc recouvert d'un coussin.

— Lorsqu'on a appris le suicide de Tedesco, poursuivit Sigismondo, Monsieur le duc m'a dit que l'homme avait été son tuteur lorsqu'il était jeune. Cela, je le savais, mais ce que j'ignorais, c'est que, sur ordre de Tedesco, l'élève était sévèrement battu lorsqu'il commettait des erreurs ; et qu'une fois devenu adulte, le duc avait ordonné que Tedesco soit fouetté devant lui afin de lui faire payer les insultes que sa fierté ne pouvait pardonner.

L'abbé leva brièvement les yeux au ciel puis secoua la tête.

— Ah, mon fils, quelle absence de charité peut entraîner la fierté !... Une cruauté en appelle une autre, et ainsi de suite. Ce n'est pas pour rien si l'on enseigne que c'est son orgueil qui a causé la chute de Lucifer... Ainsi il apprenait à ses élèves à haïr les tyrans quand lui-même ne haïssait que l'homme qui l'avait humilié ?

— Hum, il est toujours assez facile de dissimuler ses véritables mobiles, répliqua Sigismondo.

L'abbé ouvrit un petit placard ménagé dans les panneaux de bois qui recouvraient le mur derrière lui.

— Beaucoup de mal se commet au nom du bien, ajouta Sigismondo.

Avec un sourire, l'abbé versa du vin dans des coupes de simple étain et lui en tendit une.

— La philosophie ! Lorsque j'étais votre professeur à Paris, vous étiez l'un des meilleurs esprits de votre temps ; mais même alors, vous cherchiez d'autres solutions aux problèmes de l'existence.

Tout en ouvrant ses narines pour humer le délicieux parfum du vin, Benno aurait bien aimé en apprendre plus sur le passé mystérieux de son maître, mais Sigismondo ne se laissa pas entraîner sur ce terrain. L'abbé et lui burent dans un silence complice.

— J'ai entendu dire que le prince Galeotto allait être complimenté, fit Sigismondo. La cérémonie aura-t-elle lieu ici ou à Venosta ?

— Son Altesse le prince m'a chargé de célébrer la messe nuptiale dans la cathédrale de Venosta, quand le moment sera venu. Il ne souhaite pas froisser le duc Ippolyto en se remariant trop vite après la triste disparition de sa jeune épouse.

Les deux hommes retombèrent dans le silence. La cour se vida, en tout cas on n'entendit plus aucune conversation, et seul le crissement des houes accompagna le chant des cigales. Si l'annonce du mariage entre le prince Galeotto et la duchesse Dorotea devenue veuve avait surpris tout le monde, ce projet arrangeait chacune des parties. Le prince souhaitait un héritier, or la duchesse était encore jeune et les enfants qu'elle avait donnés au duc Vincenzo avaient prouvé sa fécondité. Jusqu'à présent, certes, seules les filles avaient survécu, mais les fils de Galeotto ne renonceraient peut-être pas si vite à la vie en découvrant leur père. D'ailleurs, le besoin qu'il avait d'un héritier était désormais moins pressant du fait que Venosta était pratiquement à lui.

C'est la duchesse Dorotea — ce que peu de gens savaient — qui, sans se départir de sa majesté, avait fait les premières avances. Vincenzo avait peut-être cru à son rétablissement, Dorotea ne s'était fait aucune illusion. Après un long entretien avec maître Valentino, elle avait noué une correspondance secrète avec Galeotto. Elle aurait à présent un mari beaucoup plus docile à contrôler, et son mariage lui permettrait d'acquérir ce que Vincenzo avait échoué à obtenir lorsqu'il avait proposé la main de leur fille à Galeotto. Car si Venosta faisait désormais partie de la dot de Dorotea, Borgo tomberait entre ses mains. Tout en songeant à son avenir, elle avait organisé des messes pour Vincenzo et s'était tranquillement remise à sa tapisserie représentant le supplice de Marsyas, dont elle avait l'intention de faire cadeau à son nouveau mari.

— La duchesse Violante s'est rétablie ?

— Maître Valentino affirme qu'elle est en meilleure santé que jamais, répondit Sigismondo avec un sourire chaleureux.

Il ne mentionna pas la chaîne d'or et de rubis, œuvre d'un maître joaillier, que la duchesse lui avait passée au cou, ni le baiser qu'elle avait déposé sur sa joue. Le regard qu'elle lui avait alors lancé aurait pu rendre jaloux Ippolyto s'il l'avait surpris.

L'abbé se pencha pour remplir la coupe de Sigismondo.

— Je me suis laissé dire que, selon certains, le docteur Valentino aurait hâté la mort de Vincenzo sur l'instigation de son épouse.

— Bah, tout médecin qui soigne un grand seigneur et échoue à le guérir doit s'attendre à être ainsi soupçonné, et toute épouse aussi. Il y a des médecins qui préfèrent refuser de s'occuper de cas désespérés, fit Sigismondo avant de boire une gorgée et d'ajouter : À son retour à

Altamura, maître Valentino m'a confié qu'au lendemain de la mort du duc Vincenzo il avait trouvé, en ouvrant sa porte, des fleurs déposées là par des habitants de Venosta reconnaissants.

L'abbé éclata de rire. Il fit tourner sa coupe entre ses doigts puis leva les yeux sur son interlocuteur. Le visage et l'attitude de Sigismondo étaient sereins ; les événements survenus depuis leur dernière rencontre ne paraissaient l'avoir affecté en rien.

— Cet assassin — Pyrrho, je crois ? Ce devait être un individu propre à instiller la peur. Ce que vous m'avez raconté au sujet de son entrée dans l'étude me rappelle les vers de Virgile...

— *Vestibulum ante ipsum primoque in limine Pyrrhus/Exsultat, telis et luce coruscus aena*, récita Sigismondo qui secoua la tête avec étonnement. J'aurais dû m'en souvenir et le considérer comme un signe. C'est vrai qu'il est apparu sur le seuil, tout scintillant...

— *Qualis coluber*, renchérit l'abbé.

— Exactement, *comme un serpent*. Mais un serpent dont les écailles ont été forgées par Missaglia de Milan — je connais son travail — et lui ont sauvé la vie. Provisoirement.

Le fredonnement qui suivit ces paroles sonna comme un adieu, presque empreint de regret : un homme de l'art qui en salue un autre.

— J'ai fait dire une messe pour son âme... Il a eu la malchance d'ignorer que son employeur était mort et qu'il n'avait donc plus à accomplir sa tâche.

L'abbé soupira.

— Il tuait pour de l'argent. Il aura besoin de nombreuses prières au Purgatoire. Mais ces jeunes fous que leur professeur a poussés au péché, ont-ils subi la justice du duc ?

— Comme vous le savez, l'un a été tué par la duchesse elle-même, que nul ne saurait défier sans risque...

Au souvenir de Rodrigo Salazzo, Benno espéra que la duchesse ne prendrait pas goût à poignarder les gens.

— ... et celui qui a comploté avec lui a été pendu hier devant le palais d'Altamura. Les autres, Tristano Valori et Onorio Scudo, ont été disculpés et libérés sur ordre du duc, qui a également restauré Bonifaccio Valori dans sa fonction de premier conseiller.

— Il était impensable qu'un tel homme pût être déloyal, remarqua l'abbé, et quoiqu'on ait sans cesse la preuve que l'impensable est pourtant vrai, nous pouvons nous réjouir que père et fils aient été innocentés.

Sigismondo acquiesça d'un hochement de tête, puis claqua soudain des doigts, ce qui fit lever les sourcils à l'abbé. Aussitôt, Benno vint présenter le porte-documents qu'il tenait serré contre sa poitrine. Sur un geste de Sigismondo, il le posa sur la table, s'inclina et regagna son poste d'observation près de la porte.

— Qu'est-ce donc, mon fils ? s'enquit l'abbé avec un intérêt poli.

— Le duc Ippolyto souhaite remercier Dieu de lui avoir permis d'échapper à la mort, Monseigneur. Voici le fameux manuscrit que Vincenzo avait acquis pour Venosta. Le fait que vous m'en ayez parlé a permis de sauver la vie du duc Ippolyto. C'est parce que l'assassin pensait que le duc allait venir le consulter que j'ai pu l'intercepter.

Sigismondo écarta les mains en riant.

— Combien je suis reconnaissant à mon éducation ! Pyrrho s'était caché sous le toit, juste au-dessus de la chambre du seigneur Tebaldo, et entendait tout ce qui s'y passait. Il m'était donc impossible de demander tout haut au seigneur Tebaldo de faire comme si le duc Ippolyto allait descendre dans son étude pour voir le manuscrit. C'est pourquoi je lui ai fait parvenir un message en grec, que son serviteur serait incapable de lire. Ainsi induit en erreur, Pyrrho fit ce que j'attendais qu'il fît : il se laissa descendre du toit à l'aide d'une corde pour prendre place sur le monte-charge du seigneur Tebaldo qui l'a amené jusque dans l'étude. Où je l'attendais.

Sigismondo sourit et poussa le manuscrit vers l'abbé.

— Monsieur le duc souhaite faire don de ce manuscrit à la bibliothèque de votre abbaye, en mémoire de la princesse Ariana.

Avec révérence, l'abbé ouvrit le porte-documents et contempla le Quintilien complet. La couverture, constituée d'un vélin gravé de splendides lettres d'or, portait une estafilade ressemblant à une cicatrice : le sang de Pyrrho l'avait taché en coulant sur le bureau, et l'on avait dû le gratter.

L'abbé avait ouvert le volume et en examinait d'un air absorbé la première page lorsqu'un coup léger frappé à la porte annonça l'arrivée d'un moine porteur d'un message. Un homme en bas demandait à voir d'urgence maître Sigismondo. Il venait de parcourir plus de quarante lieues et ne voulait parler qu'à l'homme qu'il cherchait.

En suivant Sigismondo hors de la pièce où l'abbé, oublieux de tout, s'était plongé dans la lecture du manuscrit, Benno se demanda ce que son maître allait apprendre et où il allait les entraîner. Il espérait ne plus jamais entendre parler d'assassins ni de bibliothèques. Jusqu'à présent, il n'avait guère fréquenté les livres, mais il commençait à penser que c'étaient décidément des objets dangereux.

Il récupéra Biondello, qui s'était tellement gavé dans les cuisines de l'abbaye qu'il en avait le ventre tendu, et alla gaiement à la rencontre de son avenir.

Cet ouvrage a été réalisé par

FIRMIN DIDOT

GROUPE CPI

Mesnil-sur-l'Estrée

pour le compte des Éditions 10/18
en novembre 2001

Imprimé en France
Dépôt légal : décembre 2001
N° d'édition : 3309 – N° d'impression : 57584